Joel Bedetti

Lärmparade

Der Zytglogge Verlag wird vom Bundesamt für Kultur mit einem Strukturbeitrag für die Jahre 2021–2024 unterstützt.

Autor und Verlag danken für die Unterstützung:

Stadt Zürich
Kultur

MIX
Papier aus verantwortungsvollen Quellen
FSC® C083411
FSC
www.fsc.org

Lektorat: Thomas Gierl
Umschlaggestaltung: Isabelle Bühler
Layout/Satz: 3w+p, Rimpar
Druck: CPI books GmbH, Leck

ISBN: 978-3-7296-5078-7

www.zytglogge.ch

Joel Bedetti

Lärmparade

Roman

ZYTGLOGGE

Inhalt

Nirvana
Herbst 2000

Janosch

Es war Pete, der meinem Leben einen Sinn gab.

Pete hieß damals noch Peter. Seine Füße steckten in ausgelatschten Lederschuhen, wie sie auch manche unserer Lehrer trugen. Hemden mit altbackenen Karomustern hingen über seine Manchesterhosen, die ihm nur bis zu den Knöcheln reichten. Die Witzbolde unserer Klasse zogen Peter deshalb gerne mit der Frage auf, ob er befürchte, dass der Sihlstaudamm breche und ein Hochwasser in Zürich auslöse. Wenn das passiere, werde *er* ja wohl als Letzter nass, gab Peter dann zurück. Seine Familie wohnte in den städtischen Hardau-Hochhäusern, in denen, soweit ich wusste, nur Arme, Alte und Ausländer lebten.

Obwohl Peter und ich schon seit einem Jahr in derselben Klasse saßen, hatten wir bisher kaum ein Wort miteinander gewechselt. Im Schulzimmer hatte ich meinen Platz ganz hinten am Fenster, wo ich während des Unterrichts versuchte, Muster im Sichtbeton des gegenüberliegenden Gebäudeflügels auszumachen. Manchmal wagte ich auch einen Blick zu Jana, einer Schönheit in der Mitte meiner Pultreihe, die ihre kastanienbraunen Haare keck mit einer Stricknadel hochsteckte. Ab und zu erwiderte Jana meine Flirtversuche mit fragend hochgezogener Augenbraue, worauf mir das Herz in die Hose rutschte und ich schnell wieder zum Sichtbeton hinaussah.

Peter hingegen saß in der vordersten Reihe neben der Tür, durch die er oft als Letzter schlüpfte, kurz bevor der Schulgong erklang. Manchmal knallte er seinen Rucksack auf das Pult und vergrub während der Stunde das Kinn in den geballten Fäusten. So als könne er seine Wut über irgendetwas kaum zurückhalten.

Keine Frage: Peter und ich waren die beiden Einzelgänger der Klasse. Während die anderen mittags in die Mensa stürmten, verbrachten wir unsere Pause im Schulfoyer, wo wir uns an weit auseinanderliegende Tische setzten. Während ich üblicherweise etwas aus dem italienischen Spezialitätenladen in der Nähe unseres Gymnasiums aß, packte er belegte Brote und einen Apfel aus einer Tupperware-Dose. Doch obwohl er eingekleidet war wie aus dem Caritas-Laden und einen Namen trug, als wollten ihm seine Eltern das Leben absichtlich schwer machen, blieb Peter auf eine andere Art und Weise außen vor. Ich schien für den Rest der Klasse schlicht nicht zu existieren. Er hingegen wurde mit Achtung ausgeschlossen. Mit gelegentlichen Neckereien und, vor allem vonseiten einiger Mädchen, mit Tuscheleien und neugierigen Blicken.

Kein Wunder, denn Peter war nicht nur mit einem athletischen Körper gesegnet, sondern auch mit einer Erscheinung, die sich einem sofort ins Gedächtnis brannte und es nicht mehr verließ.

Blonde Engelslocken wucherten von einem Breitschädel bis zu den Ohren hinab. Dazwischen lag ein offenes Gesicht mit dicken Augenbrauen, die sich gern zusammenzogen. Seine Nase war so platt, als sei er damit gegen eine Mauer gerannt. Wenn Peter ging, steckte er seine Hände gerne in die Hosentaschen und kippte die Stirn leicht nach unten, so als wolle er gleich nochmals gegen eine Mauer laufen. Oder als gehe er im Gegenwind. Obwohl Peter bloß einen Fingerbreit größer war als ich, hatten insgeheim wohl alle etwas Angst vor ihm. Das lag nicht nur an seinen geballten Fäusten, sondern auch an seinem Vater.

Am ersten Besuchstag unserer Klasse, die fürs dritte Gymnasialjahr neu zusammengewürfelt worden war, hatte dieser uns allen einen Schauer über die Rücken gejagt. Peters Vater sah aus wie das ausgewachsene und behaartere Ebenbild seines Sohnes. Sein rotstichiger Vollbart spross so wild, dass man das markante Kinn darunter bloß erahnte. Auf den Handrücken kräuselten sich dichte, blonde Härchen. Während die übrigen Eltern auf den Klappstühlen Platz nahmen, die hinten im Klassenzimmer aufgereiht waren, blieb Peters Vater neben dem Pult seines Sohnes stehen und ließ seinen strengen Blick durch die Reihen schweifen. Ganz so, als sei er der Klassenlehrer und nicht Herr Hummler, der vorne mit der Kreide Lateinkonjugationen an die Wandtafel schrieb.

Auch Peters Vater war angezogen, als kaufe er nur im Brockenhaus ein. Doch genau wie bei Peter, oder sogar noch ein bisschen mehr, fraß sich ein Charisma durch den abgetragenen Stoff, das die Blicke wie ein Magnet anzog. Am Morgen nach dem Besuchstag bestürmten die Neugierigen unserer Klasse Peter mit Fragen über seinen Vater. Er sei Prediger und leite seine eigene Kirche, antwortete Peter knapp. Er schien keine Lust zu haben, weitere Auskünfte darüber zu geben.

Das war alles, was ich über Peter und seine Familie wusste.

Bis zu diesem Dienstagnachmittag, der meinem Leben eine neue Wendung gab.

Das vierte Gymnasialjahr hatte eben begonnen – das gefühlt längste, wie uns die Klassen über uns vorgewarnt hatten. Dämmrig lag es vor uns wie die aufziehenden Wolken vor den Fenstern. Bald klopfte Regen an die Scheiben, und die Wolkenberge dahinter türmten sich so bleigrau aufeinander, dass Herr Hummler das Licht für die Latein-Doppelstunde anmachen musste.

Ovid war an der Reihe. Anders als gewohnt ließ uns Herr Hummler, dessen Finger vom Kettenrauchen gelb waren, zu zweit aus der *Ars Amatoria* übersetzen. Schnell bildeten sich Pärchen, bis nur noch Peter und ich übrig blieben. Unsere Blicke trafen sich; die Situation war uns wohl beiden vertraut. Da er keine Anstalten machte, sich zu erheben, seufzte ich schließlich lautlos und schleppte meinen Stuhl zu seinem Pult hinüber.

Wie die anderen Pärchen schlugen wir Lateinvokabeln in unseren dicken Wörterbüchern nach und starteten einige lustlose Versuche, deren korrekte Reihenfolge im Deutschen zu erraten. Die lateinische Satzstellung schien unverständlicher zu werden, je größer der Philosoph war, der sie benutzte. Schließlich erbarmte sich Herr Hummler und schob die Übersetzung auf den Overheadprojektor. Mit einer Stimme wie ein Kassettengerät mit ersterbender Batterie las er uns vor, wie Ovid jungen Römern empfahl, Römerinnen aufzureißen, indem sie ihnen im Amphitheater den Staub vom Kleid wischten.

Peter stupste mich an. «Was meinst du», flüsterte er. «Hat Herr Hummler auch schon Staub von Frauenkleidern gewischt?»

«Vermutlich wischt er eher Staub von Lateinbüchern», erwiderte ich. Wir grinsten – ich noch etwas mehr, weil ich mir als Nächstes vorstellte, wie Herr Hummler in einer Bar saß, seine Hornbrille auf die Nasenspitze schob und eine Frau auf Lateinisch fragte, ob sie mit ihm schlafen wolle.

«Peter und Janosch, wollt ihr vielleicht die Lektion übernehmen?»

Herr Hummler hatte den Blick vom Overheadprojektor gehoben und sah uns resigniert an. Peter überging seinen Sarkasmus und schüttelte den Kopf. Ich errötete. Nicht nur, weil ich den Lateinunterricht gestört hatte. Es nervte mich, dass ich nun bereits 16 Jahre alt war und auch erst Staub von Büchern gewischt hatte. Den nassen Schmatzer eines Mädchens mit O-Beinen bei einem Flaschenspiel, in das ich unfreiwillig geraten war, mal ausgenommen.

Ob es wohl an den Pickeln lag?

Im Spiegelschrank unseres Badezimmers stand ein aufgereihtes Arsenal von Anti-Pickel-Cremes, die ich mir jeden Morgen nach der Dusche auftrug. Es half herzlich wenig. Die Pickel sprossen nach Lust und Laune, klein und groß, gelb und rot, am Kinn, an der Stirn und, besonders dreist, selbst auf der Nasenspitze. Dabei fand ich, dass ich ganz passabel aussah, wenn ich die Cremes aufgetragen hatte und mich im Spiegelschrank betrachtete. Nicht wie Leonardo DiCaprio, aber ganz okay. Hängeschultern trugen einen schmalen, ovalen Kopf, der von rabenschwarzem und borstigem Haar bedeckt war. So borstig, dass es sich selbst mit dem Kamm nur schwer bändigen ließ. Darunter lagen zwei Mandelaugen, die dunkelgrün waren wie ein See. Wie ein sehr tiefer See, sagte Mom immer. So tief, dass niemand ahne, welche Schätze am Grund verborgen lägen.

Genau diese Tatsache bereitete mir, neben den Pickeln, die größte Sorge. Manchmal fragte ich mich, ob ich für meine Mitmenschen überhaupt sichtbar war. Ständig vergaßen sie mein Gesicht, meinen Namen und, weil ich so still war, manchmal auch, dass ich direkt neben ihnen stand. Mom versuchte zwar, meine Unscheinbarkeit mit modischen Kleidern aufzuwiegen. Aber selbst, wenn ich das Klassenzimmer in klobigen Skater-Turnschuhen und dem neusten Kapuzenpullover von Carhartt betrat, drehte sich niemand nach mir um. Ausgenommen, mir passierte ein Missgeschick. Dann sahen mich natürlich alle an. So wie vor einigen Wochen, als ich Jana aus meiner Klasse mit ihren Freundinnen in einem Café erblickt und ihr zugewinkt hatte. Leider hatte ich dabei die

Straßenlampe vor mir übersehen, in die ich gleich darauf knallte.

Der Schulgong erklang. Schnatternd packte die Klasse zusammen, während Herr Hummler, um letzte Aufmerksamkeit ringend, Vokabeln für die nächste Stunde auftrug. Peter schwang seinen Rucksack über die Schulter und nickte mir zu.

«Kommst du mit in die Stadt?», fragte er.

In die Stadt bedeutete, da unsere Schule bereits darin lag, die Innenstadt mit ihren Kaufhäusern und dem McDonald's. Nur war das eher ein Zeitvertreib für Schüler mit genügend Taschengeld. Peter zählte ich, zumindest dem Eindruck nach, nicht dazu.

«In die Stadt?», fragte ich deshalb überrascht zurück.

«Ich will dir was zeigen. Kommst du nun?»

Ich schüttelte den Kopf. «Ich habe jetzt Schultheater.»

«Schultheater?» Verwundert zog Peter die Augenbrauen zusammen. «Was willst du denn im Schultheater?»

Ich zuckte mit den Schultern. Ich wusste es ja selbst nicht. Mom hatte mich dazu überredet, in diesem Jahr dort mitzumachen. Das helfe mir bestimmt, meine Schüchternheit zu überwinden, hatte sie mir eingeredet. Also schlurfte ich dienstags nach dem Latein ins Schultheater, wo ich unter den mitleidigen Blicken extrovertierter Mädchen Verse aus *Othello* aufsagte und hoffte, dass mich die Theaterlehrerin nicht wieder aufforderte, deutlicher zu sprechen. Wenn überhaupt, machte mich das Schultheater noch schüchterner.

«Was willst du mir denn zeigen?», wollte ich wissen.

«Ich kann es dir nicht *sagen*», erwiderte Peter und zog eine wichtige Miene. «Du musst es dir schon selbst *anhören*. Aber glaub mir: Es hat mein Leben verändert.»

«Dein Leben verändert?» Nun wurde ich skeptisch. Auf einmal ging mir durch den Kopf, dass Peter womöglich für seinen Vater missionierte. Die Sache mit der Stadt könnte ein Vorwand sein, um zu versuchen, mich zu Jesus zu bekehren. Peter startete aber keinen weiteren Versuch, sondern schnaubte bloß ungeduldig, als ich zögerte, und schob sich an mir vorbei zur Tür.

Unschlüssig sah ich ihm nach, während ich meinen Rucksack überstreifte. Ich musste an meinen 16. Geburtstag vor wenigen Wochen denken. Meine Eltern hatten zu Hause eine Überraschungsparty für mich organisiert und, weil ich keine Freunde hatte, einfach ihre eigenen Freunde und deren Kinder eingeladen. Die Sache war mir so peinlich, dass ich nach kurzer Zeit Kopfweh vortäuschte und mich mit einem Teller Blätterteiggebäck auf mein Zimmer verzog. Ich stellte meine Stereoanlage mit dem blinkendem Dreifach-CD-Wechsler an, warf mich aufs Bett und verdrückte einen Schinkengipfel, während Britney Spears im Radio, wie derzeit jeden Abend in der Hitparade, mit todtrauriger Stimme *She's so lucky* plärrte. Ich war mir sicher, dass meine Zukunft so verlaufen würde wie dieser Abend: Ich alleine in einem Zimmer, während von draußen Gelächter durch die Tür drang.

Eigentlich wollte ich nichts mehr, als mein Leben zu verändern.

«Warte», rief ich Peter, der bereits auf den Schulflur getreten war, hinterher. «Ich komme mit!»

Da er als Einziger der Klasse kein Nahverkehrs-Abonnement besaß und sommers wie winters auf einem rostigen Citybike zur Schule strampelte, verabredeten wir uns vor einem der Kaufhäuser der Innenstadt. Als ich aus dem Tram in den Regen stieg, wartete er bereits mit eingezogenem Kopf vor den Schaufenstern mit der Herbstmode. Wir nahmen die Rolltreppe ins Untergeschoss des Kaufhauses, wo ich Peter durch die Elektronikabteilung mit den neuen Minidisc-Playern zur Musikabteilung folgte. Die lang gezogenen CD-Auslagen waren nach Genres und Buchstaben sortiert. Vor *Rock/Alternative* blieb Peter stehen und begann, CD um CD umzuklappen.

«Was für Musik hörst du?», fragte er, ohne aufzublicken.

Rock mochte ich jedenfalls nicht. Zumindest nicht das Gejaule von Aerosmith, das Paps auf der Bang & Olufsen im Wohnzimmer aufdrehte, wenn Mom ihn zum Staubsaugen verknurrt hatte. Im Grunde wusste ich überhaupt nicht, welche Musik ich mochte. Abends hörte ich auf meinem Zimmer meist Hitparadenmusik. Gefiel mir ein Song, kaufte ich mir die CD – zuletzt eine Singleauskopplung aus der aktuellen *Street Parade*-Compilation.

«Techno», erwiderte ich deshalb einfach mal.

«Techno?» Peter verzog das Gesicht.

«*Street Parade*-Compilations, solche Sachen eben.»

«Das ist nicht Techno», erklärte er spitzfindig. «Das ist doch eher Trance.»

Ich widersprach nicht. Vermutlich trieb sich Peter nach der Schule immer hier herum und hörte CDs.

«Vergiss Techno und Trance!»

Er hielt mir eine CD unter die Nase, die er triumphierend aus der Auslage gezogen hatte. Ich musste über das seltsame Albumcover lachen: Ein nacktes Baby tauchte in einem Pool nach einer Dollarnote, die an einer Angelrute hing.

«*Das* hier ist Musik.» Peter ließ sich nicht beirren. «Die musst du gehört haben.»

«Schon wieder die *Nevermind?*»

Gereizt entfernte der Verkäufer bei der Abhörstation die Diebstahlsicherung. Während er die CD in den Player schob, erinnerte er Peter daran, dass dies hier ein Geschäft und keine Mediathek sei und er irgendwann auch etwas kaufen müsse.

Peter nickte unbeeindruckt und drückte mir die riesigen Kopfhörer in die Hand, die an einem Haken an der Abhörstation hingen. Ich setzte sie auf und hörte für einen Augenblick gar nichts, weil die Kopfhörer jedes Außengeräusch abschnitten.

Doch dann geschah es tatsächlich. Ich bekam ein neues Leben.

Erst war es nur eine trockene, abgehackt gespielte Gitarre, die an mein Ohr drang. Dann der druckvolle Auftakt eines Schlagzeugs. Die Gitarre schaltete auf Verzerrung, dröhnte plötzlich wie zehn Gitarren und wirbelte alles in mir durcheinander. Genauso, wie wenn man im Meer von einer Welle herumgeschleudert wird und nicht mehr weiß, wo oben und unten ist. Als ich wieder zu mir kam, drang ein hypnotisches *Hello Hello* durch die Kopfhörer. Doch da legten Gitarre und Drums schon wieder los, und die Stimme, die eben noch so verletzlich geklungen hatte, schrie sich die Seele aus dem Leib.

Ich verstand kein Wort von dem, was sie sang. Aber das war egal, denn ich wusste auch so, was sie sagen wollte. Die Verzweiflung in ihr war meine Verzweiflung. Ich wollte herumspringen, einen Tisch umwerfen – irgendwas tun, das der Wucht dieses Songs angemessen war. Doch wir befanden uns nun mal in der CD-Abteilung eines Kaufhauses. Also krallte ich mich am Tresen fest und kämpfte vergeblich dagegen an, dass stattdessen etwas anderes, weitaus Peinlicheres geschah: Mir kamen die Tränen. Als der Song zu Ende war, nahm ich betäubt die Kopfhörer ab und wischte mir unauffällig über die Augen.

«Was ist das?», fragte ich Peter.

«Nirvana. Der Song heißt *Smells Like Teen Spirit.*» Er lächelte. «Das bläst einem die Birne weg, nicht?»

Ich nickte. Nun begriff ich, weshalb Peter mich hierhergeschleppt hatte. Er musste dasselbe empfunden haben wie ich, als er diese Musik zum ersten Mal gehört hatte. Nur hatte er vermutlich niemanden gehabt, mit dem er die Begeisterung teilen konnte. Bis jetzt. Ich streckte dem Verkäufer eine Fünfzigernote zu, um mir die CD zu kaufen.

«Wie viel Taschengeld kriegst du?», fragte Peter leicht neidisch, als ich das Rückgeld einsteckte.

«200 Franken im Monat. Und du?»

«Ich krieg nichts.» Er zog mich zu den Auslagen zurück. Da wir uns, wie Peter meinte, mit dem Kauf der *Nevermind* das Recht erworben hatten, noch mindestens eine Stunde lang CDs anzuhören, suchte er mir weitere Alben heraus, die ich seiner Meinung nach unbedingt kennen musste. Ich versuchte, mir die seltsamen Bandnamen zu merken: Smashing Pumpkins, Pearl Jam, Red Hot Chili Peppers, Portishead. Jede war eine Offenbarung; ein neuer Planet des Universums, in das mich Peter eben eingeweiht hatte.

Plötzlich blickte er erschrocken auf seine Armbanduhr.

«Ich muss nach Hause!»

«Schon?» Meine Casio zeigte erst kurz nach sechs.

«Wir essen immer um halb sieben.», erklärte Peter. «Wenn ich zu spät bin, kriege ich einen Tag Hausarrest.»

Ich sah ihn ungläubig an, worauf er mit den Schultern zuckte. «Würde mein Vater wissen, dass ich solche Musik höre, gäbe es einen Monat Hausarrest.»

«Was ist denn so schlimm an dieser Musik?», wollte ich wissen, während wir uns auf der Rolltreppe an Menschen mit prallen Einkaufstüten vorbeischlängelten und im Erdgeschoss durch die Duftwolken der Parfümabteilung nach draußen eilten.

«Satan steckt dahinter.» Peter schloss sein Rad auf und schwang sich auf den Sattel. «Für meinen Vater steckt Satan hinter ziemlich vielen Dingen.»

Er hob die Hand zum Abschied, dann flitzte er auf dem im Straßenlicht glitzernden Asphalt – der Regen hatte aufgehört – davon. Ich fuhr mit dem Tram nach Hause, noch immer ganz aufgewühlt. Da Mom heute Paps ins Theater geschleppt hatte, machte ich mir in der Küche ein Mortadella-Sandwich und verschanzte mich in meinem Zimmer. Ich drehte die Stereoanlage auf und hörte Nirvana, bis meine Ohren halb taub waren.

Von nun an ging mein ganzes Taschengeld für CDs drauf sowie für ein Abonnement des *Rolling Stone*. Peter und ich lasen ihn in der Mittagspause, während wir gemeinsam unser Essen verschlangen. Manchmal durfte er unter dem Vorwand, dass ich ihm in seinem Problemfach Französisch half, nach der Schule sogar zu mir kommen. Sein Vater machte ab und zu Kontrollanrufe und fragte, wie es vorangehe. Mom log ihm dann das Blaue vom Himmel herunter, denn wir saßen bloß auf der Eckcouch in unserem Wohnzimmer herum, knabberten Chips und sahen Videoclips oder *Jackass* auf MTV.

Mein Notenschnitt sank, aber meine Eltern drückten ein Auge zu, weil sie sahen, wie ich zugleich aufblühte. Denn anders als tote Sprachen oder Differentialrechnungen handelte Rockmusik von Dingen, die mich im wirklichen Leben beschäftigten oder noch auf mich zukamen: Angst und Trauer, Liebe und Tod. Ich hängte ein Poster von Kurt Cobain, dem Sänger von Nirvana, über meinem Bett auf und fing an, die alte Lederjacke von Paps zu tragen. Auch wenn mir die Ärmel bis über die Handknöchel reichten, sah ich darin fast aus wie die Musikkenner, die in Secondhand-Plattenläden nach Raritäten stöberten.

Selbst als im nächsten Herbst die Flugzeuge in die Türme flogen, riss das mich nur kurz aus dem neuen Universum, das mich inzwischen fast ganz verschlungen hatte. Wieder war es ein Dienstagnachmittag, wieder trieben wir uns in einer CD-Abteilung herum, als sich vor den neuen Flachbildfernsehern der Elektronikabteilung eine Menschentraube bildete. Wir setzten die Kopfhörer ab und gingen ebenfalls hin, sahen aber nur Rauch aus einem Wolkenkratzer steigen. Desinteressiert kehrten wir zu unserer Abhörstation zurück, um endlich Nirvanas drittes, im Vergleich zu *Nevermind* irritierend sperriges Album *In Utero* zu begreifen. Während ich in den nächsten Monaten mit Mom und Paps in den Abendnachrichten verfolgte, wie die Amerikaner Höhlen nach Osama bin Laden durchkämmten, reifte in mir die Überzeugung heran, dass es auf die Dauer nicht reichen würde, Musik nur zu *hören.*

Auch Peter musste sich mit diesem Gedanken getragen haben. Natürlich war er es, der ihn schließlich aussprach.

Wir fläzten uns wieder auf unserem Ecksofa. Auf dem Flachbildfernseher, den Paps zu Weihnachten gekauft hatte, lief ein MTV-Special zum Todestag von Kurt Cobain. Nur wenige Monate nach *In Utero* hatte er sich, mit bloß 27 Jahren, eine Schrotflinte in den Mund gesteckt und abgedrückt. Fasziniert verfolgten wir einen Konzertausschnitt, in dem Cobain vom Publikum dafür bejubelt wurde, dass er mit seiner Gitarre einen Verstärker umstieß.

«Wir sollten auch eine Band gründen», sagte Peter.

Ich konnte nur eifrig nicken, weil ich den Mund voller Chips hatte. Peter nahm mir die Chipstüte aus der Hand und schüttete sich die Krümel in den Rachen. Dann fixierte er mich mit seinem Blick.

«Ich meine es ernst, Janosch», sagte er. «Wir sollten eine Band gründen und Rockstars werden. Wir könnten die größte Band dieses Jahrzehnts werden.»

«Ich meine es auch ernst!», bekräftigte ich und schluckte eilig hinunter. «Ich will auch Rockstar werden.»

«Ich singe», bestimmte Peter rasch.

«Okay», erwiderte ich. «Aber ich spiele Gitarre.»

«Ist gut.» Er nickte zufrieden und überlegte. «Jetzt brauchen wir nur noch einen Namen.»

«Und Instrumente», kam mir in den Sinn. «Und einen Proberaum.»

Wir fingen verhalten zu lachen an, weil der Gedanke daran so aufregend war. Dann musste ich dringend auf die Toilette, weil ich Durchfall kriegte. Was üblicherweise geschah, wenn ich spürte, dass ein Abenteuer im Anmarsch war.

Peter

Eine verfluchte Stunde lang schmiss ich Flugblätter in die Briefkästen unseres Viertels. Dann kehrte ich mit klammen Fingern in die Hardau zurück. Zwar bezweifelte ich, dass jemand den Schwachsinn glaubte, den mein Vater auf die Werbung für die *Brüder und Schwestern Jesu Christi* hatte drucken lassen. Irgendwelchen Quatsch über Satan und seine Versuchungen. Aber ich hoffte, dass er sich nach meiner Verteilaktion wenigstens von seiner gnädigen Seite zeigte. Mit knurrendem Magen lief ich die Aufstiegsrampe zur Siedlung hoch. Vor mir schossen die vier Hardau-Türme in die Dämmerung empor wie vier riesige, rotbraune Finger.

Auf dem Vorplatz nach der Rampe blickte ich nach links und rechts, um nicht den Hirnamputierten in die Arme laufen. Doch sie waren nirgends zu sehen. Nur ein paar Omas vom Altersheim auf Rollator-Ausflug kreuzten meinen Weg. Ich wünschte ihnen einen schönen Abend – Freundlichkeit hatte mir mein Vater eingetrichtert wie die zehn Gebote. Dann trat ich in den Eingang zum höchsten Turm, in dessen sechster

Etage wir wohnten. Ich schnaubte, weil der Lift irgendwo in den 33 Stockwerken unterwegs war, und nahm die Treppe.

Wenn Essenszeit war, duftete es im Treppenhaus nach exotischen Gewürzen. Ich wusste deren Namen genauso wenig wie die unserer meisten Nachbarn. Den Geruch aus unserer Wohnung kannte ich hingegen zur Genüge. Mir drehte sich der Magen schon um, als ich nur über die Schwelle trat. Bohneneintopf. Mindestens dreimal in der Woche tischte meine Mutter diesen Fraß auf. Ich konnte ihn nicht mehr sehen und nicht mehr riechen.

Doch die Kohle war bei uns knapp. Wir lebten von den Spenden, die die etwa hundert Mitglieder der *Brüder und Schwestern Jesu Christi* meinem Vater abdrückten. Also wurde bei uns jeder Franken zweimal umgedreht. Mindestens. Aus dem türkischen Minimarkt die Straße runter trugen ich und meine Mutter Großpackungen Teigwaren, Reis und Bohnen nach Hause. Immerhin machte sie das Beste daraus. Garte die Bohnen mit Zwiebeln und billigem Speck vom nahen Schlachthaus, bevor sie den Eintopf in unsere vergilbten Teller schöpfte. Beschwerte ich mich wieder einmal über unseren öden Speiseplan, flog ihr Blick direkt zu Vater. Dem unbestrittenen Gebieter über unsere städtische Dreizimmerwohnung. Diese Knalltüte hielt mir dann einen Vortrag über Hungersnöte in Afrika und meine himmelschreiende Undankbarkeit, saß ich doch vor einem Teller schmackhafter Bohnen.

Ihm konnte es ja scheißegal sein. Leckeres Essen war meinem Vater genauso zuwider wie all die anderen schönen Dinge im Leben. Ferien oder Fernsehen etwa. Stattdessen hing er die meiste Zeit in seinem Studierzimmer herum, wo er bei Filterkaffee und Keksen über Bibeltexten brütete. Oder lange Telefonate führte.

So wie jetzt. Dumpf hörte ich ihn hinter der Tür in den Hörer schimpfen, während ich fürs Abendessen deckte. Alles in unserer Küche war braun: der Linoleumboden, die klapprigen Geschirrschränkchen, das Bild mit dem deprimierten Jesus über dem Esstisch. Doch manchmal schien die Sonne beim Untergehen hinein. Dann tauchte sie die Küche in ein sattes Orange. Was mich immer daran erinnerte, dass es neben unserer Welt der Brauntöne auch eine andere gab.

Im Studierzimmer schrie mein Vater nun fast. Vermutlich hatten die *Kinder von Galiläa* wieder stinkende Windeln vor das Bürogebäude gelegt, in dessen Untergeschoss sich die *Brüder und Schwestern Jesu Christi* versammelten. Die *Kinder von Galiläa* waren eine Splittergruppe, die sich wegen irgendeiner theologischen Spitzfindigkeit von den *Brüdern und Schwestern* abgespalten hatten. Dem Kleinkrieg, der daraus entstand, widmete mein Vater gerade den Großteil seiner Zeit.

Mutter nahm die Bohnen vom Herd und setzte Tee für uns sowie noch mehr Kaffee für den Herrn des Hauses auf. Ich holte Rebekka. An guten Tagen schaffte sie es inzwischen mit Krücken in die Küche. Aber nur, wenn jemand neben ihr herging und aufpasste. Heute war sie zu müde dafür. Das sah ich ihr gleich an, als ich unser Zimmer betrat. Vorsichtig hob ich sie von der unteren Matratze unseres Etagenbetts. Trug sie auf beiden Händen in die Küche und hievte sie in den Hochstuhl. Der war eigentlich für Hosenscheißer gedacht. Doch auch wenn Rebekka bald zwölf wurde, war sie nun mal nur so groß wie eine Fünfjährige. Pflanzte man sie auf einen normalen Stuhl, plumpste sie zur Seite runter. Ich band ihr das Lieblingslätzchen um – das mit den spielenden Affen.

Erst als wir vor den dampfenden Tellern saßen, bequemte sich auch mein Vater aus dem Studierzimmer zu uns. Wortlos setzte er sich, das Gesicht verzerrt vor Wut. Er faltete die Hände und sprach mit gesenktem Kopf das Tischgebet. Es erklang Abend für Abend in unserer Küche, seit ich denken konnte.

Unser Vater, segne diese Speise, uns zur Kraft und dir zum Preise.

Heute sprach ich das *Amen* zum Schluss überdeutlich mit, statt meinen Vater wie üblich mit einer Lippenbewegung zu ärgern. Schweigend löffelten wir die Bohnen, und vor dem Küchenfenster verschwamm das Rotbraun des Nachbarturms in der Dunkelheit. Mein Vater beruhigte sich langsam. Geduldig wischte er Rebekka mit dem Latzzipfel die Soße ab, die aus ihrem Mundwinkel übers Kinn lief. Als wir vor leeren Tellern saßen, hielt ich den Moment für gekommen. Satt war mein Vater milder drauf als sonst.

«Janosch und ich wollen Musik machen», eröffnete ich die Schlacht. Es wurde totenstill am Tisch. Sogar Rebekka hörte auf, mit dem Löffel gegen den Tellerrand zu klacken.

«*Musik* machen?» Misstrauisch zog mein Vater die Augenbrauen zusammen.

Von allen irdischen Versuchungen war dieser Spaßbremse die Musik am suspektesten. Selbst die Kirchenlieder, die wir in den Gottesdiensten der *Brüder und Schwestern* sangen, sah er eher als notwendiges Übel und weniger als geistige Erbauung. Bei Rock und Techno gingen bei ihm aber die Alarmglocken an. Diese Musik war untrennbar mit Sünden wie Drogen oder ausschweifendem Sexleben verbunden und trieb jeden, der sie zu lange hörte, direkt in Satans Arme. Zweifellos wartete mein Vater deshalb nur auf ein falsches Wort von mir, um mir auch dieses Vorhaben zu verbieten. Genauso wie McDonald's, Actionfilme und Geburtstagspartys von Klassenkollegen, weil dort möglicherweise Alkohol getrunken wurde.

«Was für Musik wollt ihr spielen?», fragte er und strich sich nachdenklich über den Bart.

«Solche Musik.» Ich schob eine Kassette über den Tisch. Janosch und ich hatten uns vorbereitet. In der CD-Sammlung seiner Mutter hatten wir Jeff Buckleys Coverversion von Leonard Cohens *Halleluja* gefunden. Da wir zu Hause nicht einmal einen CD-Player hatten, mussten wir den Song auf Janoschs Stereoanlage auf Kassette überspielen. Es war eine Ballade ganz ohne verzerrte Gitarren, denn in denen hörte mein Vater das Heulen Satans höchstpersönlich. Jeff Buckley hingegen zupfte die Saiten sanft wie ein Engel. Außerdem sang er so oft *Halleluja*, dass Satan spätestens im zweiten Refrain das Weite suchen musste.

«Janosch wird Gitarre spielen», erklärte ich, «und du weißt ja, wie gerne ich singe.» Ich setzte einen bettelnden Blick auf, was mich einige Überwindung kostete.

«Und *du* weißt, dass wir es nur gut mit dir meinen.» Er drehte die Kassette langsam in den Fingern. «Wir wollen, dass du den richtigen Weg gehst, Peter. Den Weg, den Jesus gegangen ist. Den Weg, den auch wir für unser Leben gewählt haben.»

Ich nickte. Solche Sätze gingen bei mir inzwischen in ein Ohr rein und direkt zum anderen wieder raus. Ohne ein weiteres Wort stand mein Vater auf und marschierte, die Kassette in der einen und die Kaffeetasse in der anderen Hand, ins Studierzimmer. Ich half meiner Mutter beim Abwasch. Wir sangen *Geh aus, mein Herz, und suche Freud* dazu. Es war ein beliebtes Stück aus dem Liederbuch unserer Gemeinde. Und wir lachten, weil Rebekka mit dem Löffel komplett neben dem Takt auf den Tisch schlug. Meine Mutter redete nicht viel. Aber sie sang fürs Leben gern. Von ihr hatte ich nicht nur die Liebe dazu geerbt, sondern auch die Stimme. Sie war hell und klar, wie wenn morgens die Sonne durchs Fenster strahlte.

Früher hatte ich auch in den Gottesdiensten der *Brüder und Schwestern* inbrünstig mitgesungen. Ich war stolz gewesen, dass mein Vater der Anführer der Gemeinde war. Der Häuptling, der nach der Predigt umschwärmt und um Rat gefragt wurde. Damals glaubte ich auch den Märchen, die er uns Kindern der *Brüder und Schwestern* in der Sonntagsschule nach dem Gottesdienst auftischte. Mit seiner Bassstimme und seinem Bart, den er zum Zittern bringen konnte, machte er einen furchterregenden Teufel nach.

Ich hatte keinen Grund, an dessen Existenz zu zweifeln. Schließlich sahen wir Satans Werk an jeder Ecke von Zürich. Die Menschen, die seinen Versuchungen erlegen waren. Junkies mit eingefallenen Gesichtern, die beim Bahnhof bettelten und ihre Spritzen auch in der Hardau in die Büsche warfen. Männer, die in Sexkinos mit roten Leuchtreklamen verschwanden. Menschenmassen, die samstags mit prallen Einkaufstüten von Kaufhaus zu Kaufhaus hetzten und abends besoffen von Kneipe zu Kneipe torkelten. Unsere Wohnung war die Festung, in der wir uns vor all dem Bösen in der Welt verbarrikadierten.

Doch je älter ich wurde, desto stärker drängten sich mir einige Fragen auf. Zum Beispiel: Wenn wir so streng nach Gottes Gesetz lebten und die anderen nicht, wieso lebten *wir* dann in einer so mickrigen Wohnung? Weshalb gab uns Gott nicht mehr Geld, damit auch wir mal ans Meer fahren konnten? Oder zumindest ab und zu in eine Pizzeria gehen, wie das alle anderen Familien taten?

Doch es waren nicht diese Fragen gewesen, die mich vom Glauben hatten abfallen lassen. Dafür hatte Rebekka gesorgt.

Ich hatte mich schon daran gewöhnt, eine kleine Schwester zu haben, die mit verrenkten Armen und Beinen zur Welt gekommen war. Die nur Gebrabbel von sich gab statt Wörter. Alle paar Wochen fuhren wir ins Kinderspital und hörten uns die neusten Mutmaßungen der Ärzte an, was Rebekka haben könnte. Die ständigen Untersuchungen gingen uns allen an die Nieren, aber sie litt logischerweise am meisten darunter. Kaum kamen die Ärzte in ihren weißen Kitteln ins Zimmer, begann sie mit ihren Beinchen zu strampeln, und ich musste sie beruhigen. Hatten wir einen Termin hinter uns gebracht, gingen wir zur Belohnung in die Cafeteria des Altersheims in der Hardau. Dort verdrückten wir Erdbeertörtchen mit Sahne und lachten, weil Rebekka Erdbeertörtchen über alles liebte und deshalb immer eine Riesenschweinerei veranstaltete. Ich liebte diese Momente. Sie ließen mich kurz vergessen, dass wir auf eine so verkackte Art anders waren als die anderen Familien.

Als wir vor zwei Jahren vom Kinderspital zurückkamen, aßen wir die Erdbeertörtchen aber in bedrücktem Schweigen. Die Ärzte wussten endlich, was Rebekka fehlte: Sie litt am Marshall-Syndrom. Einer seltenen Erbkrankheit. Man wisse noch wenig darüber, hatte uns die Spezialistin erklärt. Aber Rebekka werde das Teenageralter kaum überleben. Ich wurde so wütend, dass ich zu Hause mit aller Kraft an unsere Zimmertür trat und mich dafür bei Vater entschuldigen musste.

«Wieso muss Rebekka sterben?», fragte ich ihn.

«Gott hat für jeden von uns einen Plan», gab dieser Schwachkopf zur Antwort. «Vielleicht gehört es zu seinem Plan, dass er Rebekka früher zu sich holt als uns.»

«Was ist das denn für ein beschissener Plan?», rief ich. «Welcher idiotische Gott denkt sich das aus?»

Vaters Barthaare begannen zu zittern. Es war ihm anzusehen, dass er mir am liebsten eine geklebt hätte. Doch er klammerte sich am Türrahmen unseres Zimmers fest und holte tief Luft. «Gott prüft uns, Peter. Gott prüft uns in unserem Leben immer und immer wieder.»

Dann schickte er mich ohne Abendessen ins Bett.

Unter mir schlief Rebekka tief und fest. Ganz so, als hätte sie sich schon mit ihrem Schicksal abgefunden. Ich zog einen anderen Schluss. Von nun an tat ich das Gegenteil von dem, was Gott von uns verlangte.

Ich begann zu fluchen. Zumindest wenn ich außer Haus war und mir mein Vater dafür keinen Hausarrest verpassen konnte. Ich schaute in den Tageszeitungen im Schulfoyer die Werbungen für Sexkinos durch. Vor allem aber entdeckte ich beim Herumstreunen in den Kaufhäusern die Art von Musik, vor der mein Vater seine Gemeinde jeden Sonntag warnte. Seltsamerweise tat sie genau das, was er vorausgesagt hatte. Sie zog mich mit einer unsichtbaren Kraft in ihren Bann. Doch ich fühlte mich fantastisch dabei. Überhaupt nicht wie in den Klauen Satans. Sobald ich die Kopfhörer aufhatte und der Sound von E-Gitarren und Schlagzeug über mich hereinbrach, verrauchte die Wut über mein Leben sofort.

Als wir mit dem Abwasch fertig waren, hob ich Rebekka aus dem Hochstuhl. Ich trug sie ins Bett zurück und deckte sie zu. Nahm den Modellflieger von der Kleiderkommode, kreiste damit über ihrem Kopf herum und ahmte Motorengeräusche nach. Unser Abendritual. Rebekka streckte ihre Ärmchen aus, kriegte den Flieger schließlich zu fassen und gab ein zufriedenes Quietschen von sich. Stolz strich ich ihr übers Haar. Es war so weich und lockig wie meines. Wäre Rebekka ohne Marshall-Syndrom zur Welt gekommen, wäre sie nun der größte Schuss ihrer Schulklasse gewesen. Das Mädchen, dem alle Jungs beim Wachsen der Brüste zugesehen hätten. Doch sie steckte nun mal im Körper eines Kindes mit überdimensioniertem Kopf: mit riesigen Augen, einer absurd hohen Stirn und Zähnen, die in alle Richtungen wegstanden. So als habe ihr jemand eine Tracht Prügel verpasst.

Keine Frage: Gott war ein hochgradiges Arschloch.

«Peter.»

Ich drehte mich um. Mein Vater lehnte am Türrahmen. Er hatte die Arme verschränkt und die Kassette zwischen Daumen und Zeigefinger geklemmt. Vermutlich stand er schon eine Weile da und hatte uns beobachtet. Ein Lächeln huschte über seine Lippen und verschwand im Bart.

«Wenn es dir solche Freude macht, darfst du mit Janosch Musik machen.»

Ich lächelte, obwohl ich das nicht hatte tun wollen. Aber mir fiel ein Stein vom Herzen. Mein Vater kam auf mich zu und blieb dicht vor mir stehen, sodass ich den Filterkaffee in seinem Atem roch. Er legte mir die Kassette in die Hand, hielt sie aber noch umklammert.

«Vergiss eines nicht, Peter», beschwor er mich. «Das Leben ist eine Prüfung. Eine Prüfung, den Versuchungen zu widerstehen. Ich vertraue dir, dass du das schaffst.»

Endlich nahm er die Pfote von der Kassette, nagelte mich aber noch immer mit seinem Blick fest. Und räumte so jeden Zweifel aus dem Weg, wie unfassbar enttäuscht er wäre, wenn ich das nicht schaffen sollte.

Janosch

Als ich Mom erzählte, dass Peter und ich eine Band gründen wollten, zögerte sie keine Sekunde. Noch am selben Tag schleppte sich mich in ein Musikgeschäft in der Altstadt, wo ich mich mit einer Les Paul von Gibson, der besten Gitarrenmarke, einem Gitarrenkoffer, einem Verstärker sowie einer Handvoll Effektpedale ausrüstete. Alles zusammen kostete weit über 2500 Franken, aber Mom zückte an der Kasse ihre Bankkarte, ohne mit der Wimper zu zucken, und sagte etwas von einem vorgezogenen Geburtstags- und Weihnachtsgeschenk.

Von nun an ging ich einmal in der Woche in die Gitarrenstunde. Herr Hunziker, ein Bluesmusiker mit Ohrring und melancholischen Augen, zeigte mir, wie ich die Stahlsaiten mit dem Plektron bediente – einem flachen Plastikdreieck, das man zwischen Daumen und Zeigefinger hielt. Zu Hause übte ich jede freie Minute. Erst auf meinem Zimmer und dann, als sich die Lärmklagen von Paps und meinem kleinen Bruder Leon häuften, in unserem mit Gerümpel vollgestellten Luftschutzkeller.

Dort spielte ich auch mit Peter, wenn er an den schulfreien Mittwochnachmittagen zur Probe kommen durfte. Damit auch er ein Instrument in den Händen hielt, hatten wir Moms Lagerfeuergitarre aus ihrer Hippiezeit vom Dachboden geholt. Anfangs arbeiteten wir uns euphorisch durch das Notenbuch der *Nevermind,* das Mom an der Kasse des Musikgeschäfts entdeckt und kurzerhand auf mein Equipment gelegt hatte. Ich griff die Powerchords, die ich in den Gitarrenstunden gelernt hatte; Peter sang und imitierte auf der tiefsten Saite der Akustikgitarre einen Bass.

Doch die Freude darüber, die Songs von Nirvana endlich selbst zu spielen, wich bald der Ernüchterung darüber, wie ungleich wir beide ausgerüstet waren. Peter regte sich darüber auf, dass der Lärm aus meinem Verstärker seine Stimme verschluckte. Ich wiederum ärgerte mich darüber, dass ich ständig meinen Verstärker leiser stellen musste.

«So wird das nichts!», rief Peter irgendwann aus und ließ sich rücklings gegen einen Stapel Bananenkisten fallen, der sich neben dem defekten Hometrainer von Paps bis zur Kellerdecke türmte. «Ich brauche einen richtigen Bass. Und ein Mikrofon.»

Wir gingen nach oben in die Küche, wo wir uns Sandwichs schmierten und dabei so düster vor uns hin brüteten, dass Mom, den Wäschekorb in den Armen, vorbeikam und wissen wollte, ob jemand gestorben sei. Peter lächelte höflich, sah auf seine Uhr und meinte, er müsse nach Hause.

«Willst du nicht zum Abendessen bleiben, Peter?», fragte Mom. «Rolf backt draußen im Steinofen Pizza!»

«Ich kann nicht.» Er schüttelte den Kopf und eilte hinunter in den Keller, um seinen Rucksack zu holen. Eigentlich wusste Mom ja Bescheid. Peter musste nach jeder Probe pünktlich um sechs zu Hause sein. War er fünf Minuten zu spät, klingelte bei uns das Telefon, und sein Vater fragte, wo er bleibe.

Wir aßen draußen im Garten, wo der Fliederbusch zu blühen begann und der Brombeerstrauch schon fast wieder über den kniehohen Zaun reichte. Mom ließ ihn absichtlich wuchern, um die Kellers, unsere kleinkarierten Nachbarn in der anderen Doppelhaushälfte, zu ärgern. Am Gartentisch schenkte mir Paps großzügig vom Barolo ein, von dem er sich kürzlich eine Kiste aus dem Piemont hatte liefern lassen. Mom stoppte ihn sanft, bevor er auch noch Leon eingoss.

«Jetzt mach mal halblang, Schatz», sagte sie. «Ein Alkoholiker in der Familie reicht mir.

«Ach was. Ein Glas pro Tag verlängert das Leben», gab Paps aufgeräumt zurück und füllte Moms Weinglas zur Hälfte.

«Wer sagt das?», feixte sie. «Dein Weinhändler?»

Ich hörte dem Dialog nur mit halbem Ohr zu, da ich ihn auswendig kannte. Stattdessen schnappte ich mir ein Stück der dampfenden Pizza und belegte es mit Rucola und Rohschinken, den Mom auf einer Platte nach draußen gebracht hatte.

«Paps», sagte ich dann, weil ich sicher war, Mom schon auf meiner Seite zu haben. «Können wir Peter einen Bass schenken?»

«Einen Bass?» Paps wischte sich mit der Serviette einen Käsefaden vom Mundwinkel. «Wieso kann sich Peter den nicht selbst kaufen?»

«Rolf!», warf Mom empört ein. «Du hast seinen Vater doch am Besuchstag gesehen. Die sind in Lumpen gekleidet!»

Paps lachte. «Moni, jetzt übertreibst du mal wieder.»

«Wenn Peter einen Bass kriegt, will ich mit Vanessa in den Europapark», mischte sich Leon mit vollem Mund ein.

«Wer ist denn Vanessa?» Mom nahm sich endlich auch ein Stück Pizza und rollte halb gespielt, halb ernst mit den Augen. «Und was ist denn mit Vera passiert?»

«Vera war vorletzten Monat, Mom!»

Ungeniert stopfte sich Leon zwei Scheiben Rohschinken in den Mund. Mein kleiner Bruder war fast zwei Jahre jünger als ich, fummelte aber im Jugendclub schon so selbstverständlich mit Mädchen herum, wie er für den FC Altstetten Tore versenkte. Er kam ganz nach Paps. Die beiden hatten absolut keinen Sinn für Musisches, waren dafür aber mit einem unerschütterlichen Selbstbewusstsein gesegnet, das sie locker über die Tatsache hinwegsehen ließ, dass ihr Köpfe so groß waren wie Medizinbälle. Wäre Mom nicht gewesen, Mom mit den feinen Gesichtszügen, dem geschmeidigen Körper und dem gelegentlichen Hang zu Tagträumen, aus denen Paps sie gerne mit einem Kniff in den Arm weckte, hätte ich ernsthaft an meiner biologischen Verwandtschaft mit diesen Menschen gezweifelt.

«Aber jetzt hat Janosch endlich etwas gefunden, für das er brennt», hörte ich Mom sagen – die Erwähnung meines Namens riss mich aus meiner Gedankenblase. «Und erst noch einen Freund, mit dem er das alles teilen kann», fuhr sie kauend fort.

«Ich weiß, ich weiß», lenkte Paps ein.

«Könntet ihr bitte nicht so reden, als ob ich nicht da wäre!», protestierte ich und spürte, wie ich rot anlief.

«Du *warst* nicht da, Janosch.» Paps lachte trocken und schenkte sich Barolo nach, während Leon doof grinste und mir das letzte Stück Pizza vor der Nase wegschnappte. «Aber wenn euch nach den Sommerferien die Lust am Proben nicht vergangen ist, wieso eigentlich nicht?», fuhr Paps fort. «Dann kaufen wir Peter eben einen Bass.»

Peter

Sommerferien in der Hardau waren die Hölle.

Die Ausländerfamilien aus den unteren Stockwerken verreisten in ihre alten Heimatländer. Damit waren allerdings auch die Hirnamputierten weg. Anfangs hatten sie sich die ganze Zeit noch auf dem Vorplatz postiert und alle kirre gemacht mit ihren Versuchen, so schnell zu rappen wie Eminem. Aber irgendwann stiegen auch sie in die vollgepackten Autos ihrer Eltern und hauten ab. Danach war Totenstille. Nur wir, ein paar andere Familien und die Opas und Omas aus den Kleinwohnungen oben in den Türmen, hatten die Arschkarte gezogen und hüteten die Hardau.

Jeden Morgen kroch die Sonne in den Himmel, heizte den Beton auf und ließ die Wäsche und die Geranien auf den Balkonen leuchten. Da es in der Wohnung stickig wurde wie in einer Sauna, ging ich oft mit Rebekka nach unten und half ihr, ein paar Schritte mit den Krücken zu machen. Wurde sie müde, setzten wir uns auf eine Bank und sahen den wenigen daheimgebliebenen anderen Kindern zu, wie sie im flachen Brunnen auf dem Vorplatz spielten. Manchmal schloss ich dabei die Augen. Dann hörte ich das Gekreische und Geplansche nur noch aus der Ferne. So als säße ich in einer Luftblase. Die Sonne flackerte auf meinen Augenlidern, und ich stellte mir das durch nichts begrenzte Leben vor, das ich führen würde, sobald ich hier raus war.

Keine Kompromisse, schwor ich mir. Und nie mehr dieser verdammte Bohneneintopf!

Als die Ferien endlich vorüber waren, fuhr ich auf meinem Fahrrad aufgeregt zum Haus der Grunders. Janosch und seine Mutter warteten schon auf dem Treppchen vor dem Eingang und winkten. Janosch grinste – er trug ein T-Shirt mit der Aufschrift *Norway.* Die Grunders waren natürlich verreist und schnell mal mit dem Wohnmobil durch die norwegischen Fjorde getourt. Ich hielt Janoschs Mutter einen Blumenstrauß hin, den ich auf dem Hinweg in einem Garten ausgerissen hatte. Sie bedanke sich lachend und bestand darauf, dass ich sie endlich Moni nannte statt Frau Grunder. Danach fuhren wir mit dem Tram zum Musikhaus in der Altstadt, in dem Janosch schon seine Les Paul gekauft hatte.

Als wir in der obersten Etage aus dem Fahrstuhl traten, blieb ich erst einmal staunend stehen. Vor mir lag das Paradies: Wände voller Gitarren in allen möglichen Farben und Formen; in einer Ecke stand ein komplettes Drumset. Aus einer Kabine, in der sich Verstärker aneinanderreihten, drang ein irre schnelles Hardrock-Gitarrensolo.

«Kriegt der Gitarrist Verstärkung?» Ein baumlanger Verkäufer schlenderte grinsend auf uns zu. Er trug eine Frank-Zappa-Mähne inklusive Ziegenbart und ein Lederband mit Nieten über einem Handgelenk.

«Genau.» Moni lächelte. «Jetzt brauchen wir einen Bass.»

Der Verkäufer führte uns zur Sektion mit den E-Bässen. Ich wählte einige Modelle aus, danach jagte der Verkäufer den Hardrock-Solisten aus der Verstärkerkabine, weil der zu lange drin war und jetzt auch noch Led Zeppelins *Stairway to Hea-*

ven spielte, was gemäß einem Zettel in der Kabine strikt verboten war.

Im *Rolling Stone* hatte mal gestanden, dass Bassisten als Putzfrauen der Musik galten. Doch ich liebte das Instrument auf Anhieb. Das Wummern der dicken Saiten ließ die ganze Kabine vibrieren. Ich wählte einen billigen Ibanez-Bass ganz in schwarz, eine Rucksackhülle aus Stoff und einen kleinen Marshall-Verstärker aus. Als Moni bezahlt hatte, bot ich gleich an, das Geld mit Samstagsschichten bei Janoschs Vater abzustottern. Ihm gehörte eine Handvoll Copyshops in der Stadt, hatte Janosch mir erzählt. Doch Moni winkte nur ab. Zur Feier des Tages lud sie uns noch in eine Konditorei ein, wo wir unter einem Sonnenschirm Schwarzwälder Kirschtorte verdrückten.

Mir war nicht klar, was stärker war: Die Scham darüber, wie armselig meine Eltern im Vergleich mit den Grunders waren. Oder der Neid darüber, in was für einem tollen Zuhause Janosch aufwuchs. Und es nicht einmal wirklich zu schätzen wusste.

«Nun seid ihr schon fast eine Band.» Moni trank ihren Cappuccino aus und betrachtete uns stolz. Fast so, als seien wir beide ihre Söhne. «Fehlt nur noch jemand am Schlagzeug, oder?»

«Mhm», erwiderte Janosch und schob sich eine Gabel in den Mund. «Aber wir kennen niemanden.»

«Ich habe eine Idee!» Moni riss die Augen auf und legte Janosch eine Hand auf den Arm: «Linda spielt doch Schlagzeug!»

«Nicht Linda, Mom. Bitte nicht.» Janosch machte ein Gesicht, als habe er eben in eine Zitrone gebissen statt in ein Tortenstück.

«Probiert es doch mal», erwiderte Moni aufmunternd und trank ihren Cappuccino aus. «Ich rufe Jolanda an.»

Noch als wir aufstanden, um zum Tram zu laufen, schüttete Janosch den gesenkten Kopf. «Nicht Linda.»

Janosch

Am ersten Samstag nach Schulbeginn spazierten Peter und ich zum Ende unserer Straße, wo die Gärtners in einem hellgrünen Mehrfamilienhaus wohnten. Lindas Mutter, Jolanda, war eine hagere Frau, die einen winzigen Blumenladen neben dem Friedhof Sihlfeld betrieb. Sorgenfalten überwucherten ihre Stirn – ständig schien sie bekümmert zu sein. So bekümmert, dass sie es nicht einmal lustig fand, Gärtner zu heißen und Blumenhändlerin zu sein. Linda wirkte noch zerbrechlicher als ihre Mutter. Ihre aschblonden Haare fielen schnurgerade vom Mittelscheitel herab, sodass sie aussah wie eine traurige Märchenprinzessin. Außerdem trug sie fast immer Schwarz.

Früher waren Linda und Jolanda ab und zu bei uns zu Besuch vorbeigekommen. Während unsere Mütter unten Kaffee tranken, hörten Linda und ich in meinem Zimmer Musik – damals noch Hitparade oder meine *Street Parade*-Compilation. Ich saß dabei auf dem Bett und sie auf meinem Sitzsack, das Gesicht in die feingliedrigen Hände gestützt. Eines Tages begann Linda, mir lange, seltsame Blicke zuzuwerfen. Irgendwann ging mir auf, dass sie in mich verliebt sein könnte.

«Linda ist doch ein hübsches Mädchen», versuchte mich Mom zu begeistern, als ich ihr davon erzählte. «Wieso geht ihr nicht mal ins Kino?»

«Aber sie sieht immer so traurig aus», wandte ich ein. «Außerdem sind ihre Finger zu lang.»

Mom sah mich nachdenklich an. «Du solltest nicht nach der perfekten Prinzessin suchen, Janosch», erwiderte sie sachte, aber bestimmt. «Du bist ein toller Junge, aber auch kein perfekter Prinz.»

Doch ich stand nun mal nicht auf Linda. Und weil mir ihre Blicke immer unangenehmer wurden, fing ich damit an, sie bei ihren Besuchen wie Luft zu behandeln. Irgendwann tauchte Jolanda nur noch ohne Linda auf. Es kam nicht oft vor, dass Mom enttäuscht von mir war. Aber da, daran ließ ihr Blick keinen Zweifel, war sie es.

Das schlechte Gewissen kam deshalb wieder in mir auf, als Peter und ich bei den Gärtners klingelten. Linda öffnete. Sie war erwachsener geworden, seit ich sie das letzte Mal gesehen hatte. Sie trug enge Jeans, ein schwarzes Top mit Spaghettiträgern und darüber eine Jeansjacke, die in der Spätsommersonne leuchtete. Sie begrüßte mich mit einem leisen Hallo und Peter mit einem nervösen Lächeln.

Da Paps heute Leon zu einem Auswärtsspiel der Regionalauswahl fuhr, mussten wir ihr Schlagzeug zu Fuß transportieren. Zweimal gingen wir keuchend die Straße zu unserem Haus hinunter und schleppten Becken, Hi-Hat, Snare und die sperrige Bassdrum in unseren Keller. Als wir alles aufgebaut hatten, realisierten wir, wie eng es hier unten langsam wurde. Wenige Tage zuvor hatten Peter und ich auf eBay ein gebrauchtes Mikrofon sowie eine kleine Lautsprecheranlage ersteigert, damit seine Stimme nicht mehr im Lärm unterging.

«Kennst du *Smells Like Teen Spirit?*», fragte ich Linda, als sie sich hinter das Schlagzeug gesetzt hatte und wir die Instrumente umgeschnallt hatten.

«Klar.» Sie schob sich die Haare hinter die Ohren und schmetterte den Auftakt auf die Snare. «Ich kann alle Lieder auf der *Nevermind.*»

Wir sahen sie überrascht an. Linda hatte früher in der Jugendmusik getrommelt, und ich hatte Peter erzählt, dass sie vermutlich nur Märsche spielen könne.

«Cool!» Peter lächelte und zählte «eins, zwei, drei, vier» ins Mikrofon; den Auftakt, der das Tempo eines Songs festlegte. Es war ein Ritual, das er wortlos an sich genommen hatte und für das es nun zu spät war, es ihm noch streitig zu machen.

Linda ließ ihre Drumsticks einen Sekundenbruchteil zu früh auf das Fell knallen. Peter und ich setzten hektisch ein, angetrieben von Lindas Schlägen und einer Energie, die ich ihr im Leben nicht zugetraut hätte. Ich erwischte oft den falschen Gitarrenbund, Linda rutschte in der zweiten Strophe ein Stick aus der verschwitzten Hand, und Peter entfielen immer wieder Textpassagen. Aber erstmals klangen wir wie eine richtige Band. Mit Gitarre, Bass, Schlagzeug und Peters Stimme, die so wütend schreien konnte wie die von Kurt Cobain, brachten wir fast die Kellerdecke zum Erzittern. Als der Song zu Ende war, strahlten wir uns an. Ohne weitere Umschweife fragte Peter Linda, ob sie in unserer Band mitspielen wolle.

Ich hatte sie noch nie so glücklich lächeln gesehen.

«Habt ihr schon einen Namen?», fragte sie.

«Wir diskutieren noch», sagte Peter.

Wir waren im Patt. Peter drängte auf *Kill the Killer*, während ich hartnäckig *Treasure of the Mariana Trench* verteidigte. Insgeheim wussten wir aber wohl beide, dass es keine guten Namen waren.

«Wie findet ihr *Noise Parade?*», fragte Linda vorsichtig.

«Wieso *Noise Parade?*», wollte ich wissen.

«Keine Ahnung.» Verlegen betrachtete sie ihre Drumsticks, die sie auf die Snare gelegt hatte. «Ich hab' nur mal überlegt, wie ich eine Band nennen würde, wenn ich eine gründen würde.»

Peter drehte sich zu mir. «Es hat was, nicht?»

Ich zuckte die Schultern, weil ich *Treasure of the Mariana Trench* noch nicht aufgeben wollte.

Dabei war es offensichtlich: *Noise Parade.* Lärmparade. Es passte wie die Faust aufs Auge.

Tower Boys

Herbst 2002

Janosch

Es konnte doch nicht so schwer sein. Frustriert saß ich auf dem Ecksofa in unserem Wohnzimmer und schrammelte auf Moms Lagerfeuergitarre herum. Dicker Regen prasselte an die Glasfront, die zu unserem Garten hinausging. Mit einem Seufzer legte ich die Gitarre aufs Sofa und schlich in die Küche, um mir etwas zu essen zu holen. Es konnte doch nicht so schwer sein, dachte ich noch einmal, während ich ein Stück Schwarzbrot mit schottischem Bio-Lachs belegte und mampfend ins Wohnzimmer zurückkehrte. Es konnte doch nicht so schwer sein, einen eigenen Song zu schreiben.

Schließlich bestanden selbst die Meisterwerke von Nirvana meist aus gerade mal drei Teilen: Strophe, Refrain sowie einer Bridge, die vor den letzten Refrain eingeschoben wurde. Doch obwohl ich seit Wochen am Herumprobieren war, kam ich einfach nicht vom Fleck. Jedes Gitarrenriff und jede Melodie, die mir in den Sinn kamen, stellten sich früher oder später als Abklatsch eines Songs heraus, der auf meiner Stereoanlage gerade auf Heavy Rotation lief. Vermutlich, überlegte ich, musste ich einfach auf die Inspiration warten. In den Interviews im *Rolling Stone* erzählten Musiker oft von plötzlichen Eingebungen, die sie in Hotelzimmern oder auf nächtlichen Taxifahrten überkamen. Doch ich führte nun mal nicht deren aufregendes Leben. Meines spielte sich lediglich zwischen der Schule und unserem Zuhause ab. Ich sah zum Garten hinaus, wo das Wasser von der grauen Plastikplane ablief, mit der Paps den Steinofen für den Winter abgedeckt hatte. Wie sollte mich die Inspiration hier je finden?

Ich warf mich aufs Sofa und stellte den Fernseher an, dann hob ich die Gitarre wieder auf und schrammelte gelangweilt weiter. *MTV Cribs* lief. Es war eine Sendung, in der Rap- und Rockstars ihre kindisch eingerichteten Villen voller Whirlpools, Privatkinos und Playstations präsentierten. Immer öfter zeigte MTV solchen Unsinn statt Musikvideos. Doch bevor ich mich weiter darüber ärgern konnte, drang auf einmal ein messerscharfer Klang an meine Ohren. Er kam nicht aus dem TV-Lautsprecher, stellte ich überrascht fest. Sondern von der Gitarre auf meinem Schoß.

Meine Finger hatten einen Dreiklang gegriffen und tasteten schon nach dem nächsten Akkord, den ich bereits in meinem Kopf hörte. Zu meiner Überraschung fanden sie ihn auch und darauf gleich einen dritten, der die Spannung des zweiten auflöste und damit das Riff abschloss.

Aufgeregt rannte ich auf mein Zimmer, holte den digitalen Handrekorder, den ich fürs Komponieren gekauft hatte, und spielte das Riff ein. Während ich es in Endlosschleife abspielte, begann ich, eine Melodie dazu zu summen. Rasch fand ich eine Gesangslinie für die Strophe. Nach einer Weile, als ich schon fürchtete, die Inspiration habe mich verlassen, auch eine eingängige Melodie für den Refrain. Ich nahm alles auf und fügte mit der Gitarre eine Bassspur hinzu, die ich im Gegensatz zu den abgehackten Akkorden durchlaufend spielte. So kam das Stück in Fahrt.

Gespannt spielte ich das Ganze auf dem Rekorder ab. Ich atmete auf: Der Song glich keinem anderen, den ich kannte. Er war einzigartig. Vor Euphorie geriet ich so aus dem Häuschen, dass ich die Aufnahme immer wieder abspielte und dazu auf dem Teppich vor dem Sofa auf und ab hüpfte.

Als sich Peter den Song am nächsten Morgen in der Schule angehört hatte, riss er sich verblüfft die Kopfhörer des Handrekorders aus den Ohren.

«Hast *du* das komponiert?»

«Ja!» Ich platzte fast vor Stolz.

«Hast du auch Lyrics dazu?»

Ich schüttelte den Kopf. An den Text hatte ich überhaupt nicht gedacht. Da in dem Augenblick Herr Hummler das Klassenzimmer betrat, kehrte ich zu meinem Pult zurück und zerbrach mir, während der Rest der Klasse eine Cicero-Übersetzung in Angriff nahm, den Kopf darüber, wovon mein Song handeln könnte. Ich hatte keine Freundin, die mich hätte verlassen können. Wenn man davon absah, dass Jana aus meiner Pultreihe meine Blicke seit einer Weile nicht mehr erwiderte. Und zu meinem Leidwesen dafür nun ständig mit ihrem Banknachbarn tuschelte. Abgesehen davon war mein Leben frei von Dramen. Ich war nicht drogensüchtig, und meine Eltern liebten mich. Krieg oder Terror waren in der Schweiz in nächster Zeit auch kaum zu erwarten.

«Mir fällt nichts ein», gestand ich Peter am Ende des Schultages niedergeschlagen. «Hier passiert ja nie was. Nicht mal ein Getto gibt es hier in Zürich.»

Peter überlegte: «Doch. Komm mit!»

Etwas später standen wir in der Hardau, wo Peters Familie wohnte. Von nah wirkten die Türme, die höchsten der Stadt, tatsächlich um einiges eindrücklicher als aus der Ferne. Stockwerk um Stockwerk stapelten sich die eingezogenen Balkone und die Fensterreihen mit den ziegelroten Metallrahmen in den farblosen Himmel. Wir zurrten unsere Jacken fest, weil ein steifer Wind eingesetzt hatte, und hockten uns auf eine Bank, hinter der jemand *Fuck Cops* auf den Beton gesprayt hatte. So richtig wie ein Getto wirkte die Hardau aber nicht;

dafür waren die Rasenstücke unter den Türmen zu ordentlich gestutzt.

Mit geteilten Ohrstöpseln hörten wir meine Songskizze vom Rekorder ab. Ich wartete währenddessen mit Kugelschreiber und Notizblock in den Händen darauf, dass mir etwas einfiel. Doch nach einer halben Stunde stand bloß *Lost in Concrete* auf dem Papier. Außerdem schmerzten meine Finger vor Kälte. Peter hatte die Hände in den Jackentaschen vergraben und wippte ungeduldig mit den Füßen; sein Blick schweifte über den menschenleeren Vorplatz.

«Dir fällt auch nichts ein, oder?», fragte ich leicht gereizt.

«Nein.» Peter zog Rotz hoch und spuckte vor seine Füße. «Ich glaube, du bist der Kreativere von uns beiden.»

Doch kaum hatte ich mich wieder Stift und Papier zugewandt, packte er mich am Arm.

«Achtung», raunte er, «da sind die Hirnamputierten.»

Drei Gleichaltrige kamen breitbeinig auf uns zu. Sie trugen Trainingshosen von Fila und obenherum, trotz der Kälte, bloß Fußballtrikots. Das mussten die Jungs sein, von denen mir Peter erzählt hatte. Meist hörten sie auf einem tragbaren CD-Player Hip-Hop oder spielten Fußball auf dem Rasen neben der Siedlung. Wurde ihnen aber langweilig, munterten sie sich damit auf, andere zu piesacken. Peter in seinen Caritas-Klamotten gab da natürlich ein traumhaftes Ziel ab.

«Da ist ja der Kürbiskopf.» Der Kleinste der Jungs, der zugleich der Breiteste war, blieb vor unserer Bank stehen. Obwohl ich ihn kaum zu interessieren schien, brach mir der Angstschweiß aus.

«Es ist doch Oktober, Kürbiskopf», machte der Kleinste weiter, säbelte mit einem imaginären Messer in der Luft herum, «wieso hat noch niemand Suppe aus deinem Kopf gemacht?»

Seine beiden Kollegen prusteten los, vermutlich weil Peters rundes Gesicht und der Rotstich seiner Locken mit etwas Fantasie an einen Kürbis erinnerten. Peter hatte sich über die Jahre wohl zu viele solcher Pöbeleien anhören müssen. Vielleicht wollte er auch nicht vor mir bloßgestellt werden. Auf jeden Fall stand er auf, statt die Provokation zu ignorieren, fixierte den Kleinen mit kühlem Blick und erwiderte: «Die einzigen Kürbisse, die es hier gibt, sind die dicken Titten deiner Mutter, die ich gestern gebumst habe.»

Ich brauchte einen Augenblick, um zu begreifen, was Peter da von sich gegeben hatte. Genau wie die drei Jungs, die ungläubig ihre Mäuler aufsperrten. Peter riss mich von der Bank hoch und rannte los. Ich sprintete hinterher, die drei Jungs, die sich aus ihrer Starre gelöst hatten, dicht im Rücken, und folgte Peter in den Eingang eines Wohnturms. Wir rannten wie um unser Leben, sprangen drei Treppenstufen auf einmal hoch und schwangen uns ums Geländer zum nächsten Treppenlauf, sodass wir fast in die Wand krachten. Nach ein paar Stockwerken warfen wir unsere Köpfe zurück und realisierten, dass unsere Verfolger längst aufgegeben hatten. Da sie aber vermutlich noch unten herumlungerten und wir schon fast in Peters Etage angekommen waren, entschied er, dass wir einstweilen dort Zuflucht suchen sollten.

An der Wohnungstür hing eine goldgerahmte, altmodisch verschnörkelte Aufschrift: *Glaube an den Herrn Jesus, so wirst du und dein Haus selig!* Peter zog seinen Schlüssel hervor, bedachte mich mit einem warnenden Blick und öffnete. Ich roch Gemüsesuppe, als ich hinter ihm eintrat. Es war das erste Mal, dass ich Peters Zuhause sah. Die Wohnung war klein und eng, das Licht dämmrig. Direkt hinter dem Eingang lag schon die Küche. Peter ging zum Herd und hob naserümpfend den Deckel der vor sich hin köchelnden Suppe. Dann nahm er zwei Gläser aus dem Küchenschrank darüber und füllte sie mit Leitungswasser. Wir leerten sie in einem Zug und keuchten weiter, noch immer außer Atem vom Treppenrennen.

«Hetzen bringt nie etwas, Peter.»

Sein Vater trat in Pantoffeln und Wollpullover aus dem schummrigen Flur rechts von der Küche. In einer Hand hielt er eine Kaffeetasse. «Zu spät bist du so oder so.»

«Ich hab' die Zeit vergessen», erwiderte Peter und stupste mich an. «Janosch hilft mir wieder mal mit Französisch.»

«Eigentlich schätzen wir es, wenn du Besuch vorher anmeldest. Aber das weißt du ja, Peter.» Sein Vater warf ihm einen strengen Blick zu, rang sich dann aber doch ein Lächeln ab und machte einen Schritt nach vorne, um mich zu begrüßen. Als er meine Hand drückte, bemerkte ich die Kekskrümel, die in seinen Barthaaren hingen.

«Wozu brauchst du denn dieses Gerät, Janosch?», fragte er. Erst hatte ich keine Ahnung, wovon er sprach, doch dann folgte ich seinem Blick zu meiner Hand hinunter. Ich erschrak so sehr, dass ich das Aufnahmegerät fast auf den Linoleumboden hätte fallen lassen. Weil es mir schwerfiel zu flunkern, geriet ich in Panik, mich zu verplappern und unser Bandprojekt auffliegen zu lassen. Doch Peter kam mir zu Hilfe. Er erklärte seinem Vater, dass das Gerät der Schule gehöre und wir die Aufgabe hätten, damit Französisch-Vokabeln aufzunehmen. Kaum hatte er das gesagt, bugsierte er mich in sein Zimmer, wo wir die Tür hinter uns schlossen und aufatmeten. Ein wenig kam es mir vor, als sei unsere Verfolgungsjagd erst jetzt zu ihrem Ende gekommen.

Wir warfen unsere Schulrucksäcke auf den Teppich mit dem bunten Spiralmuster. Genau wie die schief stehende Ikea-Kommode, der winzige Schreibtisch am Balkonfenster und das Etagenbett sah er aus wie ein aus der Mode geratener Einrichtungsgegenstand, den auch wir mal besessen haben könnten, inzwischen aber längst entsorgt oder im Brockenhaus abgeliefert hätten. Peter beugte sich über die untere Matratze des Etagenbetts, von der ein Quietschen erklang.

«Rebekka, das ist mein Freund Janosch», sagte er und machte Platz, damit ich ebenfalls hinzutreten konnte. Peter hatte mir schon viel von seiner kleinen Schwester erzählt. Ich erschrak trotzdem, als ich sie nun vor mir sah und ihre verkrümmten Fingerchen drückte. Alles in ihrem Gesicht wirkte, als sei es von seinem richtigen Platz verrutscht. Aus einem Mundwinkel lief Speichel herab. Ich war erleichtert, als Peter sich wieder vor mich schob, mir das Aufnahmegerät aus der Hand nahm und Rebekka die Stöpsel in die Ohren steckte. Er drückte Play, worauf seine kleine Schwester mit den Armen zu strampeln begann und ein unverständliches Brabbeln von sich gab.

«Sie mag den Song», stellte Peter zufrieden fest. «Also taugt er definitiv was. Fehlt nur noch der Text.»

Ich öffnete die Tür zum eingezogenen Balkon und trat an die Betonbrüstung. Für einen Augenblick empfand ich eine riesige Dankbarkeit darüber, dass ich in meiner Familie aufwuchs und nicht an diesem trostlosen Ort. Ich sah hinunter auf den Vorplatz und erblickte die drei Jungs von vorhin. Sie tummelten sich auf derselben Bank, auf der Peter und ich zuvor gesessen hatten. Plötzlich kam mir eine Idee. Ich eilte ins Zimmer zurück und griff nach Notizblock und Stift, die neben meinem Rucksack lagen. Während Peter mit Rebekka spielte, kritzelte ich drauflos. Als ich die richtigen Worte gefunden hatte, zeigte ich ihm die beiden Zeilen auf dem Block.

Watch out, watch out for the Tower Boys
Is it so much fun to see us run?

Peter nickte anerkennend. «Das könnte klappen.»

Wir stöpselten uns je einen Kopfhörer ein, spielten die Aufnahme ab und sangen leise den Text dazu. Mit Glanz in den Augen sahen wir uns an. Die Lyrics passten wie angegossen zum Rhythmus des Refrains. Peter kümmerte sich wieder um Rebekka; ich schrieb weiter, vom gleichen Fieber gepackt wie am Vortag beim Komponieren. Bald hatte ich die Verse für die erste Strophe beisammen. Ich war so vertieft, dass ich gar nicht bemerkte, wie es draußen finster wurde und im Nachbarturm die Lichter angingen. Irgendwann öffnete Peters Vater die Zimmertür und fragte, ob ich nicht langsam nach Hause müsse.

Da ich offensichtlich nicht zum Abendessen eingeladen war, packte ich Rekorder und Notizblock in meinen Rucksack und verabschiedete mich von Peter. Unten trat ich vorsichtig vom Turmeingang auf den schummrig beleuchteten Vorplatz. Unsere Verfolger waren verschwunden; vermutlich waren auch sie zum Abendessen gerufen worden.

Während ich durch die Kälte zur nächsten Tramstation stolzierte, machte sich ein wärmendes Hochgefühl in meiner Brust breit. Wir hatten unseren ersten Song.

Peter

Zur nächsten Probe erschien Linda mit einem schwarzen Bandana um die Stirn. So flögen ihr beim Spielen die Haare nicht so ins Gesicht, erklärte sie. Obendrein sah sie auch noch ziemlich cool aus damit. Wir übten *Tower Boys,* wie wir unseren Song nannten. Die ersten Durchgänge kamen noch recht holprig daher. Doch dann kriegte Linda den Dreh raus: Sie unterlegte das Lied mit einem Wechsel aus Bassdrum und geschlossener Hi-Hat, die sie beim Refrain öffnete und damit ordentlich Krach veranstaltete. Ihr Rhythmus zog so stark, dass ich mich beim Spielen hin- und herschwang, bis sich mein Basskabel ganz verquirlte.

«Wir brauchen einen Auftritt», entschied ich, als wir nach zwei Stunden schwitzend die Instrumente abschnallten.

«Wir können doch erst eine Handvoll Songs», wehrte Janosch ab. «Und nur einer ist von uns.»

«Na und?» Ich schnaubte gereizt. «Für ein kleines Konzert reicht das allemal!»

Da Janosch weiter auf stur schaltete und auch Linda nicht übermäßig motiviert tat, nahm ich die Sache selbst in die Hand. Ich schrieb die Adressen von Clubs und Konzertlokalen aus den Kulturagenden der Zeitungen raus und beschloss, dort mein Glück zu versuchen.

Am nächsten Wochenende packte ich einige Demo-CDs, die ich auf einem der bunten iMacs im Computerraum unserer Schule gebrannt hatte, in meinen Rucksack. Genau ein Song war darauf: eine rudimentäre Aufnahme von *Tower Boys*, die wir in der letzten Probe mit Janoschs Rekorder aufgezeichnet hatten. Zur Tarnung legte ich einen Stapel Flugblätter der *Brüder und Schwestern* über die CDs. So hatte ich eine gute Ausrede, für einige Stunden von zu Hause zu verschwinden.

Die Flugblätter schmiss ich unterwegs in die Sihl. Danach strampelte ich ins Rotlichtviertel der Stadt weiter, wo gelangweilte Nutten auf den Fenstersimsen von 24-Stunden-Kiosken kauerten. Hier befand sich die erste Adresse auf meinem Zettel. Hinter einem Sexkino bog ich in eine Seitengasse ab und stieß die vollgesprayte Tür einer Rock-Bar namens Anakonda auf. Ich musste husten, weil ich mitten in eine Tabakwolke trat. An Rundtischen saßen Rocker-Opas in Lederkutten und warfen mir über ihre Biere hinweg herausfordernde Blicke zu. Ich ignorierte sie und ging direkt auf die mit blechernen Highway-Schildern und Neon-Leuchtschriften dekorierte Bar zu.

Dort zapfte eine Frau mit dicken, tätowierten Armen Bier.

«Ich spiele in einer Band», erklärte ich und legte eine unserer Demo-CDs auf den Tresen. «Können wir hier auftreten?»

«Nein», erwiderte sie ungerührt.

«Aber hier gibt es doch manchmal Konzerte, oder?» Ich nickte zur winzigen, dreieckigen Bühne, die in eine Ecke der Bar gequetscht war.

«Wir sind schon ausgebucht für die nächste Zeit.» Immerhin hob die Frau nun kurz den Blick von der Zapfanlage, bevor sie weiter Bier ins zerkratzte Glas laufen ließ.

«Aber wir haben einen Song, der bläst Ihnen die Birne weg. Versprochen!» Ich schob ihr die CD über den Tresen zu.

«So, tut er das?» Die Frau stellte das Bier ab, stützte ihre Arme auf den Tresen und lächelte dünn. «Die Antwort ist trotzdem nein. Außerdem liegen bei uns schon so viele Demos von Bands herum, dass ich meine Wohnung damit tapezieren könnte.»

Auch an den übrigen Adressen kriegte ich nur Absagen. Als wäre dies nicht genug, rief am Montag auch noch irgendein Idiot von der Stadtverwaltung bei uns zu Hause an. Jemand hatte einige der Flugblätter aus der Sihl gefischt, und der Beamte drohte mit einem Bußgeld für die *Brüder und Schwestern Jesu Christi*, sollte das noch mal passieren. Ich konnte mich gerade noch aus der Affäre ziehen, indem ich behauptete, die Hirnamputierten hätten mir die Flugblätter geklaut. Ich kam mit einem Tag Hausarrest davon. Trotzdem schob ich eine heftige Krise. Wie sollten wir so je ein Konzert kriegen? Ich glaubte schon, auf alle Ewigkeiten dazu verdammt zu sein, im Keller der Grunders zu proben.

Doch dann, kurz vor Weihnachten, hatte ich endlich mal Glück. Eine Basssaite riss mir beim Proben. Also ging ich am schulfreien Nachmittag ins Musikhaus, um Ersatz zu kaufen. Es war gerade tote Hose. An der Kasse, über der wohl zum Scherz ein roter Weihnachtsstrumpf hing, stützte der Verkäufer mit dem Ziegenbart die Ellbogen auf den Tresen und quatschte mit einem anderen Mann. Der war schon älter, dreißig vielleicht, und hatte ausufernde Geheimratsecken. Aber auch eine coole olivgrüne Bundeswehr-Jacke mit aufgenähten Bandstickern.

«Das weiß doch jeder Depp, dass man in einer Band nichts miteinander anfängt», schimpfte er gerade, als ich hinter ihm anstand. «Nicht, wenn man es ernst meint, Leute!»

Der Verkäufer nickte und spielte dabei mit seinem Nietenarmband. Dann fiel sein Blick auf mich. Was ich denn wolle, raunzte er.

Ich fragte nach Basssaiten, worauf er ein Set von einer Stange hinter der Kasse schnappte und den Zwanziger einkassierte, den ich mir von Janosch gepumpt hatte.

Der andere Mann ließ sich davon nicht in seinem Gejammer unterbrechen. Nun brauche er eine neue Vorband, quengelte er und wedelte mit den Händen in der Luft. «Am ersten Januarmontag! Dann sind doch alle noch von Neujahr verkatert. Oder in den Bergen.»

Ich steckte das Rückgeld ein, das mir der Verkäufer reichte, und nahm meinen ganzen Mut zusammen: «Ich bin in einer Band», schaltete ich mich ein. Wir könnten spielen!»

Der Ziegenbart setzte ein dämliches Grinsen auf. «Hast du nicht erst vor ein paar Wochen hier einen Bass gekauft?», fragte er. «Kannst du denn überhaupt schon spielen?»

«Ich übe jeden Tag!», entgegnete ich. Was ich ja auch getan hätte, wenn ich wie Janosch über meinem Proberaum gewohnt hätte. Er zuckte gleichgültig mit den Schultern, doch das Interesse des anderen Mannes war geweckt.

«Was spielt ihr denn?», fragte er und kramte Tabak sowie Papers aus seiner Jackentasche.

«Alternative Rock.»

«Das spielen doch alle. Ich meine: Wie klingt ihr?»

Ich streifte meinen Rucksack ab, in dem für genau solche Fälle nun immer eine Demo-CD steckte, und wollte sie dem Mann geben. Da er aber schon mit Zigarettendrehen beschäftigt war, nickte er zum Verkäufer weiter. Der nahm mir die CD demonstrativ seufzend ab und schob sie in die Stereoanlage, die hinter dem Tresen stand. Ich erschrak, als die ersten Takte von *Tower Boys* aus den Hi-Fi-Boxen schallten. Auf den Kopfhörern von Janoschs Rekorder hatten meine Stimme und Lindas Crashs nicht dermaßen übersteuert geklungen. Die beiden anderen schnitten schmerzhafte Grimassen, der mit einem silbernen Totenkopfring bestückte Finger des Ziegenbarts fuhr schon auf die Stopp-Taste zu. Doch dann setzte der Refrain mit *Watch out, watch out for the tower boys* ein. Der Finger hielt inne. Und der Mann mit den Geheimratsecken sah überrascht von der fertig gedrehten Zigarette auf.

Vor der nächsten Probe klingelte Tom, wie der Mann hieß, an der Tür der Grunders. Er war zwar nur Mitglied eines Kollektivs, das montagabends in einer alten Gewerbehalle Konzerte organisierte. Doch wir empfingen ihn wie den Chef von Universal Records. Oder gleich wie den Sonnenkönig persönlich. Moni nahm ihm die Bundeswehr-Jacke ab, Janosch holte ihm ein kühles Bier aus der Küche. Dann gingen wir nach unten, wo es inzwischen nach einem richtigen Proberaum aussah. Ich und Janosch hatten vor einigen Tagen den Keller entrümpelt und dafür einen Orientteppich als Unterlage fürs Schlagzeug und ein Sofa für die Pausen aus dem Brockenhaus geholt. Tom schwang sich aufs abgeranzte Leder, dann spielten wir ihm unser Set vor. Es bestand aus Nirvana-Covers, *Tower Boys* und einem weiteren Song, den Janosch in der Zwischenzeit geschrieben hatte.

Als wir fertig waren, zog Tom sein Tabakzeug hervor und räusperte sich: «Ich sage es lieber geradeheraus, Leute», fing er an. «Eigentlich gehört ihr noch nicht auf eine Bühne.»

Janosch warf mir einen besserwisserischen Blick zu.

«Ihr spielt wild durcheinander», fuhr Tom fort und verteilte gleichmäßig Tabak auf einem Paper. «Euch fehlt es einfach an Übung.»

Janosch nickte wie ein Streber. Linda legte betreten die Drumsticks auf die Snare. Ich schnaubte leise.

«Aber ich habe gesagt: *eigentlich.*»

Tom schmunzelte, steckte sich die Zigarette in den Mundwinkel und gab sich Feuer. Es habe ihm nämlich Spaß gemacht, uns zuzuhören, fuhr er fort und lehnte sich zurück. «Ihr habt etwas, das andere Bands auch nach tausend Proben nicht haben», sagte er und blies genüsslich Rauch aus. «Nennen wir es einmal Charisma.»

«Heißt das jetzt, wir haben den Gig?», fragte ich perplex.

Er nickte. «Erster Januarmontag. Ihr eröffnet für One Way Street. Eine halbe Stunde, maximal.»

Stürmisch bedankten wir uns und versprachen hoch und heilig, uns ins Zeug zu legen. Tom lächelte großmütig und zog an der Zigarette. «Eins noch, Leute», schob er nach. «Spielt nicht nur Covers von Nirvana. Die Leute wollen auch was anderes hören.»

Janosch

Drei Wochen lang probten wir wie die Verrückten.

Wir übten so oft, dass sich Hornhaut auf unseren Fingerkuppen bildete. Im Keller wurde es währenddessen so kalt, dass wir an den Füßen und Nasenspitzen froren und zum

Schluss in unseren dicksten Pullovern spielten. In den Pausen brachte uns Mom heißen Tee hinunter. Ihr war auch eine Idee gekommen, wie Peter von seinem Vater die Erlaubnis für die zusätzlichen Proben und vor allem für den Konzertabend bekam. Sie flunkerte ihm vor, dass Peter und ich mit unserem «Folkduo» an einem Liederabend für Senioren auftreten durften. Mit spitzbübischer Freude gab sie ihm sogar die Telefonnummer eines Altersheims in den Bündner Bergen, das ein Freund von ihr leitete – den sie natürlich eingeweiht hatte. Doch Peters Vater schluckte die Geschichte überraschenderweise, ohne dort anzurufen. Seine einzige Bedingung war, dass Peter vor Mitternacht wieder zurück in der Hardau sein musste.

Am Vorabend des Konzertes spielten wir unser 30-Minuten-Set, neu mit Covers von Muse und Radiohead, zweimal durch, bespannten Bass und Gitarre mit neuen Saiten und machten Lindas Schlagzeug transportbereit. Danach tranken wir in feierlicher Schweigsamkeit das Bier, das uns Paps in den Keller gestellt hatte. Als wir die Treppe jedoch hochstiegen, empfing er uns mit demselben Gesicht, mit dem er uns damals mitgeteilt hatte, dass unser Labrador Mario unter einen Laster geraten war.

«Es tut mir leid», sagte er, «wir sind aufgeflogen.»

So geschickt Paps darin war, sein kleines Copyshop-Imperium zu leiten oder einen Fahrradschlauch zu wechseln, so unbesonnen war er manchmal im menschlichen Umgang. Zerknirscht berichtete er uns, was geschehen war: Peters Vater hatte mal wieder angerufen. Weil Mom im Kino war, hatte Paps das Telefonat entgegengenommen – in Gedanken ganz beim Fußballmatch im Fernsehen, wie er sich verteidigte. Jedenfalls hatte er auf die Frage, ob Peter schon unterwegs sei, doch tatsächlich geantwortet, dass wir nur noch mit einem

Bier darauf anstoßen würden, es morgen so richtig krachen zu lassen.

«Ich habe unser Versteckspiel vergessen.» Paps seufzte und sah Peter mit ernster Miene an. «Du gehst wohl besser rasch nach Hause.»

Kreidebleich zog der seine Jacke an. Doch als wir uns vor der Tür verabschiedeten, packte er mich am Arm.

«Wir treten morgen auf!», sagte er bestimmt.

«Wie denn?», wollte ich wissen. Du kriegst doch einen Monat Hausarrest nur dafür, dass du ein Bier getrunken hast!»

«Ich lasse mir was einfallen.» Er sah mich so beschwörend an, dass ich ihm mein Wort gab, das Konzert nicht abzusagen. Auch wenn ich keine Ahnung hatte, wie er das hinbiegen wollte.

Am nächsten Morgen war Peter in der Schule krankgemeldet. In der Mittagspause rief ich von der Telefonkabine im Schulfoyer aus bei ihm zu Hause an. Vielleicht, überlegte ich, hatte ihn tatsächlich die Grippewelle erwischt, die zurzeit durch die Schule schwappte. Doch das barsche «Nein», mit dem sein Vater aufhängte, nachdem ich gefragt hatte, ob ich Peter die Schulaufgaben vorbeibringen solle, ließ mich stark daran zweifeln. Ich rief Linda an, und wir beschlossen, Peter zu vertrauen und nach der Schule wie geplant das Equipment zu verladen und zum Soundcheck zu fahren.

Es war ein nebliger, verhangener Tag. Paps kurvte eine Weile lang mit zugekniffenen Augen im alten Industrieviertel herum, bis wir die richtige Seitenstraße fanden. Durch die beschlagene Frontscheibe entdeckte ich Tom, der auf der Laderampe eines zweistöckigen Gewerbebaus saß und rauchte. Er winkte uns zu, stand auf und half uns, das Equipment auf die Rampe zu hieven. Von dort nahmen wir den gefährlich ratternden Warenlift ins Obergeschoss. Als wir die schwere Doppeltür aufstießen, schallte uns vom Ende des Korridors monotoner Grunge entgegen. Das mussten One Way Street sein, die Hauptband des Abends.

Die Vorband habe immer zuletzt Soundcheck, erklärte uns Tom, während wir die erste Ladung Material durch den Korridor schleppten. So könne der Tontechniker die Einstellungen am Mischpult für den Auftritt gleich belassen.

Wir betraten eine kleine Halle mit hohen, verstrebten Industriefenstern auf einer Längsseite. Vorne waren Holzpaletten zu einer Bühne aufgeschichtet und mit dicken, ausgebleichten Orientteppichen belegt. Vier Jungs spielten darauf; sie waren etwas älter als wir und ganz sicher mehr aufs Aussehen bedacht. Zwar trugen sie zerschlissene Jeans, doch schoben sie sich bei jeder Pause ihres Instruments die gepflegten, schulterlangen Haare hinter die Ohren. Als sie den Soundcheck beendet hatten, sprangen One Way Street von der Bühne und stürmten zu ihren hübschen Freundinnen auf den beiden Ledersofas, die hinten im Saal aufgereiht waren. Daneben befand sich eine Bar mit einem verchromten Großkühlschrank, auf dem das Logo eines alternativen Lokalbiers prangte.

Während wir uns auf der Bühne einrichteten, erklärte ich Tom, dass Peter noch etwas Dringendes in der Schule erledigen müsse und deshalb erst nach dem Soundcheck komme. Tom nickte, runzelte aber die Stirn dabei. Auch ich fragte mich langsam, wie Peters Plan genau aussah. Hinter der verstrebten Fensterfront wurde es bereits dunkel.

Als sich Linda hinter die Drums gesetzt und ich meine Gibson mit dem Verstärker verbunden hatte, spielten wir ein paar Takte von *Tower Boys.* So konnte der Tontechniker hinter dem Mischpult die Lautstärken unserer Instrumente einpegeln. Linda und ich tauschten beunruhigte Blicke aus. In dieser Halle klangen wir ganz anders als zu Hause im Keller. Auf einmal waren unsere Instrumente glasklar zu hören – und damit auch jeder Fehler.

Nach einer Weile hob der Tontechniker den Daumen, und Tom schickte uns zum Essen. Hinten am Bartresen reichte uns jemand zwei dampfende Plastikteller Spaghetti mit Fertigsoße. Linda und ich setzten uns auf eine mit Kissen belegte Palette neben den Sofas, auf denen One Way Street mit ihren Freundinnen herumschäkerten.

«Wo bleibt Peter nur?» Linda kaute mit besorgtem Blick.

«Keine Ahnung», erwiderte ich leise und stocherte auf meinem Teller herum. Dass ich kaum einen Bissen herunterkriegte, hatte weniger mit Peters Verbleib zu tun als mit dem Lampenfieber, das mich von Kopf bis Fuß erfasst hatte. Die Halle füllte sich langsam mit Publikum. Die Leute tröpfelten zur Tür hinein, durch die wir zuvor unser Equipment getragen hatten, und bekamen an der improvisierten Kasse auf einem Stehtisch für fünf Franken einen Stempel aufs Handgelenk gedrückt. Da es Montag war, kamen hauptsächlich Studenten, die am nächsten Tag spät zur Uni mussten, wenn überhaupt, hatte Tom uns erklärt. Ich fand sie ganz schön einschüchternd, wie sie sich lässig über den Bartresen lehnten und Bierflaschen mit Bügelverschlüssen entgegennahmen. Nicht einmal, als Mom, Paps und Lindas Mutter auftauchten, beruhigte ich mich. Meine Knie begannen zu schlottern, während Paps seine Videokamera auspackte und sie unablässig durch den Raum zu schwenken begann.

Da wir in wenigen Minuten spielen sollten, kam nun auch Tom zu uns geeilt. Nervös zog er an einer Selbstgedrehten und wollte wissen, wo zur Hölle Peter stecke.

«Wir können nicht ewig warten, Leute», bestimmte er. «Wenn er nicht bald auftaucht, schicke ich One Way Street direkt auf die Bühne.»

Ich nickte. Inzwischen wäre mir das ganz recht gewesen. Ich wollte gar nicht mehr auftreten.

Peter

Ich saß am kleinen Tisch am Balkonfenster und starrte ins schwarze Nichts raus. Ich wollte nicht, dass Rebekka meine wässrigen Augen sah. Nur ab und zu blickte ich auf meine Armbanduhr. Als ob das irgendwas half. Jetzt hätten wir dann gleich auf die Bühne gehen müssen. Aber ich saß hier fest. Mein Vater, dieser Tyrann, schob draußen am Küchentisch Wache, damit ich nicht türmte.

Er war außer sich gewesen, als ich gestern Abend nach Hause gekommen war. Seine Barthaare hatten gezittert wie verrückt. Ich hätte ihn angelogen, hatte er geschrien. Wir alle hätten ihn angelogen und sein Vertrauen missbraucht. Ebenso laut schreiend erwiderte ich, dass ich ja nicht hätte lügen müssen, wenn ich die Musik spielen dürfte, die ich spielen wollte. Und überhaupt, machte ich weiter, weil ich gerade in Fahrt gekommen war. Wie könne Musik, die so fantastisch klinge, überhaupt von Satan stammen? Ich hätte morgen den ganzen Tag Zeit, über diese Frage nachzudenken, brüllte mein Vater zurück, bevor er meinen Schlüssel verlangte und mich aufs Zimmer schickte.

Mit dieser Aktion hatte er unsere Wohnung von einem sinnbildlichen in ein echtes Gefängnis verwandelt. Und damit auch meinen Plan durchkreuzt: heute nach dem Unterricht einfach direkt zum Konzertlokal zu gehen, bevor er mich in der Schule oder bei den Grunders abpassen konnte. Ich war so sauer, dass ich am liebsten das Zimmermobiliar zertrümmert hätte wie Kurt Cobain seine Gitarre nach einem gelungenen Konzert.

Stattdessen stand ich auf und lief wie ein Tiger im Käfig im Zimmer auf und ab. Ich ertrug das Sitzen nicht mehr.

Vom Bett aus verfolgte mich Rebekka mit ihren großen Augen. Hätte sie gekonnt, wäre sie ganz sicher aufgestanden und hätte mich in die Arme genommen. Ich streifte meine Hausschuhe ab und fuhr mit den Socken das Spiralmuster auf dem Teppich nach. Das beruhigte mich sonst immer. Diesmal passierte aber genau das Gegenteil. Auf einmal schienen die Wände des Zimmers näher zu rücken, die Decke schien sich auf mich zu senken. Das Atmen fiel mir schwer, und ich begann, nach Luft zu ringen. Ich musste sofort hier raus. Ich rannte zur Balkontür, riss sie auf, trat hinaus und legte meine Hände auf die Betonbrüstung. Die klirrend kalte Luft brachte mich langsam wieder zur Besinnung.

Was zur Hölle war das gewesen, fragte ich mich erschrocken.

Sechs Stockwerke unter mir lag im funzligen Licht der Vorplatz. Von dort aus wanderte mein Blick zur Brüstung des Balkons unter unserer Wohnung. Mit einem Mal – so plötzlich, wie sich vorher die Wände bewegt hatten – war dieser Gedanke da. Er war komplett hirnrissig. Aber der einzige Weg, von hier wegzukommen. Ich durfte nur keine Zeit verlieren, bevor der Mut mich verließ.

Also eilte ich ins Zimmer zurück, beugte mich am Bett zu Rebekka herunter und legte verschwörerisch den Zeigefinger über die Lippen. Sie durfte keinen Alarm schlagen, sonst war ich am Arsch. Ich hob sie hoch und legte sie sachte auf den Teppich. Dann zog ich die Laken von beiden Matratzen ab, verknotete sie und ging wieder auf den Balkon. Ein Ende des improvisierten Seils band ich an der Markisenstange fest, das andere warf ich über die Brüstung. Als ich schon darauf geklettert war, vernahm ich ein Quietschen aus dem Zimmer. Rebekka lag noch immer bäuchlings auf dem Teppich, zappelte wild mit Ärmchen und Beinchen und starrte mich entsetzt an. Sie hatte Angst um mich. Ich überlegte, reinzugehen und sie zu beruhigen. Aber ich durfte keine Zeit mehr verlieren. Jede Sekunde konnte das Spatzenhirn aus der Küche ins Zimmer kommen und nachsehen, was ich trieb.

Ich wickelte das Lakenseil zweimal um eine Hand und verkrallte die Zehen in meinen Hausschuhen, damit diese nicht abfielen. Mit einem Stoßgebet – nicht zu Gott, sondern zu irgendjemand anders – ließ ich mich runter. Ich atmete nicht und dachte nichts, während ich in der Luft hing. Es war, als würde jemand anderes meinen Körper steuern. Nach einer Ewigkeit ertasteten meine Füße wieder festen Boden – die untere Balkonbrüstung. Ich ließ mich noch ein Stück weiter ab – und stand auf dem unteren Balkon.

Jetzt setzte mein Herzschlag wieder ein. So viel Adrenalin pumpte durch meinen Körper, dass ich die Balkontür auch einfach hätte eintreten könnte. Doch sie war nur angelehnt. Mit hämmerndem Puls betrat ich das fremde Wohnzimmer. Der Fernseher lief, davor hatte jemand chaotisch Kleider hingeworfen. Erst als ich mich zur Haustür schlich, kapierte ich, was los war. Aus dem Zimmer hinten im Flur, das bei uns das Elternzimmer war, drangen Gestöhne und das Quietschen eines Bettes. Ich hatte echt ein Riesenschwein; auch der Hausschlüssel steckte. Ich schlüpfte aus der Tür und stand im Treppenhaus. Unglaublich, diese hirnverbrannte Idee hatte tatsächlich geklappt. Dann kam mir in den Sinn, dass mein Vater meinen Abgang jederzeit bemerken konnte. Wie ein Lebensmüder rannte ich das Treppenhaus nach unten, zog draußen mein Fahrrad aus dem Unterstand und fuhr mit einem triumphierenden Jauchzer los.

Janosch

Auf dem Video, das wir uns später ansahen und von dem uns wegen der ständigen Kameraschwenks von Paps schwindlig wurde, war die Ankunft von Peter zu sehen. « Da ist er, da ist er!», war Moms aufgeregte Stimme zu hören. Es folgte ein wilder Schwenk zum Eingang. Dort stand Peter, in Hausschuhen, Hochwasserhose und Wollpullover, und erklärte der Frau an der Kasse wild gestikulierend, dass er zur Vorband gehöre.

Als das geschah, saß ich mit brennendem Hintern auf der Toilette. Obschon niemand mehr daran glaubte, dass unser Sänger noch auftauchen würde, hatte ich aus lauter Nervosität trotzdem noch Durchfall bekommen. Doch als ich die WC-Tür aufstieß und zu meinem Entsetzen Peter erblickte, der am Eingang von Tom mit einem Kopfschütteln begrüßt wurde, war mir klar: Nun gab es kein Zurück mehr.

«Leute, Leute, was für ein verdammter Krimi!», fluchte Tom und gab dem Tonmann hinter dem Mischpult ein Zeichen. Wir versammelten uns neben der Bühne. Linda band ihr Bandana um, und Peter knetete sich die von der Kälte geröteten Finger.

Ich schloss kurz die Augen. Dann gingen auch schon die Deckenleuchten aus und die Bühnenscheinwerfer an. Nacheinander stiegen wir über das Treppchen aus Paletten auf die Bühne, vor das Publikum, das nun aus allen Ecken der Halle strömte. Zum Glück schienen die Scheinwerfer so hell, dass ich die Gesichter nicht erkannte. Dafür brannte das Licht dermaßen im Nacken, dass ich bereits schwitzte, als ich meine Les Paul in die Hand nahm.

Mit einem Trommelwirbel legte Linda los. Es war der Auftakt zu unserem Intro, das ich an Heiligabend, den Bauch voll mit Weihnachtsgans, unten im Keller komponiert hatte. Peter setzte mit dem Bass in einen walzermäßigen 3/4-Takt ein, und ich mit einem Tremolo – einem Ton, den ich in schneller Abfolge immer lauter werdend spielte. Lindas Trommelwirbel wurde währenddessen immer intensiver. Doch bevor wir beim krachenden Höhepunkt ankamen, rutschte ihr ein Drumstick aus der Hand. Oder flog vielmehr, weil sie ihn in einer Aufwärtsbewegung verlor. Er schoss knapp an ihrem Kopf vorbei und landete hinter der Bühne. Aus dem Publikum erklangen verdutzte Lacher, was mich so aus dem Konzept brachte, dass meiner schweißnassen Hand das Plektron entglitt. Nun war bloß noch Peter zu hören. Irritiert hob er seinen Blick vom Bass und sah uns an.

Jetzt geht alles den Bach runter, schoss es mir durch den Kopf. Noch bevor wir überhaupt richtig begonnen hatten. Als Nächstes fürchtete ich Buhrufe oder Bierflaschen, die zur Bühne flogen. Vielleicht hatte auch jemand an Tomaten und faule Eier gedacht. Doch Linda vollbrachte ein kleines Wunder: Sie schaffte es, mit einem Fuß die Bassdrum zu treten und wieder in Peters Bassspiel einzusteigen, während sie sich gleichzeitig zur Seite beugte, um einen Ersatzstick aufzuheben. Mit einem ungläubigen Lächeln über ihr geglücktes Manöver nahm sie den Rhythmus wieder auf. Auch ich fasste neuen Mut und klaubte ein Ersatzplektron aus der Hosentasche.

Wir gewannen wieder an Schwung und beendeten das Stück einigermaßen würdevoll. Ich meinte, im aufmunternden Applaus des Publikums sogar einige Jauchzer zu hören.

Tatsächlich ging uns von nun an alles leichter von der Hand. Die Beinahe-Katastrophe hatte unser Lampenfieber weggefegt. Es war, als ob uns von nun an ein unsichtbares Band zusammenhielte. Linda drosch auf die Felle. Ich verschmolz mit der Musik, wie ich es bei gelungenen Proben tat. Peter fraß sein Mikrofon fast auf; er blähte seine Nüstern, als er den Refrain zu *Plug In Baby* von Muse hinausschrie. Und ließ seine Stimme für Radioheads *Fake Plastic Tree* zu einem Bündel aus Angst und Schmerzen schrumpfen. Auch wenn es im Bühnenlicht nicht zu erkennen war, wusste ich, dass alle Augen auf ihn gerichtet waren.

Als nach *Tower Boys*, unserem Finale, nur noch der Nachklang meiner Gitarre aus dem Verstärker dröhnte, kam Linda wie abgesprochen hinter dem Schlagzeug hervor und stellte sich zwischen Peter und mich in die Mitte. Wie im Theater legten wir die Arme um unsere klitschnassen Hälse und verneigten uns, während sich im Publikum Rufe nach einer Zugabe verbreiteten. Fragend blickten wir zu Tom, der an der Seite der Bühne stand. Er grinste und hob einen Daumen in die Höhe.

«Spielt noch einen Song!», rief er uns zu.

«Aber wir haben keinen mehr», erwiderte ich.

«Dann spielt einfach den letzten noch mal!», verlangte ein Betrunkener aus der ersten Reihe.»

«Ja! Spielt *Power Boys* noch mal!», kam es von irgendwo.

«Es heißt *Tower Boys*», korrigierte Peter ins Mikro.

«Wen interessiert das denn?», schrie jemand anders.

Wir zuckten mit den Schultern und spielten *Tower Boys* ein zweites Mal. Weil Peter im letzten Refrain samt seinem Bass wild auf und ab hüpfte, fing auch das Publikum damit an, sodass es zum Schluss fast so aussah wie in den Konzert-Mitschnitten auf MTV. Es fühlte sich an, als würden wir Ketten sprengen. Als sei für einen Augenblick alles möglich. Doch dann war der Song zu Ende; unsere Instrumente verhallten und der Applaus versiegte langsam.

Tom stellte die Scheinwerfer aus und das Deckenlicht an.

Peter

Linda begann, ihre Becken abzuschrauben. Janosch verstaute die Les Paul im Gitarrenkoffer und sammelte seine Effektgeräte ein. Nur ich blieb stehen und gaffte dem sich zerstreuenden Publikum nach. Ich konnte es nicht fassen, dass unser Gig schon vorbei war. Es war, als wäre ich innerhalb von Sekunden von Übergröße wieder auf mich selbst zurückgeschrumpft. Alles hätte ich gegeben, um weiterzuspielen. Alles, damit dieses Gefühl zurückkehrte. Neben der Bühne standen aber schon One Way Street, die Pfoten um die Gitarrenhälse geschlungen und die Gesichter ungeduldig auf mich gerichtet. Also packte auch ich meine Sachen zusammen und half Linda, das Schlagzeug abzumontieren. Wie mit Tom abgemacht, luden wir unser Equipment gleich in den Van der Grunders. So stand das Zeugs drinnen nicht im Weg herum.

Als wir alles verstaut hatten und wieder reingingen, waren One Way Street schon zugange. Wir schlängelten uns durchs Publikum nach hinten zu den Sofas, wo Janoschs Eltern und Lindas Mutter warteten. Auf dem Weg klopften mir wildfremde Leute auf die Schultern, ich erhaschte bewundernde Blicke. Was mich etwas darüber hinwegtröstete, dass ich gleich danach dastand wie bestellt und nicht abgeholt. Linda fiel ihrer Mutter in die Arme; Janosch wurde von seinen Eltern gedrückt. Ich begann schon, mich mies zu fühlen, da schlangen sich zwei schlanke Arme um meinen Hals. «Du bist ja der geborene Entertainer, Peter!», rief Moni durch den Lärm und lachte stolz. Da One Way Street ihre Verstärker noch weiter hochgedreht hatten als wir, machten Lindas Mutter und Janoschs Eltern den Abflug. Allerdings nicht ohne Janosch das Versprechen abzuknöpfen, noch morgen den Van auszuräumen. Kaum waren sie gegangen, drängten wir uns nach vorne zur Bühne und holten abwechselnd Runden von der Bar. Weil Gratis-Bier zu unserer Gage gehörte, waren wir bald ziemlich verladen. Wir wären wohl bis zum Umfallen geblieben, hätte Linda nicht irgendwann auf die Uhr geschaut und uns daran erinnert, dass wir heute Schule hatten. Noch immer glühend vor Euphorie torkelten wir zur Hardbrücke, um über die Gleise auf die andere Stadtseite zu kommen. Vor der Aufstiegsrampe stießen wir auf einen verlassenen Einkaufswagen. Janosch und ich setzten Linda hinein und schoben sie kreischend zur Brücke hoch.

Als wir oben mit den Händen auf den Knien um Atem rangen, verging mir das Lachen schnell: Rechts neben der Brücke ragten die Hardau-Türme in die Nacht. Ich hatte Moni versprochen, direkt nach dem Konzert nach Hause zu gehen. Meine Eltern würden sich bestimmt zu Tode sorgen, hatte sie mit eingeschärft. Doch ich konnte nicht nach Hause. Nicht jetzt, nicht in diesem Zustand. Ich fragte Janosch deshalb, ob ich bei ihm pennen könne. Mein Vater würde sowieso zwei und zwei zusammenzählen und morgen früh dort aufkreuzen. Also schlugen wir am Ende der Brücke den Weg zu den Grunders ein.

Vor Janoschs Haus meinte dann auch Linda auf einmal, sie sei zu betrunken, um es noch bis zu ihr zu schaffen. Kichernd und lärmend stolperten wir in den Eingang, bis Janosch uns ermahnte, die anderen im Haus nicht zu wecken. Er zog das Ecksofa vor dem TV aus und holte uns eine Wolldecke aus dem Wohnzimmerschrank. Dann wünschte er Gute Nacht und wankte die Treppe in sein Zimmer hoch. Linda und ich warfen uns aufs Sofa. Ich starrte zur Decke und konnte auf einmal nur noch daran denken, was morgen passieren würde. Mein Vater hatte sich bestimmt schon eine Bestrafung ausgedacht, die alles Bisherige locker in den Schatten stellen würde. Doch dann spürte ich plötzlich Lindas eiskalte Finger auf meinem nackten Bauch. Ihre Nasenspitze fuhr meine Wange hoch. Für eine Sekunde versteifte sich alles in mir. Aber Linda fing an, mich so linkisch zu küssen, dass ich annahm, dass dies auch für sie das erste Mal war.

Nun löste sich alles in mir. Ich strich über ihre Haare und ihren Hals. Was ihr einen Schauer durch den Körper jagte. Entweder weil sie es mochte, oder weil auch meine Finger eiszapfenkalt waren. Wie anders die Welt doch vom einen auf den anderen Augenblick aussehen konnte, dachte ich. Ich probierte einen Zungenkuss und sog Lindas nach Bier riechenden Atem ein. Dann fuhr ihre Hand langsam meinen Bauch hinab, und ich dachte an gar nichts mehr.

Café Carla
Frühling 2003

Peter

Es lief exakt so ab, wie ich es vorausgesagt hatte: Noch im Morgengrauen klingelte mein Vater bei den Grunders Sturm. Moni war als erste an der Haustür – sie hatte sich eilig einen Pullover über den Pyjama geworfen. Anfangs versuchte sie noch, mit ihm zu diskutieren, worauf er erst recht rasend wurde und sich mit ihr einen Schlagabtausch lieferte, an dessen Ende sie ihn als Sektenführer bezeichnete und er sie als gottlosen Hippie. Irgendwann wurde es mir zu blöd. Ich zog meinen Pullover an, schlug Monis Angebot auf politisches Asyl aus und folgte meinem Vater durch den grauen, kalten Morgen nach Hause.

Lange würde ich das Theater sowieso nicht mehr mitmachen müssen. In einigen Wochen wurde ich volljährig.

Mein Vater zog deshalb nochmals sämtliche Register, um mich auf den richtigen Weg zurückzubringen. Den Weg von Jesus. Er schleppte mich zu einem Vortrag über Rockmusik im Gemeindehaus einer Freikirche am Stadtrand. Ich saß neben einer Schar pickliger Jungs – sie waren vielleicht beim Hören von Marilyn Manson erwischt worden – und hörte mir das Gefasel eines «Bibelwissenschaftlers» an. Rock, behauptete dieser Wicht mit krausem Vollbart und näselnder Stimme, habe seinen Ursprung in den heidnischen Ritualen afrikanischer Stämme – und schädige bei regelmäßigem Konsum das Gehirn. Ich prustete los: Es war dermaßen offensichtlich, wer hier den größten Hirnschaden hatte.

Ich solle sofort den Mund halten, zischte mein Vater neben mir und lief rot an. Aber was wollte er schon tun? Mir eine kleben? Ich war jetzt gleich groß wie er. Und hätte ihm einfach eine zurückgescheuert.

Es war fast tragisch mitanzusehen, wie seine Autorität, die einst so unbestritten war wie die Existenz von Gott und Teufel, innerhalb von Wochen in sich zusammenfiel. Je näher mein Geburtstag rückte, desto erbärmlicher wirkten seine letzten Versuche, sie aufrechtzuerhalten. Erst rückte er den Hausschlüssel nicht mehr heraus. Dann nahm er mich vom Gymnasium. Die öffentliche Schule hatte er sowieso schon immer als Brutstätte des Atheismus auf dem Wind gehabt. Stattdessen wollte mich dieser Trottel im Heimunterricht auf die Matura für Privatschüler vorbereiten. Doch als Lehrer war er unterste Schublade. Ständig schweifte er ab, wenn wir Algebra oder den Subjonctif durchackern wollten. Dafür verlor er sich in Vorträgen über Gott und die Welt. Sobald klar wurde, dass auch er den Stoff nicht begriff, schickte er mich unter einem Vorwand aus dem Studierzimmer und bunkerte sich bis zum Abendessen dort ein.

Mir wurde dermaßen langweilig, dass ich beim Rumhängen unten auf dem Vorplatz sogar mit den Hirnamputierten Frieden schloss. Sie hatten bald Lehrabschlussprüfung und kifften abends nur noch müde vor sich hin, statt anderen auf den Wecker zu gehen. Als ich ihnen von meinem Stress zu Hause erzählte, ließen sie mich aus Mitleid an ihrem Joint ziehen. Ich mochte den süßlichen Geruch aber nicht und gab ihn gleich wieder zurück.

Kurz vor meinem Geburtstag begannen bei uns zu Hause seltsame Dinge zu geschehen. Ich sah meine Mutter, die lächelte, wenn sie einverstanden war, und schwieg, wenn sie es nicht war, leise auf meinen Vater einreden. Statt Bohneneintopf kochte sie plötzlich mein Lieblingsessen: Fischstäbchen mit Mayo, Pizza und solche Sachen. Ich kriegte meinen

Schlüssel zurück und durfte wieder raus in die Stadt. Zusammen mit meiner alten Klasse ging ich zu der großen Demonstration gegen die Irak-Invasion. Aus dem Küchenradio hatte ich mitgekriegt, dass die Amis ihre Pommes in Freedom Fries umbenannt hatten und es kaum erwarten konnten, Saddam an den Kragen zu gehen. Alle bei der Demo waren darum stinksauer auf George W. Bush. Ich hingegen spazierte grinsend im Meer der Regenbogenflaggen mit. Meine eigene Befreiung von einem Tyrannen nahte.

Wie es der Zufall wollte, wurde ich genau an dem Tag 18 Jahre alt, an dem die Marines in Bagdad Saddams Statue vom Sockel rissen. Ich legte die wenigen Kleider und Bücher, die ich von zu Hause mitnehmen wollte, in den Koffer, den ich von Janosch geborgt hatte. Meine Mutter flennte unterdessen in der Küche und schnitt die Erdbeertorte an, die sie extra für mich gebacken hatte. Ich schlang ein großes Stück davon runter, dann sagte ich ihr und meiner Schwester Lebewohl. Rebekkas Ärmchen und Beinchen klammerten sich an mich, als ich sie an mich presste und auf die Stirn küsste. Es brach mir das Herz, sie hier zurückzulassen. Ich schwor mir, sie aus diesem Gefängnis zu holen, sobald ich genug Kohle hatte, um ihr den Rest ihres beschissen kurzen Lebens so schön wie möglich zu machen.

Mein Vater hatte sich, ganz der Feigling, der er in Wahrheit war, im Studierzimmer verkrochen. Erst als ich meine Jacke anzog, ging die Tür auf, und er schlurfte hinaus. Er roch, als habe er eine ganze Kanne Kaffee getrunken. Und sah aus, als habe er nächtelang kein Auge zugemacht.

«Weißt du, was du hier tust, Peter?», fragte er mit erstickter Stimme. «Du brichst mit deiner Familie.»

«Ich breche mit *dir*», erwiderte ich und klammerte mich vor Wut am Griff des Koffers fest.

Er schwieg eine Weile, bevor er antwortete: «Alles, was ich getan habe, habe ich aus Liebe getan. Das musst du wissen, Peter. Ich habe versucht, dich zu beschützen.»

«Wovor denn?», schrie ich. Wovor wolltest du mich beschützen?»

«Vor den Versuchungen.» Zum ersten Mal blieb er leise, wenn ich laut wurde, und sah mich nur traurig an. «Vor der Welt, für die du uns jetzt verlässt, Peter.»

Ich hatte mir meinen Abschied triumphaler vorgestellt. Draußen pfiffen Vögel, Kirschbäume leuchteten rosa in der Frühlingssonne. Und ich? Flennte wie ein Mädchen, während ich zu Fuß den Weg zu den Grunders zurücklegte. Ich durfte so lange bei ihnen wohnen, wie ich wollte, hatten sie mir versichert. Da Janosch in der Schule war, empfing mich Moni mit einer festen Umarmung und einem zweiten Frühstück. Danach packte ich meinen Koffer im Computerzimmer der Grunders aus. Sie hatten es mit Einzelbett, Schrank und sogar einem Nachttischchen in ein Gästezimmer umfunktioniert. Am Abend warfen sie mir zu Ehren den Steinofen im Garten an, zum ersten Mal in diesem Jahr. Doch auch die drei Gläser Rotwein, mit denen ich mein Schweinehalssteak runterspülte, brachten mir keinen Schlaf. Die Bettdecke roch nach fremdem Waschmittel. Wälzte ich mich zur Seite, fiel mein Blick entweder auf die kahle Zimmerwand oder den Computer neben dem Bett. Mehr als alles andere aber vermisste ich das Schnaufen von Rebekka unter mir.

Doch vom nächsten Tag an blieb keine Zeit mehr für Heimweh. Nach einem langen Telefonat von Moni mit dem Rektor des Gymnasiums durfte ich in meine Klasse zurückkehren. Nun musste ich büffeln, dass mir der Schädel rauchte. In wenigen Wochen begannen die Maturaprüfungen. Janosch und der Rest der Klasse halfen mir beim Pauken, und da viele

Lehrerinnen und Lehrer bei den Klausuren ein oder beide Augen zudrückten, schaffte ich den Abschluss mit Ach und Krach.

Kaum waren die Prüfungen durch, drängte Janosch darauf, wieder mit den Proben zu beginnen. Wir waren aber so aus der Übung, dass wir klangen wie ein Schepperorchester. Ich traf kaum einen richtigen Bund, bald brannte mein Hals vom Singen. Nach einer Stunde schmiss ich den Bass frustriert aufs Sofa. Seltsamerweise wollte sich die schlechte Laune, die mich gepackt hatte, von da an einfach nicht mehr verziehen. Nicht einmal, als wir nach den Sommerferien mit großem Trara die Maturadiplome überreicht bekamen. Da eine Telefongesellschaft gerade Herbstaktion hatte, schenkten Janoschs Eltern uns beiden zur Feier des Tages nagelneue Nokias. Doch genau darin, kapierte ich nach einer Weile, lag das Problem. Die Grunders gaben sich alle Mühe, eine gute Ersatzfamilie zu sein. Sogar Kellogg's Chocos kauften sie mir zuliebe zum Frühstück. Doch ich fühlte mich, als sei ich einfach von einem Daheim ins nächste gesteckt worden. Dabei wollte ich doch endlich auf eigenen Füßen stehen.

Ich wusste bloß nicht, wie ich ihnen das beibringen sollte.

Janosch

Auf einmal begann sich Peter zu benehmen wie ein Arschloch. Oft hing er mit geschlossener Tür in seinem Zimmer herum, sodass wir weder an ihn noch an unseren Computer herankamen. Wenn Linda auftauchte, um zu proben, interessierte er sich mehr für sie als dafür, unsere Songs wieder einzustudieren. Den Tiefpunkt erreichte sein Verhalten, als ich ihm im Proberaum einige neue Songideen zeigte.

«Und?», fragte ich, als ich sie ihm vorgespielt hatte.

«Die sind irgendwie langweilig», erwiderte Peter, der sich lustlos auf dem Sofa fläzte und an einem Bier nippte.

«Langweilig? Wieso das denn?»

«Weiß nicht.» Er setzte die Flasche ab und sah mich an: «Sie sind einfach langweilig, Janosch.»

«Danke Peter, sehr hilfreich», erwiderte ich gekränkt. Wäre er aufgesprungen und hätte mir eine geknallt, hätte er mich kaum härter treffen können. Tagelang hatte ich an diesen Songs gearbeitet und brannte nun darauf, sie einzuüben. Am liebsten hätte ich ihm sein Bier über den Kopf gekippt.

Ich war beinahe erleichtert, als er uns einige Tage später mitteilte, ein günstiges WG-Zimmer gefunden zu haben sowie einen Nebenjob in einem Café, mit dem er sich über Wasser halten konnte. An dem Tag, an dem er auszog, fuhren Paps und ich ihn zu einem Brockenhaus. Dort stattete er sich mit einer Matratze und einem Schrank aus und einer hellblauen Jeansjacke mit Silberknöpfen. Sie passte perfekt zu seinen Engelslocken und ließ ihn noch verwegener aussehen.

Wir transportierten alles in Peters neues Zuhause. Es lag in einer hufeisenförmig angelegten Mietskaserne, deren Straßenfront von Autoabgasen schwarze Flecken hatte. Peters Zimmer war eine Besenkammer mit Fenster in einer Dreizimmerwohnung, in der eine Komplettsanierung keine schlechte Idee gewesen wäre. Immerhin schienen sich die Ratten pudelwohl zu fühlen, die neugierig ihre Nasen aus den Pulloverkapuzen von Roni und Roli streckten – Peters neuen Mitbewohnern. Wir trugen Schrank und Matratze die knarzende Holztreppe in Peters Zimmer hoch, das damit fast schon vollgestellt war. Danach tranken wir in der Küche mit Gasherd und Rissen in den Kachelwänden ein Dosenbier.

Vorsichtig fragte ich Peter, wann wir wieder proben würden. Er müsse erst den Schichtplan im Café abwarten, antwortete er ausweichend.

«Wir können uns ja schreiben», schlug ich vor und zog demonstrativ mein Nokia aus der Hosentasche.

«Hast du mich eigentlich unter Peter gespeichert?», fragte er und trank sein Bier in einem Zug aus.

«Klar. Wie denn sonst?», erwiderte ich verdutzt.

«Ich heiße jetzt Pete», sagte er. «Nicht mehr Peter.»

«Was?»

«Ich heiße jetzt Pete. Klingt besser.»

Er war sich seiner Sache wohl selbst noch nicht ganz sicher, denn er fuhr sich verlegen durchs Haar. Da sein Blick aber beharrlich blieb, löschte ich in der Kontaktliste schulterzuckend das «r» aus seinem Namen. Als wir zum Abschied die Hände einschlugen, hatte ich tatsächlich das Gefühl, dass es nicht mehr Peter war, dem ich Tschüss sagte.

Ich schrieb ihm zwar noch einige SMS. Aber entweder musste er arbeiten oder er schrieb so freudlos zurück, dass ich es irgendwann bleiben ließ. Es war absurd. Ausgerechnet jetzt, da wir uns mit unseren Handys jederzeit erreichen konnten, verloren wir den Kontakt. Ich hatte mich so darauf eingestellt, nach der Schule nur noch Musik zu machen, dass ich plötzlich nicht mehr wusste, was ich mit mir anstellen sollte. Wochenlang kurvte ich mit unserem Van – Paps auf dem Beifahrersitz, die Hand diskret an der Handbremse – durch Zürich. Die Autoprüfung bestand ich zu meiner Überraschung im ersten Anlauf. Danach schrieb ich mich in letzter Sekunde an der Universität für Geschichte ein.

Doch das Unileben war anders, als ich es mir ausgemalt hatte. Statt neue Freunde zu finden, in Lesegruppen Marx zu diskutieren und zu WG-Partys eingeladen zu werden, saß ich verloren in überfüllten Hörsälen. In den Pausen trank ich Automatenkaffee mit Jungs, die so schüchtern waren wie ich. Da ich keine Schulklasse mehr hatte, die ich jeden Tag sah, vereinsamte ich noch mehr als in der Zeit, bevor ich Peter, oder eben Pete, kennengelernt hatte. An manchen Tagen schaffte ich es morgens kaum noch aus dem Bett. Dafür blieb ich halbe Nächte vor dem Fernseher hängen. Auf MTV lief nun kaum noch Musik, sondern es gab fast nur noch Sendungen wie *Dismissed,* eine Dating-Show mit sexhungrigen Gleichaltrigen. Sie erinnerte mich in erster Linie daran, dass ich keinen Sex hatte. Oder nur dann, wenn ich mich in unserem Computerzimmer durch Pornos klickte.

Wenn auf MTV mal Videoclips liefen, dann war es meist Macker-Musik. Limp Bizkit etwa oder 50 Cent. Diese Musiker klangen, als seien sie als Kinder in einen großen Topf voller Testosteron gefallen, und riefen in mir das Gefühl hervor, in der falschen Zeit geboren worden zu sein. Nirvana und die anderen Bands, die ich mit Pete in den Kaufhäusern entdeckt hatte, waren der Sound der 90er gewesen. Im Hier und Jetzt ging das Jahr 2003 zu Ende, ohne dass etwas Aufregendes in Sicht war. Dass die nächste musikalische Revolution von unserem Keller ausging, war leider auch kaum zu erwarten. Denn als ich an den Songskizzen weiterarbeiten wollte, die ich Pete gezeigt hatte, stellte ich bestürzt fest, dass er recht gehabt hatte: Sie *waren* langweilig.

Ich steigerte mich so in die Idee hinein, in einer hoffnungslosen Zeit zu leben, dass sich irgendwann der Schluss aufdrängte, dass auch mein Leben ohne Sinn war. Ich hatte schon das Bild vor Augen: Ich im Proberaum, mit einer Schlinge um den Hals. Am Boden der Verstärker, auf den ich gestiegen wäre und den ich in letzter Konsequenz weggetreten hätte. *Das* wäre ein Abgang, fantasierte ich. Doch bevor der Gedanke weiter reifen konnte, realisierte Mom, wie es um mich stand, und schleppte mich gegen meinen Protest zum Psychologen.

«Was fehlt Ihnen denn?», fragte der Psychologe, ein baumlanger Norddeutscher, der gerne und schallend lachte.

Ich erwiderte, dass ich keinen Sinn mehr im Leben sehe.

Der Psychologe lachte schallend und erwiderte, dass ich dringend ein Abenteuer brauche. Etwas, das mich über mich selbst hinauswachsen lasse. Auf der Rückfahrt von der Praxis schlug mir Mom vor, durch Indien zu reisen, so wie sie es einst mit ihrer besten Freundin getan hatte. Doch ich wollte nicht das Jugendabenteuer meiner Mutter nachahmen. Außerdem kannte ich niemanden, der mit mir verreisen würde. Alleine, war ich überzeugt, machte so etwas keinen Spaß.

Also begann ich wieder, halbe Nächte durchzuwachen, und schaufelte über die Feiertage Reste von Pasteten und Eistorten in mich hinein. In einer der letzten Januarnächte döste ich, schon fast mit dem Ecksofa verwachsen, vor laufendem Fernseher. Ich hatte mich in eine Wolldecke eingemummelt, weil ich zu träge gewesen war, nach oben zu gehen, mir die Zähne zu putzen und mich ins Bett zu legen. Das war meine Rettung. Denn plötzlich riss mich ein seltsamer Videoclip auf MTV aus dem Halbschlaf.

Vier Musiker spielten darin vor einem Hintergrund, der aussah wie eine zum Leben erwachte Grafik-Collage. Noch ungewöhnlicher aber war der Sound: Nach einem zügigen Intro drosselte der Song entgegen aller Intuition das Tempo, bis die Bassdrum in einen behäbigen, aber tanzbaren Takt mündete und die Band loslegte. In Sekundenschnelle saß ich kerzengerade auf dem Sofa. Was um alles in der Welt war das, wunderte ich mich. Es musste sich um Rockmusik handeln, denn ich hörte Bass, Drums und Gitarren. Doch sie klang anders als alles, was ich bis dahin gehört hatte. Sie sprühte vor Witz, und ich konnte gar nicht anders, als mit den Füßen zu ihrem Rhythmus zu wippen. Als der Clip endete und unten am Bildschirm der Name der Band eingeblendet wurde, war mein erster Impuls, Pete davon zu erzählen.

Ich griff nach meinem Handy, das leblos neben mir auf dem Sofa lag. Schon tagelang war keine Nachricht mehr eingetroffen. Ich tippte, stoppte mitten in der Nachricht aber wieder. War es nicht peinlich, ihm mitten in der Nacht zu schreiben, fragte ich mich. Einer Samstagnacht noch dazu? Würde Pete überhaupt antworten?

Pete

Ich radelte durch die Eiszapfenkälte heim und freute mich auf den heißen Kebab, der in einer Plastiktüte am Lenker baumelte, als das Handy klingelte. Linda, vermutete ich. Ich nahm die Kurve in den Innenhof meiner Siedlung und stellte das Fahrrad im Wellblech-Unterstand ab. Es *war* Linda, sah ich, als ich das Handy aus der Jackentasche gezogen hatte. Ich steckte es gleich wieder zurück und kramte den Schlüssel hervor. Ich hatte keinen Bock, jetzt noch zu ihr zu fahren. Eine Neunstundenschicht im Café Carla lag hinter mir. Danach war ich mit meinen Arbeitskollegen wie üblich durch die Kneipen der Nachbarschaft gezogen, die nach Mitternacht noch geöffnet hatten. In der letzten Bar hatte ich mit Karin rumgemacht. Schon wieder. So konnte das nicht weitergehen, beschloss ich, während im Treppenhaus schon der Lärm aus unserer Wohnung an meine Ohren drang. Roni und Roli hatten wieder ihren hirnrissigen Deutschpunk aufgedreht. Was zugleich hieß, dass sich eine Meute ungewaschener Filzhaarköpfe in der Küche tummelte. Sie kippten üblicherweise Dosenbier vom Discounter in sich hinein und stritten mit geröteten Augen über die optimale Aufzucht von Balkon-Marihuana. Sie verschwanden selten vor Sonnenaufgang.

Ich trat ein und kämpfte mich durch die Graswolke in die Küche vor. Schnappte ein Bier aus dem Kühlschrank, bevor alles weggesoffen war, und verzog mich aufs Zimmer. Ich warf die Jacke auf den Boden und genoss auf der Matratze sitzend den Kebab, so gut das bei dem Krach aus der Küche ging. Dann öffnete ich das Fenster, um eine zu rauchen. Die Angewohnheit hatte ich von den Kollegen aus dem Café Carla übernommen. Ich schnippte den Stummel auf die Straße runter und nahm das Nokia zur Hand. Ich wollte Linda schreiben, dass ich zu kaputt sei. Da sah ich das SMS von Janosch.

Er habe eine neue Band entdeckt, las ich, als ich das Briefchen-Icon geöffnet hatte.

Wen denn?, fragte ich.

Franz Ferdinand, antwortete Janosch. *Take Me Out* heiße der Song, den er eben auf MTV gesehen habe.

Nie gehört, tippte ich zurück. *Ist er gut?*

Der absolute Wahnsinn, Pete!

Immer wenn ich an Janosch dachte, überfiel mich das schlechte Gewissen. Dabei war der Wegzug von den Grunders die richtige Entscheidung gewesen. Endlich hatte ich mein eigenes Leben bekommen. Vier Schichten in der Woche kellnerte ich im Café Carla, deren Besitzerin tatsächlich Carla hieß. Sie war eine adrette ältere Dame, die ausschließlich junges Servicepersonal anheuerte. Vermutlich, um von der Inneneinrichtung abzulenken, die mit ihren rosa Marmortischchen und der goldgerahmten Vitrine im letzten Jahrhundert stehengeblieben war. Die Arbeit machte mir Spaß, zumindest anfangs. Tagsüber bediente ich Omas mit Milchkaffee und Schinken-Spargel-Canapés. Abends ergraute Geschäftsleute aus den umliegenden Büros mit Campari und gerösteten Erdnüssen. Wenn wir um elf unsere Schürzen auszogen und dichtmachten, brauste Carla in ihrem Oldtimer-Jaguar nach Hause, und der Rest der Belegschaft schlug sich die Nacht um die Ohren.

In der Freizeit hing ich vor allem mit Linda herum. Sie blies zwar Trübsal, weil sie seit ihrem Lehrabschluss im Sommer immer noch keine Stelle als Landschaftsgärtnerin gefunden hatte. So viel Trübsal, dass sie Pillen dagegen schlucken musste. Aber meine Schichtarbeit und ihre Arbeitslosigkeit erlaubten uns, ein aufregendes Leben zu führen. Wir besuchten uns gegenseitig, mal am Tag und mal mitten in der Nacht. Dann soffen wir und lästerten über unsere Väter. Sie über ihren, weil er noch vor ihrer Geburt das Weite gesucht hatte. Ich über meinen, weil er mir all das hatte vorenthalten wollen, was ich nun tat. Vor allem aber bumsten wir, was das Zeug hielt. In Lindas Zimmer, in meinem – und einmal sogar auf dem Rasen im Innenhof unserer Siedlung. So still Linda sonst war, so leidenschaftlich stöhnte sie beim Sex. Eine Weile lang überlegte ich, das Leben der anderen im Café Carla zu kopieren. Ein lockeres Studium zu beginnen, Soziologie vielleicht, ein bisschen zu arbeiten und viel zu feiern. Die sorgenfreie Existenz zu führen, die einem in einem Ort wie Zürich so leicht in den Schoß fiel.

Doch dann verpuffte diese Euphorie. Bald konnte ich die Schinken-Spargel-Canapés im Café Carla nicht mehr sehen. Die Omas schienen ihr Kleingeld mit jedem Tag langsamer abzuzählen. Die Bartouren nach Schichtende wurden immer vorhersehbarer und Linda immer anhänglicher. Zugleich wurde mir bewusst, wie ich mit meiner ungestümen Art auf Frauen wirkte. Es war, als hätte ich meine Freiheit nur erkämpft, um dann gleich wieder in eine Einbahnstraße einzubiegen. Ich musste an die Sommerferien in der Hardau denken. Daran, wie ich mir geschworen hatte, ein Leben ohne Kompromisse zu führen. Ein Leben, das größer war als die Leben der anderen.

Janosch war der einzige Mensch, den ich kannte, dem es, zumindest insgeheim, genauso ging. Auch wenn man es seiner verkniffenen Visage nicht auf den ersten Blick ansah: In ihm brannte dasselbe Feuer wie in mir. Er brauchte nur jemanden, der ihn zog.

Bist du noch wach?, wollte ich deshalb wissen.

Klar, antwortete Janosch. Er lade gerade den Song von Franz Ferdinand runter.

Ich komme, tippte ich und warf die Jeansjacke über.

Mit einer Kippe gegen die Kälte zwischen den Lippen radelte ich zu den Grunders. Als Janosch die Tür öffnete, sah ich selbst im schummrigen Eingangslicht, dass er schon bessere Tage gesehen hatte. Er trug eine zerknautschte Trainingshose wie ein Arbeitsloser im Reality-TV. Seine Fransen klebten ungekämmt an der Stirn. Übernächtigt blinzelte er mich aus seinen Mandelaugen an.

«Tut mir leid, dass ich mich so lange nicht gemeldet habe», murmelte ich und streckte die Hand aus.

«Schon okay, Pete.» Janosch sah zwar noch etwas gekränkt aus, lächelte aber. «Willst du den Song hören?»

Im Computerzimmer luden wir *Take me out* von der Festplatte auf seinen iPod. Janosch hatte ihn zu Weihnachten gekriegt – wie halb Zürich, denn die weißen Ohrstöpsel sah man nun überall auf der Straße und in den Trams. Dann gingen wir in den Keller. Mein Bass lehnte noch am Verstärker, so wie ich ihn vor einigen Monaten hatte stehen lassen. Janosch schloss den iPod an die Lautsprecheranlage an und drückte Play.

Wir redeten nicht mehr viel in dieser Nacht. Mussten wir auch gar nicht. Denn nach diesem Song war alles gesagt. Stattdessen sprinteten wir wieder hoch ins Computerzimmer, druckten aus dem Internet die Bass- und Gitarrennoten zu *Take Me Out* aus und schnallten die Instrumente um. Meine Fingerkuppen schmerzten beim Spielen – die Hornhaut hatte sich nach der langen Pause zurückgebildet. Doch das Wummern aus meinem Marshall klang von der ersten Sekunde an fantastisch. Ich röhrte *I want you ... to take me out* ins Mikro, Janosch beugte sich über die Les Paul und variierte seine Gitarrenspur bald so gekonnt, dass sie besser klang als das Original. Ich hatte vergessen, in was für einen Beethoven er sich verwandeln konnte. Rasch füllte sich der Keller wieder mit der Energie, die nach unserem ersten Gig nie mehr zurückgekehrt war. Unser Jam endete erst, als Janoschs Vater im Pyjama in der Tür stand. Ob wir noch alle Tassen im Schrank hätten, mitten in der Nacht einen solchen Krach zu veranstalteten, erkundigte er sich.

Am nächsten Tag traf ich Linda in einem McDonald's in der Nähe des Café Carla, wo ich danach Schicht hatte. Ich holte zwei Cola von der Theke und erklärte, dass ich und Janosch Noise Parade reaktivierten. Und dass wir sie gern wieder als Drummerin dabeihätten. Vermutlich sei es aber keine gute Idee, gleichzeitig Liebespaar und Bandkollegen zu sein, fügte ich an. Der Einwand schien mir eine elegante Lösung zu sein für mein Dilemma mit Linda auf der einen Seite – und Karin sowie allen anderen Frauen auf der anderen. Doch sie stieg nicht darauf ein.

«Wieso denn? Wieso können wir uns nicht gleichzeitig lieben und in einer Band spielen?»

Ich überlegte, Linda die Wahrheit zu sagen.

«Glaubt ihr, ihr zwei seid die Einzigen, die Rockstars werden wollen?» Entschlossen sog sie am Röhrchen ihres leeren Pappbechers, sodass die Eiswürfel klirrten. «Ich meine es ernst, Pete. Du weißt doch, dass ich vollen Einsatz geben werde!»

Nun schaffte ich es nicht mehr, Schluss zu machen. Außerdem, kam es mir in den Sinn, fand man gute Drummer nicht an jeder Hausecke.

«Okay, wieso nicht», sagte ich und lächelte sie an. Obwohl ich ahnte, dass die Geschichte nicht ganz unkompliziert werden dürfte.

Wir begannen, dreimal in der Woche zu proben. Bald hatten wir nicht nur zu unserer alten Form zurückgefunden, sondern spielten klarer und präziser als je zuvor. Ich verkaufte meinen Ibanez-Bass und legte den Erlös mit meinem Ersparten zusammen, um mir einen Fender Jazz zuzulegen, den Straßenkreuzer der Bassgitarren. Janosch bekam zum Geburtstag einen Röhrenverstärker der Marke Orange. Der zog den Sound der Les Paul durch den legendären warmen Filter. Linda rieb sich vor den Proben die Hände mit Magnesium ein, damit ihr keine Sticks mehr davonflogen.

Weil Janosch halbe oder ganze Nächte über Songideen brütete, hatten wir bald ein Set aus brandneuen Songs zusammen. Sie erinnerten etwas, aber nicht zu sehr, an Franz Ferdinand. Das Einzige, was unser Comeback jetzt noch verhindern konnte, war die Rekrutenschule. In weniger als einem Monat hätten ich und Janosch einrücken müssen. Aber Moni schickte uns zu einem Psychologen, der uns ein Attest schreiben könne. Der Psychologe lachte schallend, als wir ihm erklärten, uns drücken zu wollen. Dann diagnostizierte er bei Janosch spontan Depressionen und bei mir eine Aggressionsstörung. Was natürlich komplett hirnrissig war, wie wir uns auf dem Heimweg von der Praxis gegenseitig versicherten.

Die Schinken-Spargel-Canapés passten nicht mehr zu meinem neuen alten Leben – zuletzt hatte ich sowieso heimlich darauf gespuckt. Also schmiss ich den Job im Café Carla hin. Ich heuerte stattdessen als Stagehand bei einer Konzertagentur an, die mir ein Kollege aus dem Café empfohlen hatte. Da auch Janosch zur Abwechslung mal selbst was verdienen wollte, tat er es mir nach.

Schon wenige Tage später hatten wir unseren ersten Einsatz. Im Morgengrauen schlurften wir gähnend auf das Hallenstadion am nördlichen Stadtrand zu. Die Sattelschlepper von Sting, dem ehemaligen Sänger von The Police, waren schon vorgefahren. Neben ihnen rauchte ein Pulk von Typen in Arbeitskleidung Zigaretten. Ob wir die Neuen seien, fragte ein Mann, der mit einem Funkgerät spielte und wirkte wie ein Vorarbeiter. Wir nickten und gesellten uns zu den müden Gesichtern. Ich zog ebenfalls eine Zigarette aus meinem Pack und bot Janosch eine an. Er nahm sie, hustete aber, als ich ihm Feuer gegeben hatte. Die Umstehenden grinsten, und ich klopfte ihm auf den Rücken. Dann senkten sich die Rampen der Sattelschlepper. Wir zertraten unsere Kippen und streiften die Handschuhe über.

Schnell realisierte ich, dass es eine klare Arbeitsteilung gab. Die Roadies, die zur Band gehörten und diese auf der ganzen Tour begleiteten, ließen die Rollkisten voller Material die Rampe runter. Wir Handlanger empfingen sie und schoben sie in die Konzerthalle, wo wir sie nach den Anweisungen der Roadies entluden. Es war Knochenarbeit. Bald schmerzten mir Arme und Rücken. Schnell war auch klar, dass Janosch zu schmächtig für den Job war. Um ein Haar hätte er sich einen Scheinwerfer auf die Füße fallen lassen. Ich kam ihm in letzter Sekunde zu Hilfe, worauf uns der Vorarbeiter anschnauzte, dass man einen Scheinwerfer gefälligst allein trage und nicht zu zweit.

Trotzdem strahlten wir, als wir in der nächsten Zigarettenpause dem Gequatsche der Roadies lauschten. Es waren alles hartgesottene Briten, die einander mit Anekdoten über ihre Tourneen mit Metallica oder den Red Hot Chili Peppers übertrumpften. Auch wenn wir zweifellos das unterste Ende der Nahrungskette hier darstellten, fiel selbst für uns noch etwas vom Glanz des Showbusiness ab. Staunend spazierte ich mit Janosch zur Bühne, wo zwei riesige LED-Wände langsam zur Hallendecke hochfuhren.

«Eines Tages werden wir da auftreten.» Ich zielte mit der brennenden Zigarettenspitze auf eine der Lichtwände. «Dann wirst du auf der hier zu sehen sein und ich auf deren anderen. So wie Mick Jagger und Keith Richards bei den Konzerten der Stones.»

«Klar doch, Pete.» Janosch zog an seiner Zigarette und hustete beim Inhalieren schon weniger als vorher. «Erst müssen wir überhaupt wieder auf irgendeine Bühne.»

«Jetzt sei mal nicht so pessimistisch», erwiderte ich und paffte zuversichtlich einen Rauchkringel aus. «*Das* schaffen wir mit links. Wir werden uns vor Konzerten kaum retten können.»

DJ Bobo
Sommer 2005

Janosch

«N'Abend, ihr zwei Sonnenscheine. Heute zur Arbeit hier oder zum Vergnügen?» Der Türsteher in den Lederhosen lächelte.

«Beides!» Die zwei Frauen in schwarzen Strümpfen und modischen Schlapphüten, denen ich beim Schlangestehen verstohlen auf die Hintern geschaut hatte, lachten und zeigten auf ihre prall gefüllten Handtaschen.

«Na, dann mal rein mit euch.»

Sie verschwanden im Eingang des Abart, Zürichs bestem Rockclub, in dem jede Freitagnacht unsere Lieblingsmusik lief. Uns ließ der Türsteher kommentarlos passieren. An der Garderobe neben der Kasse gab ich meine Lederjacke ab. Das alte Stück von Paps passte mir inzwischen wie angegossen; ich wollte es auf keinen Fall verlieren. Pete und Linda dagegen warfen ihre Jeansjacken drinnen im Club auf den Sitzvorsprung an der Wand. Obwohl es noch nicht mal Mitternacht war, platzte das Abart schon aus allen Nähten. Da die Decke zudem niedrig war, tropfte einem schon nach wenigen Minuten der erste Schweiß von den Nackenhaaren.

Auf der Tanzfläche vor der Bühne, auf der manchmal Konzerte stattfanden, flogen Arme in die Luft – die DJane im Kabäuschen unter der Discokugel spielte *This Fire* an. Es war die aktuelle Singleauskopplung aus Franz Ferdinands atemberaubenden Debütalbum. Ich hatte es mir noch am Erscheinungstag gekauft, anstatt es downzuloaden, und kannte inzwischen jeden Ton und jede Textzeile in- und auswendig. Wir schlängelten uns durch das Gewusel zur Bar, deren Tresen im Zickzack durch den hinteren Teil des Raums verlief.

Pete und Linda bestellten Bier und Tequila-Shots. Mir war Tequila zu kratzig, weshalb ich nur ein Bier nahm, es aber umso schneller hinunterstürzte.

Mehr als ein Jahr war vergangen, seit Noise Parade wieder existierte. Ein verlorenes Jahr. Wozu probten wir überhaupt dreimal in der Woche? Ganze drei Konzerte hatten wir gegeben, und eines war schlimmer als das andere gewesen.

Auf der Geburtstagsfete eines ehemaligen Arbeitskollegen von Pete auf einem Bauernhof hatten wir in der Scheune vor zwei Mädchen gespielt. Sie übergaben sich auf dem Stroh, während sich alle anderen draußen an der Sonne betranken.

Bei einem winzigen Open Air, das ein Cousin von Linda mitorganisiert hatte, hatten immerhin *drei* Jungs in Hawaiihemden und Flipflops vor der Bühne gestanden. Sie starrten unablässig zur Zeltdecke über der Bühne und erklärten uns nach dem Konzert mit weit aufgerissenen Augen, dass ihnen unsere Musik das Tor in ein anderes Universum geöffnet habe. Wir vermuteten stark, dass Drogen im Spiel waren.

Den Tiefpunkt hatten wir aber erreicht, als wir vor einigen Wochen beim Firmenjubiläum der Copyshop-Kette von Paps aufgetreten waren. Die Kellner des Edel-Italieners räumten murrend eine Ecke für uns frei, und die Mitarbeiter wippten pflichtschuldig mit den Füßen, weil der Sohn des Chefs spielte.

Dabei hatten wir alles versucht, um zu mehr Auftritten zu kommen. Mithilfe meines Laptops und der illegalen Kopie einer Musiksoftware hatten wir im Proberaum ein Do-it-yourself-Demo aufgenommen und es an Dutzende Konzertlokale, Open Airs und Radiostationen verschickt. Keine einzige Antwort hatten wir erhalten. Myspace, eine neue Website, auf der sich Personen oder auch Bands ein Profil einrichten und sich gegenseitig befreunden konnten, hatte uns theoretisch zwar mit der ganzen Welt verbunden. Doch die Demo-Songs, die wir samt einem Foto von uns in unserem Garten hochgeladen hatten, waren bloß ein paar Dutzend Mal angehört worden. Und zwar von uns selbst.

Das alles war umso frustrierender, weil endlich geschehen war, wonach ich mich die ganze Zeit gesehnt hatte. Ein neues, goldenes Zeitalter der Rockmusik war angebrochen. *Indie* hieß die neue Epoche. Auch wenn The Strokes aus New York diese Welle tanzbarer Gitarrenmusik losgetreten hatten, lag ihr Epizentrum nicht in Amerika, sondern in London. In Camden, genauer gesagt, dem Viertel, in dem ein Namensvetter von Pete wohnte. Pete Doherty, ehemaliger Sänger der Libertines, einer verwahrlosten, aber ungezügelten Version der schnöseligen Strokes. Sie hatten sich bereits wieder aufgelöst, weil Doherty heroinsüchtig war und sich auf der Bühne zuletzt in erster Linie mit seinem Gitarristen und besten Freund Carl Barât gestritten hatte. Dafür war Doherty nun mit dem Supermodel Kate Moss zusammen und deshalb nicht nur in Musikzeitschriften, sondern regelmäßig auch in der Klatschpresse abgelichtet. Oft betrat er auf den Fotos im eng anliegenden Anzug und mit einem Fedora im Nacken ein Gerichtsgebäude, wo er wegen Drogenbesitz angeklagt war. Was zur Folge hatte, dass auch im Abart immer mehr Jungs mit einem Fedora auftauchten.

Auch wir passten uns der Mode an, die mit dem neuen Sound einherging. Ich mistete meine Skater-Turnschuhe aus und besorgte mir dafür Converse, wie sie Linda schon eine Weile trug. Pete trieb im Secondhand-Shop ein abgewetztes Jackett mit Karomuster und hautenge Röhrenjeans auf.

Pete Dohertys Eskapaden mochten zwar unterhaltsam sein, aber letztlich gefielen uns die Bands, die den Libertines folgten, besser. Die Gruppen, die sich auf die Musik fokussierten und die Freitagnächte im Abart wie im Flug vergehen ließen.

Auf Franz Ferdinand waren The Killers mit ihrem Kracher *Mr. Brightside* gefolgt, danach Razorlight, die Kaiser Chiefs und Maximo Park. Seit einigen Wochen hießen die neuen Lieblinge der Musikmagazine Bloc Party, vier schüchterne Londoner, deren Debütalbum *Silent Alarm* derzeit fast nonstop auf meinem iPod lief.

Da nun *Banquet,* der Höhepunkt auf *Silent Alarm*, aus den Deckenboxen des Abart schallte, nahm ich mein zweites Bier vom Tresen und folgte Pete und Linda auf die Tanzfläche.

Pete fasste Linda von hinten um die Taille, zog sie an sein Becken und begann, mit ihr zu tanzen. Sie legte den Kopf in den Nacken und lächelte dabei mit geschlossenen Augen. Ich hampelte für mich herum und sah abwechselnd auf meine Converse und zu den Mädchen neben mir. Doch kaum fing eine meinen Blick auf, schaute ich nervös weg, anstatt einfach zu lächeln. Es war zum Verzweifeln. Ich kam einfach nicht raus aus meiner Haut. Stattdessen ging ich zur Bar und bestellte ein weiteres Bier, um meine Hemmungen zu lösen. Das vorhersehbare Ergebnis dieser Strategie war stets dasselbe: Bevor ich mir Lockerheit angetrunken hatte, war ich zu breit, um noch eine gute Figur abzugeben. Üblicherweise war es dann auch bald drei Uhr, und die Mädchen gingen nach Hause oder lagen in den Armen der Jungs, die sich getraut hatten, sie anzusprechen. Den Jungs, denen es leichtfiel, ein belangloses Gespräch anzufangen und trotzdem selbstsicher zu lächeln.

Als es wieder so weit war, wankte ich die Treppe hinab in die untere Etage des Abart, wo sich ein Fußballtisch sowie die Toiletten befanden. Betrunken schloss ich am Pissoir die Augen und pinkelte. Bald wurde ich 21, ging es mir durch den Kopf, und noch immer hatte ich kein einziges Mal Sex gehabt. Diese Tatsache ging mir inzwischen echt ans Eingemachte. Mein einziges Date im vergangenen Jahr war mit einer Mitstudentin gewesen, die ich in einer Vorlesung über postkoloniale Theorien kennengelernt hatte. Aber alles, über was sie in den drei Stunden im Studentencafé reden wollte, waren postkoloniale Theorien. Gab es denn keine Frau auf dieser Welt, die zu mir passte, fragte ich mich, während ich mir am Waschbecken Wasser ins Gesicht spritzte und mich im Spiegel betrachtete.

Wenigstens befanden sich die Pickel auf dem Rückzug.

Ich torkelte die Treppe hoch und überlegte, ob ich zur Tanzfläche zurückkehren oder an der Bar ein letztes Bier trinken sollte. Gelaufen war der Abend so oder so. Als ich den Weg zur Bar einschlagen wollte, trat ich im Gedränge auch noch jemandem auf den Fuß.

«Hey, pass doch auf!»

Eine der Frauen in Strümpfen und Schlapphut, die vor uns in der Schlange gestanden hatten, jaulte auf und drehte sich verärgert zu mir um. Ich murmelte eine Entschuldigung und wollte schon in der Menge untertauchen, doch sie hielt mich sachte am Oberarm fest.

«Schon okay.» Sie lächelte. «Spielst du in einer Band?»

«Ja!», hörte ich mich lallen. Ich war zu dicht, um eine halbwegs geistreiche Gegenfrage zu stellen, aus der sich ein Flirt hätte entwickeln können.

«Du auch?», kam mir nur in den Sinn.

Sie schüttelte den Kopf. «Ich verteile bloß die hier.»

Erst jetzt realisierte ich, dass sie mir einen Flyer hinhielt. Ich nahm ihn in die Hand und überflog ihn hastig, um vielleicht doch ein Gesprächsthema zu finden. Doch da hatte sich die Frau schon abgewandt und stakste zu ihrer ähnlich gekleideten Kollegin, die eine Horde grinsender Jungs mit Surferhalsketten und Truckermützen mit denselben Flyern eindeckte. Mich innerlich verfluchend sah ich der verpassten

Chance nach, dann hob ich den Flyer hoch ins Streiflicht der Discokugel.

Es war Werbung für einen Bandwettbewerb namens *Rock from Hell* – wohl deshalb züngelten Flammen in billiger Grafik auf dem schwarzen Glanzpapier. Alles wirkte ziemlich aufgesetzt, doch das internationale Finale des Wettbewerbs fand in London statt. Glaubte man dem Flyer, sahen dort auch namhafte A&R's zu, also die Verantwortlichen von Plattenfirmen, die Bands entdeckten und unter Vertrag nahmen. Ich glaubte zwar nicht an kosmische Zufälle. Aber ein kleiner Wink des Schicksals schien mir dies hier doch zu sein. Eine Chance, aus unserer unsichtbaren Existenz im Probenkeller auszubrechen. Ich suchte Pete und Linda, fand sie aber nicht mehr auf der Tanzfläche, sondern in einer Sitznische, wo sie wieder Tequila-Shots kippten und rauchten. Ich setzte mich auf einen freien Hocker vor ihnen, zog ebenfalls eine Zigarette aus meinem Pack und legte den Flyer auf das Tischchen mit dem Aschenbecher zwischen uns. Eine Weile lang diskutierten wir das Für und Wider einer Teilnahme, weil die Anmeldegebühr mit 200 Franken doch recht hoch war.

«Wenn das nicht diese Band namens Noise Parade ist!»

Wir sahen durch den Tabakqualm hoch ins angetrunkene Lachen von Tom, dem Veranstalter unseres ersten Konzerts. Seine Geheimratsecken hatten sich zur Halbglatze ausgeweitet; unter seinem The Clash-Shirt wölbte sich der Ansatz eines Bierbauchs.

«Wie geht's euch, Leute?» Er zog einen Hocker von der benachbarten Sitzgruppe heran und setzte sich zu uns. Tom schien sich aufrichtig zu freuen, uns zu sehen, denn er kramte Tabak und Papers hervor und sah uns dabei so treuherzig an, dass wir ihm umgehend unser Leid klagten. Als wir uns erkundigten, ob wir wieder mal an einem Montagabend in der Gewerbehalle spielen durften, erklärte Tom, dass diese abgerissen worden sei und sich das Veranstaltungskollektiv aufgelöst habe.

«Ist wohl auch besser so», meinte er und fuhr mit der Zunge über das Paper, um die Klebefläche zu befeuchten. «So komme ich endlich dazu, mein Studium zu beenden. Ich will nicht bis ans Ende meiner Tage Spaghetti mit Tomatensoße essen, Leute.»

Wir nickten, Pete gab Tom Feuer. Der griff sich den Flyer auf dem Tischchen und studierte ihn mit wachsender Skepsis.

«Wollt ihr bei dieser Abzocke wirklich mitmachen?», fragte er und blies Rauch aus. «Das ist immer dasselbe bei diesen Contests. Die wollen bloß Kohle machen mit den Anmeldegebühren und den Eintritten eurer Freunde, die dann an den Konzerten für euch stimmen sollen.»

«Aber wie sonst sollen wir denn je bekannt werden?», fragte ich ratlos. «Wie macht man das?»

«Ist schwierig von hier aus, Leute.» Nachdenklich tippte Tom Asche von seiner Zigarette ab. «Wir leben halt echt in einer kulturellen Wüste hier. Da schafft es kaum einer raus.»

«DJ Bobo hat es geschafft», warf Pete ein.

Wir lachten boshaft und sahen deprimiert zur Bar hinüber, wo sich die Reihen gelichtet hatten und das Personal bereits den Tresen abwischte. Wie um zu verdeutlichen, dass Zürich zwar die Street Parade hervorgebracht haben mochte, in Sachen Gitarrenmusik jedoch komplette Provinz war.

«Am Ende zählt das Glück wohl mehr als das Talent», meinte Tom schließlich und drückte den Zigarettenstummel im Aschenbecher aus. «Man muss zur rechten Zeit am rechten Ort sein. Und natürlich die richtigen Menschen treffen.»

Pete

Ein Gig bei einem halbseidenen Contest war uns lieber als gar keiner. Deshalb kehrten wir wenige Tage später mit einem Dutzend anderer Bands zur Anmeldung ins Abart zurück. Es war schräg, unseren Lieblingsclub am helllichten Tag zu betreten. Keine Spur von Magie – stattdessen stank es nach Schweiß und kaltem Zigarettenrauch. Der Veranstalter, ein verschlagen aussehender Kerl, sprang auf die Bühne und verklickerte uns die Regeln von *Rock from Hell*. Es lief exakt so, wie es Tom prophezeit hatte. Das Publikum sei die Jury, schärfte der Kerl uns ein. Wir mussten deshalb möglichst viele Freunde für das Vorrundenkonzert mitbringen, um es von dort aus ins nationale und dann ins internationale Finale zu schaffen.

Als die Anmeldeformulare reihum gingen, entdeckte ich unter den Umstehenden ein bekanntes Gesicht mit Frank-Zappa-Mähne und Ziegenbart. Der Verkäufer aus dem Musikhaus. Er war mit seiner siegessicher dreinblickenden Metal-Combo angetrabt. Vermutlich hatte auch er größere Träume, als in alle Ewigkeit Ersatzsaiten über den Tresen zu schieben. Wir wurden für dieselbe Vorrunde ausgelost wie Pacemaker – so nannten sich diese schwarz gekleideten Poser.

Vor dem Konzert lagen jedoch die Sommerferien. Linda fuhr mit ihrer Mutter in die Berge zum Wandern. Janosch hatte keine Lust auf die Finca, die seine Eltern auf Mallorca gebucht hatten, also verkroch er sich im kühlen Keller und komponierte. Ich reiste, weil das Hallenstadion renoviert wurde, kreuz und quer durchs Land und stellte Bühnen in anderen Stadien auf.

Und ich ging fremd. Diesmal so richtig. Karin, die Ex-Arbeitskollegin aus dem Café Carla, war von einer einjährigen Weltreise zurückgekehrt und feierte das Wiedersehen mit

Freunden in einer Bar. Sie war braun gebrannt wie eine Kakaobohne und bleckte lachend die schneeweißen Zähne, als ich dazustieß. Ich hatte mir fest vorgenommen, die Finger von ihr zu lassen. Doch als die anderen nach Mitternacht abgerauscht waren und wir zwei weiter Tequila mit Salz und Zitrone kippten, schaffte ich es nicht mehr. Ich fuhr mit der Hand unter ihre Ringellocken und küsste sie. Als die Bar um drei dichtmachte, nahm ich Karin zu mir nach Hause mit.

Am nächsten Tag ging es mir hundsmiserabel: Ich hatte einen fürchterlichen Tequila-Kater. Und ein noch schlechteres Gewissen wegen Linda. Um ein Haar hätte ich sie angerufen und ihr alles gestanden. Aber ich wollte ihr nicht die Ferien verderben. Zudem war es ja nicht nur ihre Schuld, dass ich sie betrogen hatte. Auch wenn der Sex mit ihr in der letzten Zeit definitiv öder geworden war. Ich war vor allem unzufrieden. Genauso gefangen wie in der Sache mit Linda fühlte ich mich in meinem Leben als Handlanger und Kellermusiker. Was, wenn wir diesen Contest nicht gewannen? Probten wir dann wieder monatelang, ohne Ziel und Hoffnung? Das alles war umso idiotischer, weil ich mich tagtäglich für Pop- und Rockstars abrackerte, die abends im Flutlicht von Tausenden von Menschen bejubelt wurden. Stand ich inmitten des Abräumtrupps neben der Bühne, während der Applaus versiegte, meinte ich fast ihren Atem zu spüren. Es machte mich ganz kirre. Vor allem, weil ich dann daran denken musste, wie Bloc Party zu ihrem Plattendeal gekommen waren. Deren Sänger Kele Okereke hatte Alex Kapranos, dem Frontmann von Franz Ferdinand, nach dessen Konzert einfach ein Demo in die Hand gedrückt. Und schwups, hatten sie ihren Plattenvertrag. Weshalb sollte das nicht auch bei uns klappen?

Neben den Arbeitshandschuhen packte ich für meine Einsätze deshalb auch immer ein Demo mit ein. Doch nie ergab sich die Gelegenheit, und die Backstage-Area war für mich verbotene Zone. Ich gehörte nun mal nicht zu den alten Hasen oder hübschen Schnecken, die zur Künstlerbetreuung eingeteilt waren und den Snookertisch für die Rolling Stones aufstellten und Kühlboxen für die Bühne mit den gewünschten Biermarken füllten.

Aber dann kam meine Chance doch noch.

U2 machten auf ihrer *Vertigo*-Tour im Letzigrund-Fußballstadion halt. Wir schwitzten Sturzbäche an dem Tag. Kaum stand die megalomanische Bühne, auf deren Rückseite eine Gitterwand in den sonnigen Himmel ragte, errichteten wir davor auch noch einen runden Laufsteg. Auf dem würde Bono, der Sänger von U2 mit der beknackten getönten Sonnenbrille, heute Abend herumhüpfen. Als wir uns endlich auf dem Fußballrasen ausruhen konnten und unsere abgepackten Sandwiches verdrückten, kam der Vorarbeiter aus dem Backstage-Bereich neben der Bühne herbeigeeilt. Wer mit dem Fahrrad hier sei, fragte er mit gestresstem Blick. Ich riss die Hand hoch, und er erklärte mir meine Mission.

Einer der Roadies hatte U2 von dem köstlichen Chicken Jerk erzählt, das man hier in einem jamaikanischen Tante-Emma-Laden die Straße runter bekam. Woraufhin die Band spontan Kohldampf auf Jamaikanisch gekriegt hatte. Da die Straße wegen des Konzerts für Autos gesperrt war, ging es mit dem Fahrrad schneller. Also flitzte ich im Gegenverkehr zu den eintrudelnden U2-Fans zum Laden, holte die Bestellung ab und sauste zum Stadion zurück, wo Wurstbuden und Radiomusik aus den Stadionlautsprechern für Volksfeststimmung sorgten. Bevor ich hineinging, steckte ich unser Demo zwischen zwei Plastikschalen Chicken Jerk. Eine solch mutige Aktion musste Bono mit der Empfehlung an sein Plattenlabel honorieren.

Der Backstage-Bereich war mit Gittern und darüber gespannten Plastikplanen abgesperrt; drinnen wuselten Roadies und wichtig aussehende Leute mit Backstage-Pässen um den Hals herum. Ein Roadie wies mich zu einem weißen Zelt mit der Aufschrift *Artist.* Ich steckte dem lederhäutigen Muskelpaket, der im schwarzen *Security*-Shirt am Zelteingang stand, die Tüte hin. Statt sie einfach zu nehmen, griff die Lederhaut hinein, wühlte herum und fischte mit finsterem Grinsen die CD raus.

«Unser Demo.» Ich lächelte ertappt und fügte in meinem besten Englisch an. «Das bläst einem die Birne weg.»

Der Typ krallte sich die Tüte und knallte mir die CD an die Brust. «Hattest du den Auftrag, der Band ihr Essen zu bringen oder dein Demo?», blaffte er und schüttelte enttäuscht den Kopf. «Was für eine Arbeitseinstellung.»

Gerne hätte ich ihm in die Eier getreten. Da ich den Job aber brauchte, zog ich fluchend den Rückzug zu den anderen Stagehands an, die auf dem Rasen alle viere von sich streckten und die Gesichter in die Sonne hielten. Ich kickte mit voller Wucht in den Fußballrasen. Nie klappte irgendwas. Nie war ich zur rechten Zeit am rechten Ort. Doch diesmal hatte ich unrecht. Denn von nun an hatte mich der Vorarbeiter, dem meine Aktion natürlich zu Ohren gekommen war, auf dem Zeiger.

So lernte ich Ian kennen.

Am Ende des Sommers strampelte ich zum frisch renovierten Hallenstadion. Die Stagehands, die davor ihre Frühstückskippe rauchten, jammerten bereits. Scheinbar war die Bühne, die wir heute fürs Schlusskonzert von DJ Bobos *Pirates-of-Dance*-Tour bauten, die reinste Qual. Tatsächlich bauten wir, pausenlos fluchend, ein ganzes Piratenschiff auf, dessen Bug weit in den Zuschauerbereich ragte. Als ich am

Mittag erschöpft in die Pause abrauschen wollte, zielte der Vorarbeiter mit der Antenne seines Funkgeräts auf mich.

«Du da!», befahl er. «An Deck werden noch zwei Hände gebraucht.»

Ich schnaubte demonstrativ, kletterte aber die Leiter zum Schiffsbug hoch. Dort war ein kleiner Trupp damit beschäftigt, Piraten-Deko anzubringen. Zwei Jungs mit Dreadlocks, ich erkannte sie gleich als blutige Anfänger, hatten sich in einem zerfransten Seilnetz verheddert. Neben ihnen saß ein Typ in verwaschenen Bluejeans und weißem T-Shirt auf einem Holzfass, das ziemlich sicher aus Plastik war. Er stützte das Kinn auf den Arm und verfolgte kopfschüttelnd die Versuche des Duos neben ihm.

«Immerhin *einen* Fähigen schicken sie mir!»

Erleichtert stand der Typ vom Fass auf, als ich dazu trat. Ich kannte ihn wie die meisten meiner Arbeitskollegen, die sich von Gig zu Gig anders zusammensetzten, vom Sehen her. Er war schlank und drahtig; seine Gangart und der spitz zulaufende Ansatz seiner Stoppelhaare erinnerten mich irgendwie an ein Raubtier.

Jetzt fiel mir sein Name wieder ein. Er hieß Ian. Er trug einen Ring am linken Ohr und sprach Deutsch mit dickem britischem Akzent. Was ihm eine unbestrittene Coolness verlieh. Die war, neben seiner Muttersprache, wohl der Grund dafür, dass er bei Gigs internationaler Künstler oft mit einem Backstage-Bändel um den Hals herumlief. Und den Roadies etwa beim Aufstellen der Instrumente half.

«Ich hoffe, du bist schwindelfrei.»

Ian nickte zum Ausguckposten am Schiffsmast hoch und warf mir einen zusammengeknüllten Stofffetzen zu. «Du bringst nämlich die Piratenflagge an.»

Also kraxelte ich die Leiter am Mast hoch. Die anderen drei glotzten mir mit in die Hüfte gestemmten Armen zu.

«Wo soll die Flagge denn hin?», rief ich hinunter, als ich oben angekommen war.

«Ist doch scheißegal», brüllte Ian zurück. «Irgendwo, wo man sie sieht. Das sind Piraten, die haben keine Regeln.»

Als wir mit dem Dekorieren fertig waren, stürmten die beiden Dreadlocks nach draußen, um eine zu rauchen oder, was ich eher vermutete, einen Joint zu heizen. Ian und ich machten es uns in den leeren Sitzrängen des Stadions bequem. Legten die Füße auf die Vordersitze und sahen den mit Seilen gesicherten Kletterern zu, die auf den Lichttraversen an der Hallendecke arbeiteten. Noch bevor sie fertig waren, enterten unter ihnen DJ Bobo und seine Tanztruppe das Schiffsdeck. Sie trugen Trainingsanzüge statt wie zur Vorstellung Piratenkostüme und begannen mit der Hauptprobe.

We are the Pirates ... of Dance!, schallte aus den Boxentürmen links und rechts von der Bühne. DJ Bobo fing an, zu seinem Europop herumzuhüpfen, die Tanzcrew machte es ihm nach.

«Ist das tatsächlich euer erfolgreichster Musiker?» Ian schnalzte amüsiert mit der Zunge. «Ist ja etwa so gut wie euer Fußball.»

«Für mich sieht das eher nach Aerobic aus», entgegnete ich.

Ian grinste. «Schade für euch», meinte er. «Da wo ich herkomme, gibt's nämlich tonnenweise gute Musik. Wie Sand am Meer.»

«In England, meinst du?»

«Wieso denken hier immer alle, ich sei Engländer?» Gereizt fuhr er sich über seine Stoppelfrisur, beruhigte sich aber gleich wieder. «Ich komme aus Glasgow, Mann», sagte er und lächelte. «Ich bin Schotte.»

«Glasgow?» Ich fuhr aus meinem Sitz hoch. «Franz Ferdinand kommen doch von dort!»

«Unter anderem», erwiderte Ian großspurig und zählte die weiteren großen Bands auf, die seine Heimatstadt hervorgebracht hatte: Simple Minds, Primal Scream, Belle and Sebastian, Travis, Texas, Mogwai. Auch Ian hatte in Glasgow in einer Band gespielt.

«Wir hießen Aeroflot», erzählte er und betrachtete dabei die hochgelagerten Füße, die in schneeweißen Nike-Sneakers steckten. «Glaub mir: Wir waren nicht schlecht!»

Ich hob fragend die Augenbrauen. «Aber weshalb stellst du denn jetzt Bühnen auf, statt darauf zu spielen?»

«Das frage ich mich auch, Kumpel.» Nachdenklich spielte Ian mit dem Ohrring. Dann verriet er mir, dass er sich vor zwei Jahren in Glasgow in eine Zürcherin verknallt habe. Als deren Austauschsemester zu Ende ging, reiste er mit ihr in die Schweiz. Die Beziehung war vor einigen Monaten in die Brüche gegangen, aber irgendwie war Ian hier hängen geblieben.

«Langsam kriege ich aber echt Heimweh nach Glasgow», sagte er mit Blick zu DJ Bobo, der seine Probe beendet hatte und zufrieden mit der Tanzcrew abklatschte.

«Verstehe ich», erwiderte ich. «Ich spiele übrigens auch in einer Band.»

«Cool.» Ian lächelte, in seinen Augen flackerte Wehmut auf. «Habt ihr ein Demotape?», fragte er. « Ist zwar eine Weile her, dass ich selbst hinter den Drums gesessen habe. Aber ein Feedback von einem anderen Musiker schadet ja nie, oder?»

Janosch

Ian wirkte schon angetrunken, als er am Vorabend unserer *Rock-from-Hell*-Vorrunde bei uns auf der Türmatte stand.

«Komische Pfütze, die ihr hier trinkt», sagte er zur Begrüßung und drückte mir einen Zehnerkarton Feldschlösschen in die Hand. «Aber man gewöhnt sich ja an alles.»

Damit trat er ein und sah sich, ohne zu fragen oder sich die Schuhe auszuziehen, in unserem Haus um. «Schicke Bude», meinte er und schnalzte anerkennend mit der Zunge. Ich bedankte mich verlegen, danach stiegen wir in den Keller hinunter, wo sich Ian der Länge nach auf das Sofa schmiss und ein erstes Bier öffnete. Noch immer verstand ich nicht genau, weshalb er hier war. Ich wusste bloß, dass er mit Pete arbeitete und unser Demo scheinbar so gemocht hatte, dass er uns unbedingt live sehen wollte.

Im Grunde wäre das Konzert natürlich die ideale Gelegenheit gewesen. Um möglichst viele Stimmen zu sammeln, hatten wir alle unsere Freunde und Bekannten mit SMS und Rundmails zum Kommen aufgefordert. Auch Ian wäre dabei gewesen, hätte er sich nicht das falsche Datum gemerkt und an dem Tag einen Einsatz bei einem Volksmusik-Special angenommen. Stattdessen wollte er sich nun unsere Generalprobe anhören und uns einige Tipps geben. Wenn ich Pete richtig verstanden hatte, bestand Ians musikalische Qualifikation allerdings lediglich darin, dass er einmal Schlagzeug in einer Britpop-Band gespielt hatte und zufälligerweise aus derselben Stadt kam wie Franz Ferdinand.

Während wir zweimal unser Set spielten, das gemäß *Rock-from-Hell*-Reglement keine Sekunde länger als 20 Minuten dauern durfte, trank Ian ein Bier nach dem anderen. Mit der Zeit bemerkte ich jedoch, wie seine Sneakers über der Sofalehne taktgenau zu Lindas Rhythmen wippten. Mit der freien Hand, die auf und ab zuckte, schien er ein imaginäres Becken zu bedienen. Kein Zweifel: Der Mann *war* Drummer, vielleicht nicht mal der schlechteste. Als wir geendet hatten, erhob sich Ian flink vom Leder, um das letzte Feldschlösschen aus dem Karton zu seinen Füßen zu ziehen.

«Und?» Pete am Bass schaute gespannt. «Was denkst du?»

«Massiv! Viel Power für drei Leute.» Ungeniert ließ er einen Rülpser fahren, was Linda und ich mit einem Stirnrunzeln quittierten. «Aber euch fehlt etwas», fuhr er fort. «Ein Hit. Der Song, zu dem jeder tanzen oder sich prügeln will. Wisst ihr, was ich meine?»

Gereizt sah ich zu, wie er das Bier austrank. Schließlich war ich für das Songwriting verantwortlich. An einer vertieften Analyse unseres Materials schien unser Gast jedoch kein Interesse zu haben. Anklagend hielt Ian die leere Flasche hoch und schlug vor, in ein Pub weiterzuziehen.

«Aber nicht zu lange», erwiderte ich abwehrend. «Wir haben morgen einen wichtigen Auftritt.»

«Nur eine Runde», versprach Ian. «Maximal zwei. Dann schlaft ihr tief und fest und seid morgen putzmunter.»

Wie sich herausstellte, hatte Ian mit *Pub* nicht einfach eine Bar gemeint, sondern tatsächlich ein Pub: das Trafalgar, sein Stammlokal in Zürich. Es war eines dieser überteuerten, den britischen Originalen halbwegs liebevoll nachempfundenen Gastropubs in der Innenstadt, in denen sich Expats und Banker betranken und Premier-League-Spiele schauten. Kaum hatten wir den moosgrünen Spannteppich betreten, der sich über den Boden des holzverkleideten Pubs zog, schien Ian das Heimweh zu überfallen. An der Bar plauderte er wie ein Wasserfall mit dem Barkeeper, bis der uns vier Pints aus den messingfarbenen Zapfhähnen gelassen hatte und sich mit entschuldigendem Blick den nächsten Kunden zuwandte. Auch ein Schotte, erklärte Ian glücklich lächelnd und reichte uns die randvollen Gläser weiter. Mit seinem deutete er auf einen grün-weiß gestreiften Schal, der zwischen dem Kitschgemälde eines Dreimasters auf hoher See und dem Plakat für den Chicken-Wings-Monday an der Wand hing. Den habe er angebracht, erklärte er stolz und leerte sein Pint in einem Zug zur Hälfte.

«Ist von Celtic Glasgow, meinem Lieblingsverein», sagte er dann. «Für Celtic würde ich glatt sterben.»

«Sterben?» Ich fragte mich, wie und weshalb irgendjemand für einen Fußballverein sterben würde.

«Sterben.» Ian nickte, ohne eine Miene zu verziehen, und bestellte die nächste Runde, obwohl wir mit unseren Pints gerade erst angefangen hatten. Mit feuchten Augen beschrieb er die elektrisch geladene Stimmung bei den Matchs von Celtic, insbesondere wenn sie gegen den Stadtrivalen, die Glasgow Rangers, antraten. Er freue sich schon wie ein Kind auf das nächste Derby, sagte er, denn er habe beschlossen, zu Weihnachten nach Glasgow zurückzuziehen. Er hob sein neues Glas an den Mund, setzte es aber gleich wieder ab und riss begeistert die Augen auf.

«Wisst ihr was?», rief er. «Ihr solltet mitkommen!»

«Für ein Fußballspiel?», fragte ich mit schwerer Zunge. Ian legte beim Trinken ein schwindelerregendes Tempo vor, und wir versuchten Schritt zu halten. Weil wir zudem nichts zu Abend gegessen hatten, war mir der Alkohol schon ganz schön in den Kopf gestiegen.

«Um Musik zu machen, du Scherzkeks!» Ians Begeisterung über seinen eigenen Geistesblitz schien mit jeder Sekunde zu steigen. «Mit der Musik ist es nämlich wie mit dem Fußball», erklärte er und fuhr dabei aufgeregt über seine Stoppelhaare. «Sie ist nur gut, wenn Leidenschaft dahintersteckt. Wenn es Drama gibt. Und das gibt es in Glasgow zuhauf!»

«Was für Drama denn?» Pete war neugierig geworden.

«Schlägereien im Pub zum Beispiel.» Verächtlich blickte Ian zu den Hemdträgern, die um uns herum friedlich an Hochtischen saßen, Zwiebelringe knabberten und einander

Bier aus Pitchern einschenkten. «Hier drin habe ich noch keine einzige Schlägerei erlebt», klagte er.

«Ich finde das jetzt nicht so schlecht, dass es hier kaum Schlägereien gibt», stirnrunzelnd sah Linda von ihrem Bier auf.

«Man kann es schon gut finden, in einer Stadt ohne Prügeleien zu leben», erwiderte Ian achselzuckend. «Aber dann lebt man eben auch in einer Stadt ohne gute Musik.»

«Und wie sollen wir dort an Gigs kommen, wenn wir es hier schon kaum schaffen?», fragte ich und trank mein Glas aus, denn Ian hatte trotz unseres Gestöhnes gerade eine weitere Runde geordert. Inzwischen war ich so betrunken, dass ich mich am Tresen festhielt, um das Gleichgewicht nicht zu verlieren.

«Lasst dies meine Sorge sein.» Er knallte sein geleertes Glas auf den Tresen, verteilte die neuen Pints, die leider wieder randvoll waren, und verkündete feierlich: «Weil ich euch managen werde.»

«Du uns managen?», lallte Linda ungläubig.

«Wieso nicht?», erwiderte Ian. «Ich kenne immer noch jede Menge Leute aus der Szene. Außerdem sind die Londoner Labels derzeit ganz wild auf Glasgower Bands.» Er trank, wischte sich Bierschaum vom Mund und fügte an: «Und wer sagt, dass ihr nicht die nächsten Franz Ferdinand seid?»

«Das ist ein Witz, oder?», fragte ich, als ich mit Pete über den moosgrünen Teppich, auf den ich heute nicht kotzen wollte, zu den Toiletten wankte. Pete antwortete bloß mit einem Japser, weil er vom vielen Bier den Schluckauf gekriegt hatte, und stützte sich beim Pinkeln mit einer Hand an den Kacheln über dem Pissoir ab. Als wir zurückkehrten, läutete der Barkeeper mit einer Messingglocke zur letzten Runde. Endlich, dachte ich. Doch bevor wir uns wehren konnten, meinte Ian, dass ein Absacker noch drin liegen müsse, und bestellte vier Whisky.

Um die Runde schnell hinter mich zu bringen, kippte ich den Shot in einem Zug hinunter. Das war keine gute Idee; der Whisky vermischte sich in meinem Magen mit dem Bier zu einem unguten Gebräu, das sich zu drehen begann. Sekunden später rannte ich mit der Hand vor dem Mund zum Eingang, der näher lag als die Toiletten. Ich schaffte es gerade noch aus dem Trafalgar und um die nächste Hausecke, wo ich mich auf den Gehsteig erbrach. Doch statt, dass es mir besser ging, fing nun alles um mich zu kreisen an, so als säße ich auf einem Karussell. Ziellos torkelte ich irgendeine Straße hinunter und japste nach frischer Luft. An einer Kreuzung blieb ich stehen, weil vor mir eine kräftige Gestalt über die Straße schlingerte und sich vor dem beleuchteten Schaufenster einer Kleiderboutique übergab.

« Pete », rief ich und wankte auf ihn zu. « Alles klar ? »

Er antwortete nur mit einem hilflosen Japser. Zum Glück kroch in dem Augenblick ein Auto an uns vorbei, das ich an dem leuchtenden Dreieck auf dem Dach als Taxi erkannte. Ich riss die Tür auf, und wir warfen uns auf die Rückbank, bevor uns der leise fluchende Taxifahrer wieder rausschmeißen konnte. Die ganze Fahrt über warf er uns im Rückspiegel wachsame Blicke zu; vermutlich sorgte er sich mehr um seine Sitzpolster als um unser Wohlergehen. Pete kurbelte die Scheibe herunter und hielt keuchend seinen Kopf in den Fahrtwind. Mir kam in den Sinn, dass Linda und Ian noch immer im Pub sein mussten. Ich zog das Handy hervor, sah die Tastatur aber dreifach und musste bei jeder Kurve aufsehen, um nicht wieder zu erbrechen. Schließlich schaffte ich es, Linda anzurufen, und sagte ihr, dass wir völlig hinüber und deshalb schon auf dem Heimweg seien. Verfluchter Ian, dachte ich, während ich versuchte, das Handy zurück in die Hosentasche zu stecken. Was für ein Irrer.

Am nächsten Tag erwachten Pete und ich auf dem Ecksofa im Wohnzimmer. Ich war froh, dass Mom und Paps das Wochenende mit Freunden auf einem toskanischen Weingut verbrachten, denn wir mussten ausgesehen haben wie wandelnde Alkoholleichen. Ich schleppte mich die Treppe hoch, holte im Badezimmerschrank Aspirin und kehrte nach unten in die Küche zurück. Dort plünderte Pete bereits unseren Kühlschrank, um seinen Katerhunger zu stillen. Während ich ein Aspirin einwarf und mir einen Espresso aus der Kolbenmaschine herausließ, türmte er auf der Küchenablage Käse, Salami und Mortadella auf eine Zopfscheibe. Dann bestrich er das Ganze großzügig mit Mayonnaise und biss herzhaft hinein.

«Was meinst du zu Ians Vorschlag?», fragte er mit vollem Mund. «Glasgow könnte tatsächlich die Lösung unserer Probleme sein.»

«Pete, wir kennen den Typen überhaupt nicht!», erwiderte ich gereizt. Mein Kopf dröhnte wie eine Flugzeugdüse; meine Hände zitterten. «Außer dass er trinkt wie ein Verrückter.»

«Aber was er sagte, ergibt Sinn.» Pete wischte sich einen Klecks Mayo weg, der an seiner Nasenspitze hängen geblieben war. «Zürich ist was für Banker. Und vielleicht noch für Technofritzen. Aber nicht für uns.»

Ich machte mir noch einen Espresso und dachte nach, soweit das die pochenden Schläfen zuließen. Ian schien mir in erster Linie ein Großmaul zu sein; außerdem erschreckte mich die Vorstellung, auf einmal mein Zuhause zu verlassen und in eine völlig fremde Stadt zu ziehen.

«Wir sollten erst neue Songs schreiben und ein besseres Demo aufnehmen», schlug ich vor.

«Können wir in Glasgow genauso machen», fand Pete.

«Und dann schaffen wir dort unter Ians Management den Durchbruch?», fragte ich sarkastisch. «Wenn wir nicht vorher in eine Entzugsanstalt eingeliefert werden.»

«Hast du das Gefühl, uns entdeckt jemand, wenn wir die ganze Zeit im Keller üben?» Verärgert verschlang Pete den letzten Bissen Brot. «Bis das passiert, sind wir alt und grau!»

Bevor wir uns weiter streiten konnten, begann jemand, Sturm zu klingeln. Ich schlurfte zur Haustür und öffnete. Linda stand davor. Sie hatte sich frische Kleider übergeworfen, obwohl man auch ihr das gestrige Besäufnis ansah, und ruderte aufgeregt mit den Armen. «Wir müssen los!», rief sie.

Pete und ich sahen zur Küchenuhr. Mir blieb fast das Herz stehen. Hatten wir so lange geschlafen? Es war kurz nach zwei. In weniger als einer halben Stunde mussten wir samt unserem Equipment im Abart sein. Da ich noch nicht fahrtauglich war, bestellte ich ein Großraumtaxi; danach stolperten wir in den Keller hinunter und packten eilig unsere Sachen zusammen. Während der Fahrt stritten Linda und Pete auf der Rückbank; sie war offensichtlich sauer, dass wir sie gestern alleine mit Ian im Trafalgar zurückgelassen hatten.

«Wir waren sturzbetrunken!», stöhnte Pete auf. «Zudem haben wir dich angerufen.»

«Janosch hat mich angerufen, Pete», korrigierte ihn Linda mit leiser, aber ernster Stimme.

Im Abart trafen wir zeitgleich mit zwei Minibussen ein, auf deren Seitenwände der Schriftzug *Pacemaker* aufgeklebt war. Die Band des Musikhaus-Verkäufers hatte offensichtlich einen eigenen Fanclub, denn eine Horde Metaller in schweren Schuhen und mit wehenden Mähnen entstieg den Fahrzeugen und drängte vor uns ins Abart. Die anderen Bands waren längst eingetroffen und hatten den winzigen Backstage-Raum mit ihren Instrumenten vollgestellt, deshalb postierten wir uns mit unseren Sachen neben der Bühne. Nervös verfolgten wir, wie Frontal Collision, eine Funpunk-Combo, deren Mitglieder sich ironische Krawatten umgebunden hatten, den Abend eröffneten. Ihre gut gelaunten Gitarren strapazierten unsere Nerven und das Blitzlichtgewitter ihrer angereisten Verwandtschaft unsere Augen. Danach waren schon wir an der Reihe.

Als ich auf der Bühne meine Les Paul stimmte, war mir immer noch so übel, dass ich fürchtete, mitten im Gig auf meine Converse zu brechen. Das geschah zwar nicht, dafür riss mir gleich nach wenigen Sekunden die dickste Gitarrensaite, was jeden Schwung aus meinen Akkorden nahm.

Pete war davon so irritiert, dass ihm die Lyrics entfielen und er erst verstört ins Leere starrte, bevor er irgendwelche Fantasiewörter ins Mikrofon zu brabbeln begann. Als der erste Song zu Ende war und das Publikum verhalten klatschte, kniete ich nieder, um eine Ersatzsaite aufzuspannen. Ich solle das sofort lassen, hörte ich Pete zischen, denn das dauerte immer mindestens zwei Minuten. Doch ich machte seelenruhig weiter – unser Auftritt würde sowieso in einem totalen Desaster enden. Kaum hatte ich das gedacht, richtete ich mich schon wieder auf. Wie von Zauberhand hatte ich die Saite in Rekordzeit aufgezogen. Pete sah mich perplex an, dann spielten wir weiter.

War das der Trick, überlegte ich. Musste ich mich vor jedem Konzert einfach gottesjämmerlich betrinken, damit der Kater meine Nerven am nächsten Tag in den Tiefschlaf versetzte?

Mit jeder Minute kamen wir mehr in Fahrt. Fürs Finale drehte Pete sich mir zu, und wir droschen, direkt gegenüberstehend, so wild in unsere Saiten, dass sich unsere zuckenden Körper fast berührten. Hinter uns veranstaltete Linda einen derartigen Lärm auf ihren Becken, dass wir unseren Abgang nur noch mit der Zerstörung unseres Equipments hätten überbieten können.

Strahlend trugen wir unsere Instrumente in den Backstage-Raum, wo wir auf Frontal Collision trafen und uns gegenseitig zu unseren Auftritten gratulierten. Nun wirkten sie nervös – unser Schlussapplaus war tosend gewesen. Vielleicht würden wir heute sogar gewinnen, dachte ich euphorisch. Da wir nun trotz unserem Kater Feierlaune bekommen hatten, gingen wir zur Bar, wo unsere kleine Anhängerschaft unseren Auftritt verfolgt hatte. Sie bestand aus Ex-Arbeitskollegen von Pete sowie zwei Kommilitonen von mir, die sich hinter ihren Bierbechern versteckten. Während ich auf mein Bier wartete, stellte sich eine Frau neben mich an den Tresen. Sie hatte ein witziges Vogeltattoo am Hals; kugelrunde Brüste wölbten sich unter ihrem Bloc-Party-T-Shirt.

«Guter Gig.» Sie lächelte. «Wenn auch etwas chaotisch.»

«Lange Nacht gestern», erklärte ich und trank aus dem Plastikbecher, den Pete mir hinübergeschoben hatte. Der erste Schluck schmeckte fürchterlich bitter, wie immer beim Konterbier. Doch das war jetzt nicht wichtig. Ich drehte mich wieder zu der Frau, die ebenfalls ein großes Bier in Empfang nahm.

«Guter Musikgeschmack!» Ich zeigte auf ihr T-Shirt. «Auch wenn Bloc Party nicht ganz an Franz Ferdinand herankommt.»

Sie lachte. «Das sehe ich aber anders, Freundchen.»

Ehe ich mich versah, war ich mit der Frau in ein Gespräch über Musik verwickelt, das mir so leicht von der Hand ging, wie ich es sonst nur bei anderen beobachtete. Ich war so entspannt, dass ich nicht einmal unruhig wurde, als uns kurz der Gesprächsstoff ausging. Stattdessen fragte ich die Frau, ob sie eine Runde Tischfußball spielen wolle. Sie drehte den Kopf zur Bühne, wo inzwischen eine einschläfernde Kreuzung aus Interpol und Editors spielte, und nickte. Wir nahmen unsere Getränke und stiegen die Treppe zur unteren Ebene hinab, wo der Fußballkasten stand. Ich hatte Glück: Er war frei. Im Grunde machte ich mir nichts aus Tischfußball; nie wäre mir in einer Freitagnacht in den Sinn gekommen, mich dort zum Spielen anzustellen. Doch so war ich mit der Frau alleine. Ich warf ein Zweifrankenstück ein, und sie begann flink mit den Gummigriffen zu hantieren, sodass ich bald haushoch im Rückstand lag. Nichts hätte mich jedoch weniger interessieren können, denn währenddessen quasselten wir wieder so ausgelassen wie zuvor. Ab und zu hob die Frau den Blick vom Fußballtisch, sodass mir langsam eine Banane in der Hose wuchs. Ich wurde doch noch nervös, aber auf eine aufregende Art und Weise. Endlich war ich im Begriff, eine kennenzulernen, mit der ich vielleicht Handynummern tauschen und mich bald wieder zu einem Bier treffen konnte. Zumindest dachte ich das, bis die Tür der Herrentoilette hinter der Frau aufging. Der Verkäufer aus dem Musikhaus trat heraus.

«*Da* bist du!», rief er überrascht. Er beugte sich zu der Frau hinunter, hielt ihr die Hand mit dem Nietenarmband unter das Kinn und gab ihr einen Kuss. «Wir treten gleich auf!»

Ohne mich überhaupt bemerkt zu haben, sprang er in großen Sätzen die Treppe hoch. Die Frau mit dem Bloc-Party-Shirt, offensichtlich seine Freundin, hob entschuldigend die Schultern. «War nett, mit dir zu plaudern», sagte sie lächelnd und löste die Hände von den Gummigriffen. «Das Spiel beenden wir ein andermal, ja?»

Betäubt sah ich ihr nach, wie sie ebenfalls die Treppe hochsprang. Wieso wollten Frauen immer nur mit mir plaudern? In düsterer Stimmung kehrte ich zu Pete und Linda an die Bar zurück, um mir die Kante zu geben. Vorne marschierten Pacemaker unter dem Jubel ihres Fanclubs auf die Bühne. Während ihres Sets achteten sie sorgfältig darauf, keine ausgeleierte Metal-Pose auszulassen. Breitbeinig stand der Musikhaus-Verkäufer da, eine Hand am Mikro und die andere zur Faust erhoben, während seine Anhänger vor der Bühne ihre langen Haare herumfliegen ließen. Zum Schluss streckte er beide Arme in die Luft und legte den Kopf in den Nacken, so als bete er Wotan oder einen anderen heidnischen Gott an, der sich irgendwo an der niedrigen Decke des Abart versteckte.

Als die Stimmzettel des Publikums ausgezählt waren, schwangen Pacemaker als haushohe Sieger obenauf. Der Musikhaus-Verkäufer wurde von seiner Anhängerschaft auf Händen durch den Club getragen. Ich sah Pete an, dass er sich zusammenreißen musste, nicht sein Bier nach ihm zu werfen.

Und Noise Parade? Wir wurden die Zweitletzten. Natürlich hatten nahezu alle Zuschauer loyal zu ihrer Band gehalten. Obwohl wir, wie noch einige Leute beteuerten, die etwas an der Bar holten, das kurzweiligste Konzert gegeben hatten. Pete hatte recht, dachte ich und starrte auf das Restbier, das in den Bodenrillen meines Bechers schwamm. Was wollten wir hier noch?

«Scheiß drauf», hörte ich mich auf einmal sagen. «Scheiß auf Zürich. Gehen wir nach Glasgow!»

Pete

Je näher Weihnachten rückte, desto beschissener wurde die Musik im Hallenstadion. Fette Opernsänger und schmierige Popgeiger ersetzten die Stadionrocker. Und brachten uns Stagehands dazu, uns mit Ohropax aus den Kartonschachteln im Zuschauerfoyer auszurüsten. Eines Abends wartete ich hinter der Bühne inmitten einer entnervten Truppe darauf, dass Michael Bublés Seifenblasenjazz endlich aufhörte, da schlenderte Ian mit um den Hals baumelndem Backstage-Bändel auf uns zu. Ob ich nach dem Abräumen Zeit für ein Bier mit dem neuen Manager hätte, fragte er und zwinkerte mir zu.

«Logisch», sagte ich.

Noch an der Bar des Abart hatten wir ihn angerufen und gefragt, ob er sein Angebot ernst gemeint habe. Natürlich habe er das, hatte Ian fast beleidigt versichert und uns zum Essen zu sich eingeladen, um unser Vorhaben genauer zu besprechen. In seiner chaotischen WG nahe dem Flughafen, die er mit einem Iren teilte, hatte er uns zerkochte Spaghetti vorgesetzt. Und einen Plan, der dagegen eher halbgar klang. Wir sollten ihm kurz nach Neujahr nach Glasgow folgen, er werde inzwischen eine Bleibe für uns suchen. Alles Weitere, meinte er, werde sich dann schon ergeben.

Janosch hatte ihn noch gefragt, ob wir nicht einen Vertrag aufsetzten sollten. Aber der hatte unbekümmert den Kopf geschüttelt und erklärt, er habe keine Lust auf Papierkram.

«Den machen wir, wenn ihr dann durchstartet», meinte er.

Um zwei Uhr verluden wir das Piano in den letzten Sattelschlepper und sahen zu, wie er fauchend in die Dunkelheit fuhr. Ian und ich nahmen den Nachtbus in die Innenstadt zurück und gingen, weil das Trafalgar gerade dichtmachte, in eine spärlich besuchte Bar gegenüber dem Bahnhofsgebäude. Ihr seltsames Gastrokonzept bestand darin, stumme TV-News auf Großbildschirmen über den bunt beleuchteten Flaschenreihen laufen zu lassen.

Wir setzten uns auf die Hocker aus Kunstleder und bestellten zwei Bier.

«Ich will nicht um den heißen Brei herumreden, Pete.» Ian spielte mit seinem Ohrring. «Ich brauche etwas Geld. Einen kleinen Vorschuss auf meine Dienste sozusagen.»

«Klar. Wie viel denn?» Ich zog eine Zigarette aus meinem Pack, das vor mir auf dem Tresen lag.

«500 Pfund», antwortete er zwischen zwei Schlucken.

Ich zündete die Zigarette an. 500 Pfund, überschlug ich im Kopf und sog ein, das waren mehr als 1200 Franken.

«Ich brauch ein bisschen Kohle für den Neustart in Glasgow», erklärte Ian. Er leerte sein Glas und hob zwei Finger, um noch eine Runde zu bestellen. «Aber dafür suche ich euch dort eine nette Wohnung und einen Proberaum.»

Ich zog den Aschenbecher zu mir, aschte hinein. «Ich muss das noch mit den anderen besprechen», erwiderte ich. «Aber es sollte kein Problem sein.»

Ian leerte sein Glas und rutschte vom Hocker, weil der Nachtzug in seine Vorortsgemeinde bald fuhr.

«Vertraut eurem Manager», sagte er und legte mir zum Abschied die Hand auf die Schulter. «In der Musik ist es genau wie im Fußball oder in der Liebe, Pete. Ganz oder gar nicht.»

Als sich Ian vom Acker gemacht hatte und ich mein Bier zu Ende trank, begann mein Handy auf dem Tresen zu vibrieren. Linda rief an. Ich ließ den Anruf ins Leere laufen. Ich hatte keine Nerven mehr für die erschöpfenden Diskussionen, die wir führten, seitdem wir sie im Trafalgar hatten sitzen lassen. Ich könne sie nicht nur anrufen, wenn ich bumsen wolle, hatte sie nach dem Gig im Abart gesagt. So funktioniere das nicht mit uns. Ob sie roch, was lief? Die Sache mit Karin hatte nicht aufgehört – im Gegenteil. Ich übernachtete ab und zu bei ihr. Es waren heimliche Treffen, die mich an die aufregende Zeit mit Linda erinnerten, als ich frisch bei Roli und Roni eingezogen war. Ich hob den Blick zur News-Endlosschleife auf den Bildschirmen, die einen Flugzeugcrash irgendwo in Afrika zeigten. Und wurde von der Gewissheit überfallen, dass dies ein Ende haben musste. Keine halben Sachen, Pete. Ganz oder gar nicht.

Drei Tage später war dann auch Schluss damit.

Diesen Herbst hatten Franz Ferdinand ihr zweites Album rausgebracht, nun spielten sie kurz vor Heiligabend in einer Mehrzweckhalle etwas außerhalb der Stadt. Logisch, dass auch wir im Strom der Indiefans dorthin pilgerten. Da sich Linda eine Grippe eingefangen hatte, blieben wir während des Konzerts hinten. Doch als die Band gegen Ende des Sets *Take Me Out* spielte, hielt ich es nicht mehr aus und drängte nach vorne. Wenn ich ehrlich war, wollte ich nicht nur zu Franz Ferdinand pogen. Ich wusste, dass auch Karin heute hier war. Und dass sie bei Konzerten immer ganz vorne herumhüpfte. Schnell erspähte ich in der ersten Reihe ihre Ringellocken. Ich kämpfte mich zu ihr durch, tanzte während der Zugabe mit ihr und küsste sie auf den Hals. Die Aktion fühlte sich kreuzfalsch und prickelnd zugleich an, da Linda im selben Raum war.

Mag sein, dass ich auch den großen Knall suchte. Der kam auch noch an dem Abend. Als das Deckenlicht anging und alle nach ihren Freunden suchten, die sie im Getümmel verloren hatten, quatschte ich mit Karin, bis Linda und Janosch uns erblickt hatten und auf uns zukamen.

«Linda, Janosch, das ist Karin», stellte ich sie vor.

Janosch lief rot an, wie immer, wenn er einem hübschen Mädchen die Hand gab. Das finstere *Hallo* von Linda hingegen ließ keine Zweifel offen. Sie hatte kapiert, was los war. Bleiernes Schweigen herrschte, nachdem sich Karin von uns verabschiedet hatte. Bleiernes Schweigen herrschte, während wir im allgemeinen Schweißgeruch vor der Garderobe anstanden. Als wir in der S-Bahn voller glücklich schnatternder Konzertgänger zurück in die Stadt glitten, hielt ich die Stille nicht mehr aus.

«Schau mal.» Ich zeigte Linda das Plektron, das der Bassist zum Schluss ins Publikum geworfen hatte. Ausgerechnet ich hatte es aufgefangen. «Nach vorne drängeln lohnt sich eben.»

«Pete, du bist so ein verdammtes Arschloch!», schrie sie wie aus dem Nichts. Sie blickte so verächtlich zu mir hoch, dass ich glaubte, sie würde mir gleich an die Gurgel springen. Was mir auch lieber gewesen wäre als das, was sie als Nächstes tat. Sie schaute zum Fenster in die Dunkelheit raus, um zu verbergen, dass sie mit den Tränen kämpfte.

«Genau, Pete», rief ein Betrunkener vom anderen Wagenende her, «du bist einfach ein Arschloch.»

«Halt deine Fresse!», brüllte ich durch das Gelächter im Waggon zurück. Janosch stand mit knallrotem Kopf neben uns und wäre, hätte er gekonnt, im Boden versunken.

Janosch

Kurz vor Mittag klingelte es bei uns an der Tür. Pete stand draußen in der Kälte, die Hände in den Taschen seiner Jeansjacke vergraben. Er sah fix und fertig aus.

«Wir müssen ohne Linda nach Glasgow», sagte er.

Ich bat ihn zögerlich hinein. Bei uns war gerade unvorhergesehen Weihnachtsstimmung ausgebrochen. Paps, der manchmal überraschend sentimental werden konnte, hatte entgegen dem Familienbeschluss nun doch einen Weihnachtsbaum aus dem Ausverkauf mit nach Hause gebracht. Leon und ich schmückten ihn nun, während Mom einen

Rollschinken aus dem Tiefkühler aufwärmte und Paps im Weinregal nach einem passenden Roten suchte.

Pete verstand auch ohne Worte und meinte, er müsse nicht hineinkommen. Ich zog mir eine Jacke über, dann setzten wir uns auf die Treppe vor dem Hauseingang und rauchten eine Zigarette. Pete erzählte mir, dass er Linda gestern alles gestanden und zugleich mit ihr Schluss gemacht habe. Ich nickte angespannt. Er hatte mir die Affäre mit Karin einmal spätnachts im Abart anvertraut, sie danach aber nie mehr erwähnt. Vermutlich, weil ich ihm gesagt hatte, dass ich es unfair Linda gegenüber fände. Ehrlicherweise hatte mich etwas anderes daran noch mehr gestört: Pete war in eine Geschichte mit zwei Frauen verwickelt, während ich bloß zwischen Pornoseiten auswählen konnte.

Jedenfalls, fuhr Pete fort, habe Linda gestern Nacht plötzlich vor seiner Haustür gestanden und geklingelt, bis er sie hereingelassen habe. Sie verzeihe ihm, habe sie gesagt. Sie wolle, dass sie in Glasgow neu beginnen würden. Pete vergrub die Hände im Gesicht, während er dies erzählte.

«Es geht nicht!», stieß er hervor. «Sie muss hierbleiben.»

«Wieso nicht?», fragte ich. «Wenn sie dir verzeiht?»

«Sie ist verknallt in mich, Janosch!» Er zog heftig an seiner Zigarette. «Wie soll das gehen, wenn sie mit uns kommt?»

«Wir können sie doch nicht einfach hierlassen», erwiderte ich kopfschüttelnd. «Wir haben die Flugtickets schon gekauft!»

«Das ist doch scheißegal.» Pete wühlte durch seine Locken und nagelte mich mit seinem Blick fest. «Willst du ein Drama nach dem anderen in Glasgow? Glaubst du, das hilft uns dort?»

«Nein», murmelte ich und zertrat die Zigarette auf der Treppenstufe. Mir dämmerte, dass Pete womöglich recht hatte. «Aber wer soll denn Schlagzeug spielen?», wandte ich ein.

«Ian würde es tun.» Pete zerdrückte auch seinen Stummel. «Ich habe ihn bereits gefragt. Sein altes Drumkit steht noch in Glasgow.»

Ich schüttelte ungläubig den Kopf.

«Janosch, es ist die einzige Lösung.»

Nichts hätte ich mir sehnlicher gewünscht als eine andere Lösung. Doch für den Moment war es wohl die einzige. Also gab ich Pete mein Okay und kehrte ins Haus zurück, wo Mom den Rollschinken auftrug. Heute schmeckte er nicht besonders.

Am nächsten Tag trafen Pete und ich Linda im Café Carla. Mir war nicht ganz klar, weshalb Pete genau diesen Ort ausgesucht hatte. Vielleicht, weil man ihn hier kannte und er hoffte, dass Linda deshalb keine Szene machen würde. Wir bestellten Kaffee; Pete fragte Linda, ob sie ein Schinken-Spargel-Canapé dazu wolle, was sie verneinte. Dann erklärte er ihr, dass wir ohne sie nach Glasgow reisten. Er fasste sich kurz und hatte eine harte Miene aufgesetzt, doch unter dem Tisch sah ich seine Beine zittern. Zum Schluss schob er ihr den Briefumschlag mit dem Geld für ihr Flugticket über den Tisch.

Linda sagte kaum etwas; vielleicht hatte sie es kommen sehen. Doch als sie den Umschlag entgegennahm und wortlos aufstand, war sie so offensichtlich aufgewühlt, dass sie ihre halbvolle Tasse umstieß. Der Milchkaffee rann über den Marmortisch und lief auf den Spannteppich mit Ziermuster. Pete eilte zum Tresen, um einen Lumpen zu holen. Ich sah währenddessen Linda nach, wie sie fluchtartig das Café verließ und vor dem Fenster an uns vorbeilief. Ihr Körper wirkte in ihrer Kunstfelljacke ganz eingesackt, die schnurgeraden Haare fielen in ihr gesenktes Gesicht. Die Gewissheit, diesen Menschen schon zum zweiten Mal verletzt zu haben, fuhr mir bis in die Eingeweide. Ich glaubte zwar nicht an Karma, wie Mom es tat. Trotzdem überkam mich die Ahnung, dass dies vermutlich nicht das beste Vorzeichen war, unter dem wir unsere Reise antraten.

Celtic Glasgow
Januar 2006

Janosch

Wenige Tage nach Neujahr landeten wir in Glasgow. Nachdem wir unsere Rucksäcke und Taschen vom Gepäckband gehievt hatten, bestiegen wir einen der violetten Airport-Express-Busse ins Stadtzentrum. Es war eiskalt und zappenduster, als wir dort ankamen – obwohl erst später Nachmittag war. Aber Glasgow, kam mir in den Sinn, lag auch ein gutes Stück nördlicher als Zürich. Wir stiegen in die Subway um, die uns in den Süden der Stadt brachte. Dort, an der Harley Street, lag die Wohnung, die Ian für uns organisiert hatte. An der Station Cessnock schleppten wir unser Gepäck eine vom Alter geschwärzte, viktorianisch anmutende Steintreppe hoch und an einer Reihe hell erleuchteter Fast-Food-Buden vorbei, aus denen der Wind Fettschwaden auf den Gehsteig wehte.

«Da!» Pete zeigte mit der freien Hand auf eine weiß schimmernde Plakette an einer Hausmauer. «Harley Street.»

Wir bogen in eine Seitenstraße mit einer Reihe von Wohnhäusern aus Sandstein ein. Auch sie hatten ihre besten Tage definitiv hinter sich. Die Grünstreifen neben den Eingängen waren mit kniehohen Eisengittern eingefasst und mit Getränkedosen und sonstigem Abfall übersät. Über den Erkerfenstern hingen TV-Satellitenschüsseln. An unserer Adresse war gar ein zersprungenes Fenster mit Karton überklebt. Hier hätte Ian auf uns warten sollen; er war jedoch nirgends zu sehen. Pete versuchte mehrmals, ihn zu erreichen, landete aber jedes Mal auf der Combox und schimpfte schließlich aufs Band, wo zur Hölle er denn bleibe. Ich fröstelte und sah beunruhigt einigen Gestalten in Kapuzenpullovern hinterher, die ihre Bulldogge Gassi führten und uns im Vorbeigehen finster gemustert hatten. Obwohl Ian versprochen hatte, uns gut unterzubringen, schienen wir in einer der übleren Gegenden Glasgows gelandet zu sein.

Sowieso hatte uns Ian nicht die ganze Wahrheit über seine Heimatstadt erzählt. Das hatte ich kurz vor unserem Abflug in einer kurzen Internetrecherche herausgefunden. Glasgow eilte nämlich nicht nur der Ruf als Musikmekka voraus, sondern auch der als Europas Mordhauptstadt. Offenbar wimmelte es hier nur so von Jugendgangs, die sich ihre Zeit mit Messerstechereien vertrieben. Sofern sie nicht gerade damit beschäftigt waren, Drogen an die Glasgower zu verkaufen, die nach dem beispiellosen industriellen Niedergang ihrer Stadt in einem Teufelskreis aus Arbeitslosigkeit, Depression und Kriminalität gefangen waren. Ach ja, und was die Stadtderbys zwischen Celtic Glasgow und den Glasgow Rangers betraf, von denen Ian uns vorgeschwärmt hatte: Sie schienen die Stadt jedes Mal in ein halbes Bürgerkriegsgebiet zu verwandeln.

Ob Ian uns wohl sonst noch etwas vorenthalten hatte?

«Der taucht nicht mehr auf, Pete.» Ich schüttelte den Kopf. «Lass uns für heute in ein Hotel gehen.»

«Dafür haben wir keine Kohle!» Schlotternd steckte Pete das Handy in seine dünne Jeansjacke, die ihn vor der steifen Brise hier kaum schützte. Aber er hatte recht. Obwohl Pete in den Wochen vor unserem Abflug jeden möglichen Stagehand-Einsatz angenommen und ich in den Copyshop-Läden von Paps ausgeholfen hatte, reichte unsere Reisekasse bloß für einige Monate. Gerade als wir loslaufen wollten, um uns in einer der Fast-Food-Buden aufzuwärmen, knatterte ein Auto die Harley Street hinunter. Direkt neben uns setzte es auf den Randstein und bremste ab. Die verbeulte Tür auf der Beifahrerseite ging auf, und Ian stieg aus. Seine Nasenspitze war rot, entweder von der Kälte oder vom Alkohol oder vermutlich von beidem. Um seinen Hals war ein grün-weißer Celtic-Schal geschlungen.

«Tut mir leid!» Er drückte Pete und dann mich überschwänglich an sich. «Ich hab' eure Ankunftszeit falsch notiert.»

«Wieso hast du nicht abgenommen?», fragte Pete leicht verärgert.

«Hab' im Stadion das Telefon nicht gehört.» Mit entschuldigendem Blick kramte Ian einen Schlüssel aus der Tasche und gab dem Fahrer des Autos einen Wink, worauf dieses wieder auf die Straße setzte und knatternd hinter einer Kurve verschwand. «Es gibt aber auch eine gute Nachricht», meinte Ian grinsend und hielt uns die Tür auf. «Celtic hat gewonnen!»

Das Licht im Hauseingang war kaputt, außerdem roch es nach Urin. Wir folgten Ian in die oberste Etage hinauf, wo er eine Holztür mit abgewetztem Messingknauf öffnete. Dann betraten wir unser neues Zuhause. Es gehörte, wie Ian uns in einer E-Mail kurz vor dem Abflug geschrieben hatte, Kevin – einem Bekannten, der gerade auf Weltreise war. Ich stellte mein Gepäck auf dem zerkratzten Parkett ab und sah mich mit wachsendem Entsetzen in der Zweizimmerwohnung um. Das Wohnzimmer wirkte mit *Trainspotting*-Poster, speckiger Ausziehcouch und einem alten TV auf einer Holzkiste wie eine Kifferhöhle. Das Badezimmer war von Schmutzflecken überzogen. Und das Doppelbett im Schlafzimmer krachte fast zusammen, als Pete sich daraufsetzte. Außerdem hatte Kevin kaum aufgeräumt. Der Wäschekorb und der Schrank waren noch voll mit seinen Kleidern; im Kühlschrank in der kleinen Küche fanden wir Pizzareste.

«Kostet die Wohnung echt 400 Pfund im Monat?», wunderte sich auch Pete.

«Die Mieten in Glasgow sind gestiegen, seit ich hier weggezogen bin», sagte Ian und zuckte mit den Schultern.

Nachdem er sich verabschiedet hatte, waren wir so müde von der Reise, dass wir uns nicht mehr um das Chaos kümmern mochten. Wir zogen den Drehknopf des mittelalterlich anmutenden Heizkastens auf, so wie Ian es uns demonstriert hatte, und gingen zu Bett.

Im Morgengrauen schreckte ich hoch. Jemand hämmerte wie ein Irrer an die Tür. Ich rüttelte Pete wach, der neben mir schlief wie ein Stein.

«Pete», zischte ich, als er endlich blinzelte. «Da ist jemand!» Kaum hatte er sich aufgerichtet, kam zum Hämmern auch noch ein Gebrüll dazu.

«Gewen!», schrie eine dünne Männerstimme. «Gewen, du Wichser, mach endlich auf! Sonst komm ich rein!»

Entsetzt sahen wir uns an, dann eilten wir auf leisen Sohlen in die Küche. Hektisch durchsuchten wir die Schubladen nach Gegenständen, mit denen wir uns wehren konnten, sollte dieser Verrückte tatsächlich die Tür eintreten. Die Ausbeute war mager; ich fand ein stumpfes Tischmesser und Pete einen Kartoffelstampfer. Kampfbereit hielt er ihn mit beiden Händen am Stiel und stellte sich direkt neben der Tür auf.

«Ist das dein Ernst?», flüsterte ich.

«Du machst auf», befahl Pete. «Falls er hineinstürmt, falle ich ihm in den Rücken.»

Ich schloss die Augen und atmete durch, dann ließ ich die Hand mit dem Messer hinter meinem Rücken verschwinden und öffnete vorsichtig die Tür einen Spaltbreit.

«Gewen?», kam es von dahinter, auf einmal sanft.

Nun öffnete ich ganz. Das Gesicht des ausgemergelten Mannes dahinter fiel vor Enttäuschung in sich zusammen. Er trug nichts als Jeans und Sandalen, und sein knochiger Oberkörper schlotterte. In seinen Augen lag derselbe gehetzte Blick wie bei den Junkies zu Hause an der Langstraße.

«Wo ist Gewen denn?», fragte er. Erst jetzt begriff ich, wen er in seinem breiten schottischen Akzent meinte. Kevin, unseren Hauptmieter.

«Kevin ist auf Weltreise», erklärte ich. «Wir sind eben erst hier eingezogen.»

«Auf Weltreise?» Ungläubig linste der Mann über meinen Kopf hinweg in die Wohnung. Ganz so, als glaube er, Kevin sei immer noch hier und verstecke sich bloß. Dann ließ er die Schultern hängen und zottelte so traurig davon, dass er mir leidtat. Pete versorgte den Kartoffelstampfer wieder und setzte, da draußen der Tag anbrach, am Gasherd die blecherne Teekanne auf. Erst jetzt, da mir der Schreck aus den Knochen fuhr, realisierte ich, wie kalt es in der Wohnung geworden war. Ich zog die Heizung wieder auf. Dann nahm ich den Becher Tee entgegen, den Pete mir reichte, und fragte mich, wie um alles in der Welt ich auch nur eine weitere Nacht in diesem Loch aushalten sollte.

Am Nachmittag, als wir etwas Schlaf nachgeholt, Kevins Kleider ausgeräumt und unsere verstaut hatten, holte uns Ian im Auto seines großen Bruders Andy ab – der Klapperkiste, die ihn gestern hergebracht hatte. Kaum hatten Pete und ich uns auf die Rückbank geworfen, fuhr Ian ruckartig los. Das zerschlissene Polster roch nach Marihuana, auf dem Boden zu meinen Füßen rollte eine leere Wodkaflasche hin und her.

«Wohin fahren wir denn?», fragte ich, weil Ian statt zum Flughafen, wo am Sperrgutschalter unser Equipment wartete, stadteinwärts abbog.

«Wir feiern eure Ankunft in Glasgow!» Er zwinkerte mir im Rückspiegel zu.

Was er damit meinte, war unschwer zu erraten.

Wir fuhren parallel zum Clyde, dem Fluss, der Glasgows Süden von den Kuppelbauten und Bürogebäuden der Innenstadt trennte, in ein Wohnquartier mit schmucklosen, aschgrauen Sozialbauten hinein. Laurieston, erklärte Ian und wich einem Schlagloch in der Straße aus, hier sei er aufgewachsen. Seine Eltern wohnten noch immer dort; in derselben Siedlung wie Andy, bei dem Ian vorübergehend eingezogen war.

Wir parkten auf einem Kiesfeld unter einer alten Eisenbahnbrücke. Am Fuß eines dicken, gemauerten Pfeilers duckte sich ein grün-weiß getünchter Schuppen mit elektrischer Laterne über dem Eingang. Zwei kitschige Gemälde verzierten die Wände daneben: links ein zum Schuss ausholender Celtic-Fußballer; rechts ein frech grinsender Hasenkopf.

«Das Rabbit's Head», stellte Ian vor, während er die quietschende Tür aufstieß, «meine Stammkneipe in Glasgow.»

Im dämmrigen Innern verfolgte eine Handvoll Gäste ein Fußballspiel auf einem Großbildschirm. Die Barkeeperin mit *Guinness*-Logo am schwarzen Shirt zapfte uns drei Pints, dann nahmen wir in einer der runden Sitzbuchten Platz. Das quietschende Kunstleder unter meinem Hintern wirkte genauso billig wie die Holzverkleidung der Bar; über dem Schnapsflaschen-Regal hingen noch Plastikgirlanden von der Neujahrsparty. Die Wände waren im Gegensatz dazu liebevoll mit Celtic-Glasgow-Devotionalien tapeziert: grünweiße Wimpel, alte Trikots und gerahmte Schwarz-Weiß-Teamfotos aus den 70er-Jahren, auf denen langhaarige Spieler Pokale in die Höhe hielten. Das Rabbit's Head wirkte wie halb Pub, halb Kirche für Celtic-Fans.

Wir hatten erst ein paar Schlucke getrunken, als die Tür mit einem Knall aufflog. Ein massiger, in einem mausgrauen Trainingsanzug steckender Kerl mit Babygesicht und Glatze trat ein. Ian schnellte aus der Sitzbucht hoch; die beiden umarmten sich und klopften sich dabei brutal auf den Rücken.

«Freunde, das ist mein großer Bruder Andy!» Stolz legte Ian den Arm um ihn. «Andy, das ist die Schweizer Band, die ich manage.»

«AUS DER SCHWEIZ?», brüllte Andy erfreut und drückte unsere Hände, bevor er sich neben Ian auf die Bank wuchtete. «Habt ihr Schweizer Taschenmesser dabei?»

Wir schüttelten verwundert die Köpfe.

«Die würden euch auch nichts nützen, denn hier in Glasgow tragen wir richtige Messer!» Er griff ins Innere seiner Trainingsjacke und tat, als ziehe er gleich eines hervor. Ich zuckte vor Schreck zusammen, worauf Andy lachte und meinte, er mache doch bloß Spaß. Doch sein Lachen war eines von der Sorte, das schnell in etwas anderes umschlagen kann. Mit ausgebreiteten Armen lehnte er sich zurück, während sein kleiner Bruder eine neue Runde von der Bar zu uns trug. Danach besprachen die beiden detailliert den gestrigen Sieg von Celtic Glasgow und fluchten dabei wie die Rohrspatzen über die Glasgow Rangers, denen sie in wenigen Wochen im Stadtderby begegnen würden.

«Was ist eigentlich das Problem mit diesen Rangers?» Gereizt sah Pete die beiden über sein Glas hinweg an – die Fußballdebatte langweilte ihn offensichtlich genauso wie mich.

«Was das Problem mit den Rangers ist?», fauchte ihn Andy an. «Das Problem ist, dass es schwanzlutschende Schwuchteln sind!»

Ian, der neben seinem großen Bruder auf einmal wie ein absolut vernünftiger Typ wirkte, erklärte uns, dass die Rangers-Fans die Nachfahren schottischer Protestanten seien. Die hätten der britischen Krone einst dabei geholfen, Irland zu kolonisieren. Die Anhänger von Celtic dagegen stammten meist wie Ian und Andy von Iren ab, die einst nach Glasgow gekommen waren, um in den Schiffswerften und Fabriken des British Empire zu arbeiten.

«Und darum schlagt ihr einander jetzt nach den Spielen die Köpfe ein?», wollte Pete wissen.

Beide nickten einträchtig. Andy ging auf die Toilette; Pete und ich hielten mit einem Seitenblick die Zeit für gekommen, uns aus dem Staub zu machen. Schließlich waren wir wegen der Musik nach Glasgow gekommen und nicht wegen des Fußballs oder irgendwelcher historischer Fehden. Doch gerade als wir aufstehen wollten, schneite eine Schar Jungs in unserem Alter ins Rabbit's Head. Sie hatten rote, runde Köpfe und begrüßten Ian, indem sie ihm herzlich auf die Schulter klopften und ihn dabei «Wichser» und «Fotze» nannten. Dann quetschten sie sich in unsere Sitzbucht, aus der wir nun nicht so schnell wieder herauskamen.

Wie sich herausstellte, waren es Ians und Andys Jugendfreunde, die auch alle in der Gegend wohnten und den Großteil ihrer Einkommen, sofern sie überhaupt Jobs hatten, in Saisonkarten und Auswärtsspiele von Celtic Glasgow investierten. Mit glühenden Gesichtern erzählten sie uns vom größten Ereignis ihres Lebens: der Reise zu einem Europacup-Match von Celtic in Amsterdam. Dort hatten sie sich nach Spielende mit gefälschten Tickets in den VIP-Bereich von Celtic geschmuggelt und ein Trikot von sämtlichen dort anwesenden Spielern signieren lassen. Als man ihnen auf die Schliche kam, wurden sie aus dem VIP-Bereich geschmissen und zettelten, wenn ich sie richtig verstand, zur Feier des Tages eine wüste Keilerei in einer Rotlichtbar an.

«Ist es das Shirt da oben?» Pete nickte zu einem Celtic-Trikot mit verblassten Unterschriften, das in einer Glasvitrine über der Bar hing.

«Shirt?», brüllte einer der Jungs. «Das ist kein Shirt, Mann! Das ist eine gottverdammte Reliquie!»

Sie prusteten los, Pete grinste, und auch ich musste zugeben, dass die gute Laune dieser Jungs ansteckend war. Angeheitert ging ich pinkeln und machte auf dem Rückweg einen Abstecher zur Jukebox. Sie stand neben einer winzigen Bühne, den ganzen Abend über war irischer Folk auf ihr gelaufen. Ich warf ein 50-Pence-Stück ein und wählte, da ich nichts Neueres fand, *Song 2* von Blur aus. Als ich mich wieder gesetzt hatte und das Stück begann, drehte sich Andy, der sich inzwischen auf einen Hocker an der Bar gesetzt hatte, mit wutentbranntem Gesicht um.

«WER WAR DAS?», zeterte er los. «Wer lässt diese Schwuchteln laufen?»

Mein Puls raste schneller, denn Andys Augen blieben an mir haften. Vermutlich hatte er mich genau gesehen. Ian drehte sich zur Bar um und versuchte, seinen Bruder zu beruhigen.

«Lass mal gut sein Andy, ja?», rief er ihm zu. «Die Jungs konnten nicht wissen, dass du kein Blur-Fan bist.»

«Ist nun mal Musik für Schwuchteln, Bruderherz», fuhr Andy fort. Er schien sich nur mit Mühe beherrschen zu können, und schon sein Blick allein warf alle meine Schweißdrüsen an. «Bist du eine Schwuchtel?», rief er mir zu. «Denn wenn du Blur magst, musst du ja eine sein, nicht?»

«Andy, hör jetzt auf damit!» Ian lachte, klang dabei aber halb verlegen und halb verärgert.

Obwohl Andy abwinkte, mir den Rücken zukehrte und sich wieder über sein Bier beugte, hatte ich keinen Zweifel, dass er mir unter anderen Umständen die Fresse für *Song 2* poliert hätte. Genauso wie er vermutlich andere Leute dafür verprügelte, dass sie das falsche Fußballtrikot übergezogen hatten. Zum Glück rief die Barfrau zur letzten Runde. So mussten wir Ians vergebliche Versuche, die Stimmung wieder zu kitten, nur noch ein Pint lang ertragen. Nachdem wir Ian das Versprechen abgerungen hatten, morgen unsere Instrumente abzuholen und mit dem Proben zu beginnen, torkelten Pete und ich sternhagelvoll aus dem Rabbit's Head. Wir schlugen die Richtung ein, in der Ian uns eine Bushaltestelle versprochen hatte. Als wir sie endlich erreichten, sahen wir gerade noch die Lichtkegel des letzten Busses hinter einer Ecke verschwinden. Fluchend machten wir uns zu Fuß auf den Heimweg. Wir waren keine hundert Meter gelaufen, da krachte es oben am schwarzen Himmel. Es begann wie aus Kübeln zu gießen.

Pete

Am nächsten Morgen erwachten wir mit verstopften Nasen und Fieber. Fluchend zogen wir den Heizkasten auf, dem wieder mitten in der Nacht die Puste ausgegangen war, und sagten Ian für heute ab. Stattdessen schlugen wir auf der Ausziehcouch im Wohnzimmer unser Krankenlager auf. Wickelten uns in die Bettdecke, tranken Tee und glotzten auf dem Fernseher MTV. Gefühlt jeder dritte Clip war *When The Sun Goes Down* von den Arctic Monkeys. Er zeigte eine wirre Geschichte um eine Junkie-Nutte und ihren Zuhälter, den wir aus Guy-Ritchie-Filmen kannten.

«Ach», ich rutschte missmutig auf der Ausziehcouch herum, «so gut sind die nicht.»

«Sie haben schon was», meinte Janosch und rieb die Hände an seinem Teebecher, dessen Henkel abgebrochen war.

Die verdammten Arctic Monkeys. Seit Wochen füllten sie die Musikzeitschriften, als ob neben ihnen keine anderen Bands mehr existieren würden. Die Monkeys hatten sich auf Myspace eine riesige Fanbasis aufgebaut und sich so einen

Plattendeal geangelt. Vor wenigen Tagen hatten sie ihr Debütalbum rausgebracht. Nun sprengten sie damit trotz Internetpiraterie und Krise der Musikindustrie alle Verkaufsrekorde. Als ich dick eingepackt rausging, um im nächsten Supermarkt Zitronen zu kaufen, sah ich die vier Wuschelköpfe sogar von den Tabloid-Zeitungen in einem Kiosk grinsen.

Warteten wir unterdessen tatsächlich und tranken Tee?

Ich deckte mich in der nächsten Apotheke mit Paracetamol ein und scheuchte Janosch zu Hause von der Couch auf. Erst nörgelte er rum, dass wir noch kränker würden, wenn wir jetzt rausgingen. Doch schließlich sah auch er ein, dass Herumheulen keine Option war, wollten wir hier was erreichen. Wir stopften uns mit Paracetamol voll und riefen Ian an. Erst fuhr er uns zum Flughafen, wo wir unser Equipment holten und britische SIM-Cards für die Nokias kauften. Dann holten wir Ians altes Drumkit aus dem Keller seiner Eltern. So voll beladen, dass der Motor von Andys Schrottkarre nur noch röchelte, fuhren wir in eine abgerockte Industriegegend. Hinter Backsteinmauern ragte der Schornstein einer stillgelegten Fabrik in den tiefen Himmel, der wohl zu Glasgow gehörte wie die Sprünge im Asphalt. Alles hier war so düster, dass man gleich einen Drum 'n' Bass-Videoclip hätte drehen können.

Wir trugen unser Zeug ins Untergeschoss eines Warenhauses, dessen Fenster mit Brettern zugenagelt waren. Dort öffnete Ian einen Raum mit fleckigem Spannteppich und Röhrenlicht. Unser neuer Proberaum. Von nun an übten wir jeden Tag. Ian lernte unsere Songs erstaunlich rasch. Auch wenn er bei keinem Durchgang dasselbe spielte wie beim vorigen, knallten seine Schläge präzise im Takt. Seine selbstbewusste Art, das Drumkit zu bedienen, täuschte über verpasste Einsätze und andere Unzulänglichkeiten hinweg. Nach ein paar Tagen verschwand auch das Fieber. Unsere Körper gewöhnten sich an den Regen und die feuchte Kälte, die durch jede Gebäuderitze in Glasgow kroch. Etwa so, wie unsere Gaumen widerwillig akzeptierten, dass auf die Fritten in den allgegenwärtigen Fast-Food-Buden mit *Open*-Neonsignalen am Eingang Essig gespritzt wurde.

Eines Morgens geschah dann sogar, was ich nicht mehr für möglich gehalten hatte: Die Sonne brach durch. Sie leuchtete aus einem milchfarbenen Himmel auf die Sandsteinbauten und ließ die kupfergrünen Kuppeln der Innenstadt glitzern. Zogen die Leute in den Außenquartieren die Kapuzenpullover so tief ins Gesicht, als schämten sie sich, hier zu leben, machte die City eine selbstbewusstere Falle. Alles an ihr war massiv. Der Lärm, der abends aus den Pubs dröhnte. Die Prunkbauten, die den Kulissen des Harry-Potter-Films glichen, in den Linda mich mal geschleppt hatte. Die Windstöße, die durch die im Schachbrettmuster angelegten Straßen fegten und die Menütafeln vor den Restaurants auf den Gehsteig knallen ließen. Doch nicht nur der Wind zirkulierte in den Häuserschluchten. Sondern auch eine Energie, der man sich schwer entziehen konnte.

Glasgow *war*, wie Ian versprochen hatte, ein Ort für Musiker. Jedes zweite Pub versprach eine Liveband, und wo wir auch hinspazierten, sahen wir Gitarren: auf den Rücken von Fahrradfahrern, die sich durch die Autokolonnen schlängelten. Unter Tischen in Bars, in denen Bands Pläne ausheckten. An Bussitze gelehnt, über denen Köpfe zur Musik aus Kopfhörern nickten.

Deshalb wurden wir auch ungeduldig, als Ian nach zwei Wochen immer noch keinen Gig für uns geangelt hatte. Fragten wir nach, versicherte er, unsere Demo-CDs in Glasgow verteilt zu haben und auf die Antworten seiner Kontakte zu warten. In der Zwischenzeit begann er, im Rabbit's Head auszuhelfen; zudem ging er ab und zu Andy bei irgendwelchen Geschäften zur Hand. Janosch war felsenfest davon überzeugt, dass die nicht sauber waren. Einmal eilte Ian sogar überstürzt aus unserer Probe, weil irgendeine Quartiergang im Rabbit's Head eine Scheibe eingeschlagen hatte und er mit Andy und den Jungs Kriegsrat halten musste.

«Einen tollen Manager haben wir uns da geangelt.» Zurück an der Harley Street setzte Janosch diesen sarkastischen Blick auf, der mir so auf den Wecker ging. «Wo verschafft er uns wohl unseren ersten Gig? Im Rabbit's Head?»

«Weißt du, was das eigentliche Problem ist?», ätzte ich zurück. «Ian hat recht. Auf unserem Demo ist kein Hit. Seit *Tower Boys* hast du keinen Knaller mehr geschrieben.»

Anstatt die Les Paul wieder aus dem Gitarrenkoffer zu packen und sich ans Komponieren zu machen, verzog sich Janosch schmollend in die Küche und verdrückte die Reste des Take-away-Tikka-Masala von gestern. Ich setzte mich auf die Couch und zappte erschöpft durchs britische TV-Programm. Gegen dessen Exzentrik wirkte unseres zu Hause wie Valium. Als Janosch fertig war mit Tikka Masala und Schmollen und aus der Küche zurückkehrte, rief Ian an.

«Habt ihr nächste Wochenende schon was vor?», fragte er aufgeräumt. «Ich habe nämlich einen Auftritt für uns. Und zwar im Nice 'n' Sleazy. Einem der besten Konzertlokale der Stadt.»

«Endlich!», fuhr es aus mir heraus.

«Ich hab' doch gesagt, dass ich jede Menge Leute kenne.» Ian klang für eine Sekunde eingeschnappt, dann lachte er gleich wieder. «Was läuft bei euch Stubenhockern im TV?»

«Soapstar Superstar», antwortete ich. Und fragte mich selbst, wie ich da hängen geblieben war.

«Schiebt ihr eine Depression?», wunderte sich Ian. «Es ist Samstagabend; im Vic geht heute die Post ab!»

«Ist das auch eine Fußballkneipe?», wollte ich wissen.

«Nein», erwiderte Ian. «Im Vic trifft sich die Musikszene von Glasgow. Kommt schon, ich geb' einen aus!»

Um elf fuhren wir in einem Bus voll mit aufgebrezeltem Partyvolk über die King-George-Brücke in die City hinein. Zogen an Besoffenen vorbei, die mit Türstehern vor Pubs um Einlass stritten, und dann eine steile Straße hoch. Schließlich ragte ein majestätischer Sandsteinbau mit schwarz verstrebten Fensterfronten vor uns auf: die Glasgow School of Art. Auf der anderen Straßenseite hatte sich ein kleineres Schwestergebäude einen Platz erstritten – das Vic, das Lokal der Kunststudenten. Ian winkte uns von der Eingangstreppe aus zu, wo sich Leute mit Biergläsern drängten und schnatterten. An der Kasse zahlten wir fünf Pfund Eintritt, dann traten wir in die proppenvolle Bar. Sie war so schrottig eingerichtet wie das Rabbit's Head – aber auf eine ganz andere, grandiose Art und Weise. Von der kahlen, mit Fettfilm überzogenen Decke hingen nackte Glühbirnen zum Bartresen runter. Über den wurde im Sekundentakt Lagerbier gereicht. Es kostete nur ein Pfund und wurde so großzügig auf den schwarz-weiß getäfelten Boden verschüttet, dass unsere Schuhe beim Gehen daran kleben blieben. Vor allem aber zog mich das Art-School-Publikum in den Bann. Niemand hier trug Trainingshosen oder Fußballtrikots. Dafür sah ich bunte Mäntel, kecke Frisuren und Stiefeletten – alles viel ausgefallener als zu Hause im Abart, wo alle Converse und Jeans anhatten. Begeistert folgten wir Ian zur Bar, wo er drei Bier bestellte und mit einer scharfen Barkeeperin im Leopardenmuster-Top plauderte. Wieso hatte uns dieser Depp nicht gleich hierhergebracht?

Ich nahm zwei der Gläser und reichte eines Janosch, der die Barkeeperin benommen anglotzte. Dann folgten wir Ian durchs Gedränge zur Treppe, die zum Konzertraum im Obergeschoss führte. Die Fensterfront des Saals war mit dicken schwarzen Vorhängen verdeckt; von der stuckverzierten Decke hing eine monströse Discokugel. Vorne auf der Bühne, zu drei Seiten ebenfalls mit Vorhängen umfasst, spielte eine Band. Obwohl sie höchstens Mittelmaß war, hüpfte das Publikum ausgelassen auf dem federnden Springboden. Es fing sogar kreischend den Sänger auf, als der zum Ende des Sets in die Menge sprang.

«Hab' ich euch schon erzählt, dass wir Glasgower als bestes Livepublikum der Welt gelten?» Ian platzte fast vor Stolz, als er unsere offenen Münder sah. «Manchmal planen Bands uns nur wegen der Stimmung mit in ihre Tour ein.»

Ich konnte es kaum erwarten, in einer Woche auch vor so einer begeisterten Menge zu spielen.

Dann legte Ian mir und Janosch je eine Hand auf die Schulter. «Sagt mal», fragte er mit spitzbübischem Grinsen, «wollt ihr heute richtig Party machen?»

«Na klar!», erwiderte ich.

«Dann kommt mal mit.»

Janosch

Wir folgten Ian wieder hinunter zur Bar und von dort aus eine weitere Treppe, auf der kurioserweise Sägemehl verstreut worden war, zu den Toiletten hinab. Damit man auf den Bierlachen nicht ausrutsche, erklärte Ian die Maßnahme. Er schwang die Toilettentür auf und drängte uns ohne weitere Erklärung in eine Kabine. Die Toilettenschüssel war verstopft und randvoll mit Wasser. Ian hatte aber sowieso nicht vor zu pinkeln. Stattdessen zog er seine Brieftasche hervor und entnahm ihr ein Plastiktütchen mit weißem Pulver.

«Ist das Kokain?», fragte ich erschrocken.

«Frisch vom Hafen.» Ian schüttete einen Teil des Pulvers auf den Spülkasten und zerteilte es mit seiner Celtic-Glasgow-Saisonkarte in drei gleichmäßige Linien.

«Auch was?», fragte er. «Geht aufs Haus.»

Während Ian eine Pfundnote zu einem Röhrchen rollte, wägte ich nervös ab. Mom und Paps hatten mir kaum je etwas verboten, aber bei Drogen hatten sie mich immer zur Vorsicht ermahnt. Auch wenn Mom in ihrer Jugend gekifft hatte. Bevor ich mir weitere Gedanken machen konnte, hatte Pete seine Linie aber bereits geschnupft und hielt mir mit auffordemdem Blick die gerollte Note hin. Ich zögerte, dann ergriff ich sie und zog auch meine Linie hoch. Das Kokain hinterließ einen unangenehmen Reiz in der Nase, so wie wenn man kalte Luft einatmet, und einen schalen Geschmack im Rachen. Wir verließen die Toilette unter den anzüglichen Sprüchen der wartenden Jungs, die Ian schlagfertig parierte, und nahmen die Treppe zurück nach oben.

«Wann wirkt es?», fragte Pete ungeduldig.

«Und wie wirkt es?», wollte ich wissen.

«Werdet ihr gleich merken, Jungs.» Ian trat voraus in den Saal. Nun wusste ich, was er meinte. Das Konzert hatte sich in eine Party verwandelt. Einmal im direkten Sinne: Die Band hatte die Bühne geräumt, ein DJ legte Funk auf, und die Discokugel an der Decke hatte sich zu drehen begonnen. Vor allem aber *fühlte* sich alles wie eine Party an. Die Musik schoss glasklar aus den Boxen, und obwohl ich Funk nicht besonders mochte, begann ich begeistert mit dem Kopf dazu zu nicken. Ich sah Pete nach, der wie von der Biene gestochen ins Getümmel unter der Discokugel stob, da begann ich auch schon ohne Punkt und Komma zu reden. Mit einem Schlag waren meine Selbstzweifel hinweggefegt. Ich war zu einem dieser Menschen geworden, die ungefiltert die Gedanken loswerden, die ihnen in den Sinn kommen.

«Oh mein Gott», rief ich und zeigte aufgeregt auf den DJ, der eine Muschel seiner Kopfhörer aufs Ohr presste. «Das ist doch Paul Thomson, der Drummer von Franz Ferdinand!»

«Ja, der legt hier manchmal auf», antwortete Ian beiläufig und konnte mich gerade noch davon abhalten, mitten im Set zu ihm zu stürmen und ihm Hallo zu sagen. Stattdessen holte ich uns beiden frisches Bier, ging aber statt zum Tresen im Saal nach unten an die Bar. Denn dort arbeitete die Frau, die unsere erste Runde herausgelassen hatte.

Ich hatte Glück – sie war noch da. Ihre nachtschwarze Lockenpracht fiel auf breite, runde Schultern, die aus einem Top mit Leopardenmuster herausragten. Sie wischte gerade den Tresen und hob, als ich mich näherte, freundlich eine Augenbraue. Ihre Bewegungen waren so sportlich und elegant zugleich, dass ich ihr stundenlang dabei hätte zusehen können.

«Hi», sagte ich. «Zwei Lager, bitte.»

«Zweimal Pfütze des Hauses, hm?»

Sie lächelte. Zwischen ihren oberen Schneidezähnen klaffte eine Lücke. Nun war es endgültig um mich geschehen.

«Wo kommst du her?», fragte sie, während sie sich geschickt ein Glas von der Ablage schnappte, Bier einließ und sich mit der anderen Hand das nächste Glas angelte.

«Aus der Schweiz. Aus Zürich.»

«Sprachschule oder Austauschsemester?»

«Weder noch», erwiderte ich. «Ich bin mit meinem Freund hier. Wir wollen Rockstars werden.»

In diesem Moment dankte ich Ian still für das Kokain. Denn ohne Drogen hätte ich nun vermutlich irgendwas gestammelt oder hätte vor Nervosität gar das Bier umgestoßen, das die Frau auf den Tresen stellte. Doch nun strahlte ich sie mit all meinem Charme an.

«Aha. Jemand mit Ambitionen!» Mit amüsiertem Blick nahm sie das zweite Glas vom Zapfhahn und schob es mir über den Tresen zu. «Wie heißt eure Band denn?»

«Noise Parade», sagte ich und drückte zwei Pfund in ihre weiche, weiße Hand.

«Nie gehört.» Wieder hob sie eine Augenbraue; sie zwinkerte mir sogar zu. «Aber das kann sich ja ändern. Hals- und Beinbruch, Kumpel!»

Ich wäre gerne noch länger bei der Barkeeperin und ihrer atemberaubenden Zahnlücke geblieben. Doch sie lächelte bloß noch einmal, dann wandte sie sich zu ihrer Kollegin am anderen Tresenende um und rief ihr scherzhaft etwas zu, das ich nicht verstand. Als ich, ein randvolles Bier in jeder Hand und das Gelächter der beiden in den Ohren, auf der Treppe nach oben stieg, geschah etwas Seltsames. Innerhalb von Sekunden verwandelte sich meine Euphorie über die Begegnung in bittere Enttäuschung darüber, dass sie bereits vorüber war. Und darüber, dass ich die Frau vielleicht nie wiedersehen würde. Der Konzertsaal wirkte auf einmal finster. Ich scheute die Blicke der Umstehenden, murmelte Entschuldigungen, weil ich im Gedränge Bier auf fremde Füße und Ärmel verschüttete, und suchte mit wachsender Verzweiflung nach Ian.

Ich fand ihn schließlich in einer Ecke des Saales. Er hatte bereits ein neues Bier in der Hand und unterhielt sich mit einem Typen, der eine schwarzglänzende Melone und eine rote Kutte mit Goldköpfen trug wie ein Zirkusdirektor. Ian lächelte fürsorglich, als er mich erblickte, trank sein Bier aus und nahm mir eines ab.

«Alles klar, Kumpel?», fragte er.

Ich zögerte, worauf er eine Hand auf meine Schulter legte. «Ist ausgefahren, hm?»

Ich nickte eifrig, weil es sich genauso anfühlte. Ausgefahren. Ian langte in die Hosentasche und drückte mir unauffällig das Tütchen in die Hand. «Zieh dir noch eine Linie.»

Damit das Kokain diesmal länger anhielt, nahm ich unten auf der Toilette zweimal so viel wie zuvor. Dass es stattdessen einfach doppelt so stark wirken könnte, hatte ich nicht bedacht. Noch bevor ich die Toilette verlassen hatte, fühlte ich mich wie der frisch gekrönte König von Glasgow. Ich sprang die Treppe hoch, rutschte vor einer Gruppe Frauen auf dem Sägemehl aus, was mir aber kein bisschen peinlich war, und kehrte zur Bar zurück. In meinem Gesicht klebte ein Grinsen, das ich überhaupt nicht mehr abstellen konnte. Leider war die Barkeeperin nirgends zu sehen; überhaupt schien der ganze Tresen für den Moment verwaist zu sein. Also beugte ich mich darüber, nahm ein sauberes Glas von der Ablage und ließ mir am Zapfhahn ein Bier ein, albern kichernd über meinen Lausbubenstreich.

«Hey, was soll das?»

Ich sah auf. Auf einmal, als habe der Boden sie eben ausgespuckt, stand die Barkeeperin wieder hinter dem Tresen. Sie zeigte mir ihre Zahnlücke. Diesmal aber nicht, weil sie lächelte, sondern weil sich ihr Gesicht vor Ärger verzog. Die Nüstern ihrer Stupsnase blähten sich auf. Vor Schreck ließ ich den halbvollen Becher fallen. Das Bier ergoss sich über den Tresen und über ein Schneidebrett, auf dem ein Messer und geschnittene Zitronenscheiben lagen. Ungläubig starrte die Frau auf den Schlamassel. Dann sah sie mich an, als sei ich der größte Idiot der nördlichen Hemisphäre.

«Willst du mich eigentlich verarschen?», fragte sie.

«Ich wollte dir bloß die Arbeit abnehmen.»

Ich versuchte wieder das charmante Lächeln von vorhin, doch diesmal fühlte es sich wie eine Fratze an. Am liebsten hätte ich mich in Luft aufgelöst. Weil das aber nicht ging, stand ich einfach blöd da und sah zu, wie die Barkeeperin die Bierlache mit einem Lumpen aufwischte. Als sie bemerkte, dass ich unfähig war, mich vom Fleck zu rühren, hob sie den Kopf und seufzte.

«Halb so wild, Kumpel», sagte sie. «Aber du gehst jetzt wohl besser nach Hause, ja?»

Niedergeschmettert kehrte ich in den Saal zurück, zog meine Lederjacke aus dem Kleiderhaufen in einer Ecke, auf den wir unser Zeug geschmissen hatten, und suchte nach Pete. Er trug unseren einzigen Wohnungsschlüssel bei sich. Ich fand ihn an der Fensterfront, wo er, halb eingewickelt in einen der Vorhänge, eine Frau mit pinken Strähnen im blonden Haar abknutschte. Es war mir peinlich, aber schließlich räusperte ich mich und bat ihn um den Schlüssel. Pete fischte ihn aus seiner Hosentasche und hielt mich, als ich mich umdrehen wollte, am Arm fest.

«Weißt du, was ich bei unserem Gig machen werde?» Er grinste wie ein Lackaffe – er musste sich ebenfalls eine zweite Portion gegönnt haben – und verkündete: «Ich werde stagediven, genau wie der Sänger vorhin!»

«Tu das», erwiderte ich matt und verließ das Vic. Weil ich keine Ahnung hatte, wo hier ein Nachtbus fuhr, hielt ich nach einigen Metern ein Taxi an. Es war ein schwarzes Cab mit harten Sitzen, auf denen der Hintern rasch eiskalt wurde. Während der Fahrt drückte ich mir das Gesicht an der Scheibe platt und starrte in den dunklen Clyde, den wir Richtung Süden überquerten und in den ich mich gerade gerne gestürzt hätte. Nie wieder Kokain, schwor ich mir. Nie wieder Drogen.

Als wir eine Woche später – nicht weit von der School of Art entfernt – im Nice 'n' Sleazy spielten, musste ich wieder an Petes Stagediving-Ansage denken. Wäre es nicht so deprimierend gewesen, hätte ich bei der Vorstellung, wie sich Pete von der Bühne ins Publikum warf, laut lachen können.

Denn das bestand in erster Linie aus Kenny, dem Veranstalter des Abends; ein blasser Junge mit Babyspeck an den Hüften und wachen, wasserblauen Augen. Er war als Einziger geblieben und nickte mitten im leeren Zuschauerraum zu unserer Musik. War man großzügig, konnte man auch die Frau hinten an der kleinen Bar mitzählen, die den Kühlschrank mit rot-weißen Bierdosen der hier beliebten Marke Red Stripe auffüllte. Damit waren wir mal wieder bei zwei Zuschauern angelangt.

Kaum waren wir am Nachmittag zum Soundcheck im Nice 'n' Sleazy erschienen, einer Musikbar mit untergeschossigem Konzertraum, war uns klar geworden, welche Art von Gig Ian uns organisiert hatte. Er hatte, wie er zugab, am schwarzen Brett einer Glasgower Universität Kennys Anschlag für einen Newcomer-Bandabend gesehen und uns angemeldet. Wie die drei Bands, die vor uns gespielt hatten, mussten wir 50 Pfund Anteil für die Raummiete berappen und erhielten dafür ein Viertel des Eintrittsgeldes, auch wenn wir keinen einzigen Gast mitgebracht hatten. Die Band vor uns hatte uns deswegen vorwurfsvolle Blicke zugeworfen; mit ihr war auch der Rest des ohnehin bescheidenen Publikums verschwunden.

Obwohl unser 45-Minuten-Set erst zur Hälfte um war, kam es mir vor, als stünden wir schon seit Stunden auf der Bühne. Ian traktierte angetrunken die Drums; neben seinem Hocker standen zwei leere und ein angefangenes Red Stripe. Pete ließ sich, wie üblich, nichts anmerken. Er schwang sich mit seinem Bass hin und her wie ein wildgewordenes Pendel und trat manchmal so weit nach vorne an den Bühnenrand, dass ich fürchtete, er spränge demnächst wirklich auf Kenny.

«Thank you, Glasgow!», rief Pete nach dem letzten Song in die Leere des Raums hinein. Er tat es so feurig, dass sogar die Barfrau hinten klatschte und einen Jauchzer ausstieß. Wir luden unsere Verstärker und die Drums in Andys Karre, die Ian in der Nähe des Nice 'n' Sleazy geparkt hatte. Da er noch ins Rabbit's Head wollte, fuhr er gleich los. Pete und ich kehrten in den Konzertraum zurück, packten unsere Instrumente ein und erhielten von Kenny 30 Pfund Konzertgage. Während Pete auf die Toilette ging, entschuldigten Kenny und ich uns gegenseitig dafür, dass wir nicht für mehr Publikum gesorgt hatten. Ich bestand darauf, Kenny von unserer Gage wenigstens eine Runde zu spendieren. Er wollte kein Bier, ließ sich von der Barkeeperin aber ein Wasser reichen.

«Wir kennen nun mal niemanden hier», bedauerte ich, als wir uns auf eine der roten Polsterbänke an der Seitenwand des Raums gesetzt hatten. Kenny knabberte an seinen Fingernägeln und schüttelte abwehrend den Kopf.

«Ich würde euch wieder buchen», erwiderte er. «Einfach, weil ihr gute Musik macht. Darum geht es am Ende ja, nicht?»

Ich nickte. Aber eigentlich waren wie ja hierhergereist, um genau solche Sätze nicht mehr hören zu müssen.

«Wir dachten eben, der Laden sei sowieso voll», erklärte ich. «Weil Glasgow ja eine Musikstadt ist.»

«Samstags ist die Konkurrenz halt immer groß», meinte Kenny. «Außerdem sind dann viele im Vic.»

«Sind dort eigentlich auch die A&R's?», fragte ich.

«Welche A&R's?» Kenny sah mich verdutzt an.

«Die A&R's aus London.» Nun blickte *ich* Kenny verwundert an. «Ian sagte, hier in Glasgow wimmle es von Leuten aus der Musikindustrie, die auf der Suche nach den nächsten Franz Ferdinand seien.»

Kenny verschluckte sich vor Überraschung so heftig an seinem Wasser, dass ich ihm auf den Rücken klopfen musste.

«Da hat euer Manager aber arg übertrieben», meinte er und trank zur Beruhigung einen Schluck. Es komme schon mal vor, dass ein Londoner Label eine Glasgower Band unter Vertrag nehme, fuhr er fort und lächelte. «Aber die meisten Bands hier oben sind nicht darauf aus, Millionen zu scheffeln. Die drehen lieber ihr eigenes Ding. Das ist doch sowieso cooler, als jeden Hype mitzumachen, nicht?»

Ich lächelte, während es in mir zu kochen begann. Ian hatte uns einen Bären aufgebunden. Glasgow mochte die Stadt mit dem besten Livepublikum sein, wenn es denn auftauchte. Aber sicher nicht der Ort, an dem man einen Plattendeal mit einem Major-Label einfädelte. Wir hätten wohl ebenso gut auf die Äußeren Hebriden reisen können, um durchzustarten, überlegte ich, während ich Pete von der Toilette zurückkehren sah. Er wirkte wie ein Reisender, dem man noch nicht gesagt hat, dass er im falschen Hafen von Bord gegangen ist.

Pete

Draußen an der Sauchiehall Street, Glasgows Ausgangsmeile, war die Apokalypse ausgebrochen. Der Wind kippte die Werbetafeln für 50-Penny-Wodkashots vor den Pubs auf den Asphalt. Jungs in flatternden T-Shirts verdrückten Mitternachtskebabs. Mädchen in Miniröcken und mit den High Heels in den Händen torkelten schreiend herum. Eines kotzte sich mitten auf der Straße die Seele aus dem Leib, ihre Freundin hielt ihr derweil routiniert das Haar zurück. Dann gingen die zwei weiter, als sei nichts passiert.

«Sauchiehall Chaos», wie Ian uns vorgewarnt hatte.

Abgespannt kämpften wir uns durch den Wirrwarr und nahmen den Bus in die Harley Street. Janosch pennte gleich ein. Aber ich kriegte kein Auge zu. Ich hatte mich so auf unseren ersten Gig hier gefreut, und dann das. Ich war so enttäuscht gewesen, dass ich auf dem Klo im Nice 'n' Sleazy um ein Haar die Toilettenschüssel zertrümmert hätte. Seit einem Monat hingen wir in Glasgow herum und standen noch immer auf Feld eins. Dabei hatte ich alles auf diese Karte gesetzt. Ich hatte Job und Zimmer in Zürich gekündigt und alles, was ich nicht mitnehmen konnte, auf Ebay vertickt. Was, wenn das hier schiefging?

Neben mir hatte Janosch friedlich die Augen geschlossen – er konnte ja auch einfach in die Arme seiner Familie zurückkehren. Ich konnte nirgendwo hin. Auf einmal bekam ich solchen Schiss, dass sich meine Kehle zuschnürte. Ich ging in die Küche, trank am winzigen Küchentisch ein Glas Wasser und zwang mich, ruhig zu atmen. Schob das kleine Hebefenster hoch und sah zum Hinterhof raus, wo der Mond ein gespenstisches Licht auf die Mülltonnen in den Backstein-Einfassungen warf.

Reiß dich zusammen, Pete, befahl ich mir. Es musste einen Weg geben.

Vor Kurzem hatten die Arctic Monkeys im *New Musical Express* von ihren Anfängen erzählt. Der NME dominierte mit seinen knalligen Schlagzeilen die britische Indieszene, samstags kauften wir deshalb immer die neuste Ausgabe. Jedenfalls hatten auch die Monkeys lange in halbleeren Clubs gespielt. Vor Freunden, die es kaum erwarten konnten, nach dem Konzert die Biege zu machen. Doch sie hatten durchgehalten und sich nach und nach eine Fangemeinde aufgebaut. Diese wiederum hatte für die Band geworben, indem sie Demo-CDs in Bussen liegen gelassen und die Songs im Internet verbreitet hatte.

Auch Franz Ferdinand hatten eine Weile gebraucht. Die Bandmitglieder hatten zuvor in erfolglosen Combos gespielt, bis sie mit Anfang 30 dann doch noch Rockstars wurden.

Doch auch sie hatten eine zündende Idee gehabt: Sie hatten ein leer stehendes Gebäude in Glasgow besetzt, es *Château* genannt und darin Partys veranstaltet, bei denen sie selbst auftraten.

Wir mussten uns auch was einfallen lassen. Nur was?

Fieberhaft dachte ich nach. Dann riss mich ein Hämmern an der Tür aus den Gedanken.

«Gewen!», krächzte eine vertraute Stimme. «Geeween!»

Dieser Idiot hatte mir jetzt gerade noch gefehlt.

Mit einem entnervten Schnauben riss ich die Tür auf und erklärte unserem schlotterndem Junkie-Nachbarn, dass Kevin noch immer auf Weltreise sei.

«Ist er eben nicht!» Eifrig schüttelte der Junkie den Kopf und begann, mich vollzuquatschen. Wenn ich ihn richtig verstand, hatte er heute Ms Wolf getroffen, die Besitzerin dieses Lochs. Und die hatte ihm offenbar erzählt, dass sie Kevins 200 Pfund für nächsten Monat bereits brieflich erhalten habe. Und zwar mit Absender aus Liverpool.

«Kevin zahlt 200 Pfund Miete?»

«Ja, natürlich», antwortete der Junkie irritiert. «Wie wir alle.»

Angestrengt überlegte er, wo er in seiner Geschichte stehengeblieben war. Ich musste mir derweil eingestehen, dass Ian uns über den Tisch zog. Die Bude kostete die Hälfte dessen, was wir an ihn abdrückten. Unser redseliger Nachbar hatte mittlerweile den Gesprächsfaden wiedergefunden und faselte irgendwas davon, dass Kevins Oma in Liverpool lebe und er sich vermutlich bei ihr verstecke.

«Vor wem sollte er sich denn verstecken?», fragte ich ungläubig.

«Vor Nigel.» Der Junkie zog eine Miene, als verrate er mir ein Staatsgeheimnis. Tatsächlich wurde seine Story nun so richtig abenteuerlich. Kevin, vermutete der, habe seine letzte Lieferung nicht bezahlen können und Glasgow deshalb wohl nach den Neujahrsfeiern fluchtartig verlassen.

«Was für eine Lieferung?» Langsam schwante mir Böses.

«Na was wohl, Junge? Smack!» Der Junkie zeigte sein verfaultes Gebiss und lachte. Dann nahm sein Heroinentzug wieder überhand. Allen Ernstes bat er mich darum, bei uns herumsuchen zu dürfen, ob Kevin etwas von seinem Stoff dagelassen habe. Ob er den Verstand verloren habe, fragte ich und knallte die Tür zu. Wütend trat der Junkie von außen dagegen und fluchte. Nigel werde uns bald besuchen, rief er noch durch die Tür und machte dann höhnisch lachend den Abgang.

«Was ist denn hier los, Pete?»

Hinter mir stand Janosch im Pyjama. Verschlafen rieb er sich die Mandelaugen.

«Was wollte der jetzt schon wieder?»

Ich informierte ihn darüber, dass wir vermutlich in der Wohnung eines verschuldeten Kleindealers wohnten, der sich gegenwärtig vor einem Großdealer namens Nigel verstecke.

«Was machen wir, wenn dieser Nigel mit einer abgesägten Schrotflinte die Tür durchschießt?», fragte Janosch. «Holst du dann wieder den Kartoffelstampfer aus der Küche?»

«Erzähl keinen Blödsinn!», erwiderte ich. «Der Typ ist doch paranoid.»

«Und wenn nicht?» Janosch zuckte zusammen, weil draußen auf dem Flur laute Stimmen erschallten. Wir kapierten zwar schnell, dass es andere Nachbarn waren, die betrunken nach Hause kamen. Doch da griff die Panik schon wild um sich. Hektisch begannen wir, die Wohnung auf den Kopf zu stellen, um nach versteckten Drogen, Drogengeld oder gar Waffen zu suchen. Wir stellten die Ausziehcouch auf den Kopf, tasteten im Parkett nach losen Teilen und öffneten sogar den Spülkasten der Toilette. Nach einer Stunde waren wir überzeugt, nicht in einem Drogenversteck zu hausen. Dafür hatten wir unter dem Wackelbett im Schlafzimmer eine angebrochene Flasche Captain Morgan-Rum entdeckt. Wir gossen davon etwas in den Tee, mit dem wir uns am Küchentisch beruhigten. Auf einmal begannen Janoschs Schultern in einem seltsamen Rhythmus zu zucken.

«Es war ein Fehler, hierherzukommen!», schluchzte er. «Ich hasse diese Stadt!

«Was dachtest du denn?», fuhr ich ihn an. «Dass man uns hier den roten Teppich ausrollt?»

Janosch schwieg und starrte trotzig in den Teebecher vor sich.

«Ian ist ein Armleuchter», gab ich schließlich zu. «Aber er ist immer noch der einzige Mensch, den wir hier kennen.»

«Der Typ zockt uns am laufenden Meter ab!»

Nun sagte ich nichts mehr. Ich war fix und fertig. Ich goss mir großzügig aus der Rumflasche in den Tee nach. Trank. Und hoffte, dass Janosch nicht kapierte, dass auch ich kurz davor war, in Tränen auszubrechen. Doch er schniefte nur noch einmal und schüttelte den Kopf.

«Ich bleibe nur, wenn wir uns von Ian trennen», sagte er, «sonst gehe ich nach Hause, Pete.»

«Na gut», erwiderte ich mit letzter Kraft. «Aber du sagst es ihm. Ich mag mich nicht immer um jeden Scheiß kümmern.»

Erst flackerte die übliche Panik in Janoschs Gesicht auf. Doch dann tat dieser Schisshase etwas, das ich ihm nicht zugetraut hätte. Er wischte sich mit der Hand über die Augen und nickte entschlossen: «In Ordnung. Ich sage es ihm.»

Janosch

Es ging schon auf den Abend zu, als Ian am nächsten Tag endlich das Telefon abnahm. Ich konnte ihn kaum verstehen, weil im Hintergrund ohrenbetäubender irischer Folkpunk lief und Leute durcheinanderschrien.

«Ian, wir müssen etwas Wichtiges besprechen», sagte ich.

«Was sagst du?», rief er. «Es ist etwas laut hier!»

«Wir müssen etwas Wichtiges besprechen, Ian!», rief ich zurück.

«Wir haben heute die Rangers runtergeputzt und feiern gerade. Kann das nicht warten?»

Ich atmete aus. «Nein», entschied ich. «Kann es nicht.»

Nun wusste ich auch, was der Lärm im Hintergrund bedeutete. Ich hatte ganz vergessen, dass heute das Stadtderby über die Bühne gegangen war. Den ganzen Tag schon hatten wir vom nahen Stadion der Glasgow Rangers her Fangesänge vernommen, uns aber nichts weiter dabei gedacht.

«Na gut!», schrie Ian durch das Stimmengewirr. «Dann kommt halt her.» Er nannte mir eine Straßenkreuzung in der Nähe des Stadions, wo er und seine Jungs vor einem Pub tranken.

Wir schlüpften in unsere Jacken, gingen die sonntäglich stille Harley Street hinunter und bogen in die vierspurige Hauptstraße ein, die an der Subway-Station vorbei zum Stadion führte. Ich wusste nicht, welcher Teufel mich gerade ritt, dass ich mich kopfvoran in die Höhle des Löwen begab. Doch es war wohl der Mut des Verzweifelten. Entweder wurden wir Ian los – oder wir konnten unser Vorhaben gleich ganz abbrechen. Auf der Hauptstraße kamen uns Pulks von blau-weiß-rot gekleideten Rangers-Fans entgegen, die Richtung Zentrum spazierten. Nur wenige Celtic-Fans in ihren grün-weißen Pullovern hatten sich in den Strom verirrt; sie schienen es eilig zu haben, von hier wegzukommen. Kein

Wunder, dachte ich, während wir über plattgedrückte Pommes-Styroporboxen und wertlos gewordene Eintrittstickets trampelten: Je näher man dem Stadion kam, desto betrunkener wurden die Fans. Als wir den Weg einiger glasig dreinblickender Ranger-Anhänger kreuzten, löste sich ein drahtiger Mann aus der Gruppe, machte einen Satz auf mich zu und täuschte einen Schwedenkuss vor.

« Lass uns umkehren, Pete », stieß ich hervor, während der Mann davontorkelte und sich dabei vor Lachen den Bauch hielt. Von meinem Mut war nichts mehr übrig. Diese Stadt war einfach eine Nummer zu hart für mich. Ich musste an die sechste Klasse zurückdenken, als ich in einer Schülerauswahl Fußball gegen Oberstufenschüler gespielt hatte. Sie waren schneller und einen halben Kopf größer gewesen; wir hatten dem Ball nur hinterhergesehen und waren dauernd angerempelt worden.

Glasgow fühlte sich genauso an.

Doch Pete zerrte mich am Ärmel weiter, bis wir zu einer Gruppe Polizisten in schwarzen Hosen und neongelben Westen gelangten. Sie wachten vor Absperrgittern darüber, dass sich die beiden Fangruppen möglichst nicht vermischten. Sogar die Pferde einer berittenen Einheit schnaubten neben einer Reihe Streifenwagen. Vermutlich, weil wir nicht aussahen wie gewaltbereite Fußballfans, ließen uns die Polizisten kommentarlos durch eine Lücke zwischen den Gittern auf die andere Seite wechseln.

Hinter der Blockade lag, flankiert von rostroten Sandsteinhäusern mit Türmchen, die Kreuzung, die Ian uns angegeben hatte. Mitten auf ihr wankte eine Gruppe von Männern mit um die Hüfte gebundenen Celtic-Pullovern. Sie grölten *You'll never walk alone,* die Hymne der Celtic-Fans, die Ian uns zu Hause in Zürich einmal ergriffen vorgesungen hatte. Ich war heilfroh, dass auch ich nicht alleine ging, sondern

Pete an meiner Seite hatte. Es lag die Art von unheimlicher Ruhe in der Luft, die jeden Augenblick in einen Sturm umkippen konnte.

«Da seid ihr beiden Knalltüten ja!»

Ian winkte uns aus einer feiernden Meute zu, die sich vor einem kleegrün gestrichenen Pub tummelte. Er hatte sich eine im Wind flatternde Celtic-Flagge um den Hals gebunden, sodass er damit aussah wie ein schottischer oder eben irischer Cäsar, und war gerade damit beschäftigt, daumendicke Pommes aus einer Styroporbox zu mampfen. Neben ihm standen Andy, in Trainingshose und Celtic-Trikot, sowie einige der Jungs von unserem Abend im Rabbit's Head. Sie registrierten unsere Ankunft aber gar nicht, da sie damit beschäftigt waren, provozierende Blicke zu den berittenen Polizisten an der Straßensperre zu werfen.

«Bisschen Glasgower Salat?» Ian bot uns zur Begrüßung Pommes an, die in brauner Soße aufgeweicht waren. Pete nahm eine; ich schüttelte den Kopf.

«Was war denn so wichtig, dass es nicht warten konnte?»

Mit fragendem Blick steckte sich Ian eine Pommes in den Mund. Er wirkte so glücklich über den Sieg gegen die Rangers, dass ich es kaum über mich brachte, den Satz auszusprechen, den ich auf dem Hinweg in Gedanken eingeübt hatte. Ich räusperte mich, dann sagte ich ihn trotzdem auf:

«Wir wollen nicht mehr, dass du unser Manager bist.»

Ian hörte auf zu kauen. «Wieso das denn?»

Dass er tatsächlich überrascht war, ließ mich dann aber gleich wieder sauer werden.

«Du behauptest die ganze Zeit Dinge, die nicht stimmen», antwortete ich. «Du kennst niemanden in der Musikindustrie, und in Glasgow gibt es überhaupt keine A&R's aus London!»

«Woher willst du denn wissen, wen ich kenne?» Er kaute weiter und sah mich halb verärgert, halb belustigt an. «Falls ihr euch darüber beklagt, dass ihr nach einem Monat noch nicht auf der Titelseite des NME seid», fuhr er fort, «dann seid definitiv *ihr* es, die nichts vom Musikgeschäft verstehen.»

Ich holte Luft, um meine Bombe platzen zu lassen: «Und was ist mit unserer Monatsmiete?», fragte ich. «Du streichst doppelt so viel ein, wie wir Kevin zahlen müssten. Außerdem ist der gar nicht auf Weltreise, sondern auf der Flucht!»

Nun war Ian baff. Schweigend bohrte er eine Pommes in die eklige braune Soße, während er vermutlich überlegte, wie er sich aus der Angelegenheit winden konnte. Er entschloss sich zum Gegenangriff.

«Na und? Über was beklagt ihr euch?» Trotzig zuckte er mit den Schultern. «Ich habe euch eine Wohnung besorgt.»

«Darum geht es nicht! Du verarschst uns die ganze Zeit.»

«Ich helfe euch, verdammt noch mal!» Er knallte seine Styroporbox auf den Deckel des klobigen Abfalleimers neben ihm und deutete mit beiden Händen entrüstet auf seine verwaschenen Jeans. «Glaubt ihr, ich kaufe mir von dem Geld Kleider von Burberry oder so was?»

Ich schüttelte den Kopf. Die Pumas an seinen Füßen sahen zwar brandneu aus. Doch dies war wohl kein günstiger Moment für solche Spitzfindigkeiten, denn Ian kam in Fahrt und fuhr sich aufgebracht über den Schädelknochen.

«Das Geld wächst hier nicht auf Bäumen», schimpfte er. «Das ist nicht wie bei euch zu Hause. Weißt du, wann mein Dad das letzte Mal in den Ferien am Mittelmeer war? In der Wärme, wo ihm mal für eine Woche seine verfluchte Hüfte nicht schmerzt?»

«Darum geht es nicht», wiederholte ich leise, schämte mich aber zugleich, der reiche Schweizer zu sein, der keine

Ahnung vom Leben anderer Leute hatte. Zu allem Übel hatten wir mit dem Wortwechsel nun auch die Aufmerksamkeit von Andy auf uns gezogen. Er knallte sein Bierglas auf den Abfalleimer und wandte sich uns zu.

«Gibt's ein Problem, Bruderherz?» Seine Stimme klang so bedrohlich wie eine anfliegende Bomberflotte. «Haben die Schwuchteln hier was gegen dich? Soll ich ihnen zeigen, was mit Leuten passiert, die nicht nett zu meinem kleinen Bruder sind?»

«Vergiss es, Andy. Spielt keine Rolle.»

Ian nahm ihn besänftigend am Arm, doch es war zu spät. Andy hatte mich bereits im Visier. Vermutlich hatte er sich sowieso vorgenommen, zur Feier des Tages jemanden zu verprügeln. Das würde nun halt ich sein. Geschickt entwand er sich dem Griff seines Bruders und machte einen Satz auf mich zu, die Hände bereits zu Fäusten geballt.

So musste es sich anfühlen, wenn man von einem wilden Tier angegriffen wurde. Ich stand paralysiert da; unfähig, zu fliehen oder in Deckung zu gehen. Kein Bitten und Winseln würde Andy davon abhalten, mich auf dieser Glasgower Kreuzung zum Krüppel zu prügeln. Er schwang die Faust bereits, um sie mir mit voller Wucht ins Gesicht zu schlagen, als direkt neben ihm eine heransausende Flasche auf dem Asphalt zerschellte. Meine Rettung nahte, und zwar in der Form einiger Hooligans des Rangers Football Club. Sie trugen Polohemden und Sneakers, mussten so die Polizeisperre passiert haben und rannten quer über die Kreuzung auf uns zu.

Von da an lief alles nur noch in Zeitlupe. Ich hörte Schritte und zersplitterndes Glas. Ich sah schneeweiße Turnschuhe, die wie Pingpongbälle auf mich zuhüpften, und dann meine Arme, die instinktiv nach vorne schnellten und mit ungeahnter Kraft einen Mann im Polohemd von mir wegstießen.

Ein dumpfer Aufprall, ein gellender Schrei, dann schaltete der Film wieder auf Normaltempo. Andy hielt den Rangers-Hooligan, der auf uns zu gerannt war, im Schwitzkasten. Eine weitere Glasflasche flog dicht an mir vorbei und zersprang am Pub-Eingang, wo ein anderer Ranger-Hooligan einem Celtic-Fan das Trikot über den Kopf zog. Ich wurde weggezogen, stolperte fast, konnte mich aber gerade noch aufrappeln. Pete hatte mich gepackt und zog mich um die Hausecke in eine Quartierstraße, die von der Kreuzung abging. Ian folgte uns dicht auf den Fersen.

«Verschwindet von hier!», keuchte er und schob uns in die Straße hinein. «Das hier ist nichts für zarte Seelen.»

Damit stürzte er sich ins Getümmel zurück, das sich bereits in hektischer Auflösung befand. Uniformierte rannten heran, Pferde kamen angaloppiert. Zuletzt sah ich noch, wie Andy einem der Pferde einen Hieb auf die Schnauze versetzte, worauf die perplexen Polizisten ihre Pfeffersprays zückten und ihn großzügig damit einsprühten. Pete und ich rannten die Straße hinunter, bis wir in sicherer Entfernung waren. Dann verschnauften wir. Eine Euphorie machte sich in mir breit, wie ich sie schon lange nicht mehr gespürt hatte.

«Mit dem Hooligan im Lacoste-Hemd wäre ich fertiggeworden», sagte ich und zog mit zittrigen Fingern Tabak und Papers aus der Jackentasche. Wir waren kurz nach unserer Ankunft auf Selbstgedrehte umgestiegen, weil Zigarettenpacks hier so teuer waren wie ein halbes Abendessen.

«Klar doch, Janosch.» Pete klopfte mir kumpelhaft auf die Schulter. «Den hättest du plattgemacht.»

«Egal ob dieser Nigel kommt oder nicht – wir müssen aus unserer Wohnung heraus», entschied ich und steckte die Zigarette in den Mund. «Mit Ian sind wir fertig.»

«Einverstanden.» Pete nickte und gab mir Feuer. Vielleicht hatte ich falschgelegen, ging es mir durch den Kopf, während ich einen tiefen Zug nahm und sich das Nikotin in meinen Nervenbahnen ausbreitete. Vielleicht war ich doch hart genug für Glasgow.

Ecstasy

Februar 2006

Pete

Schon wenige Tage später machten wir den Abflug aus der Harley Street. Unser neues Zuhause lag noch weiter südlich, an der Allison Street. Die Gegend war etwas, aber nicht viel gepflegter und bestand aus endlosen Straßenzügen mit fast identischen Wohnhäusern: vier Stockwerke, Flachdach, Erkerfenster, grauer, ockerfarbener oder rostroter Sandstein. In den Erdgeschossen reihten sich schäbige Maklerbuden an pakistanische Gemüseläden und Spirituosenläden mit vergitterten Theken. Wir zogen in die erste Etage eines Eckhauses, direkt über einer Imbissbude namens Govanhill Curry Palace, deren Betreiber die orangen Käsestreifen direkt aus der Großpackung auf die Pizzen schüttete. Es war unschwer zu erkennen, dass eine Oma unsere möblierte Dreizimmer-Bude eingerichtet hatte: Blumentapeten, geschwungene Antikmöbel, ein Bronzestich über dem erkalteten Kamin im Wohnzimmer. Aber die Heizung funktionierte tadellos.

Unsere betagte Vermieterin, Ms McCluskey, deren Sohn die Anzeige im Internet geschaltet hatte, war heilfroh gewesen, die Wohnung an zwei Jungs aus der Schweiz zu vergeben. Die üblichen Zuzügler in der Gegend waren Roma, deren Straßenversammlungen die Alteingesessenen hinter halb zugezogenen Gardinen verfolgten. Doch auch wenn ab und zu das Blaulicht einer Polizeipatrouille durchs Fenster zuckte: Wir fühlten uns pudelwohl inmitten der Einwanderer.

«Im Grunde sind wir wie die.» Janosch stützte die Ellbogen auf den Sims des Erkerfensters, als wir ihnen vom Wohnzimmer aus beim Diskutieren zusahen. «Wie meinst du das?», fragte ich.

Janosch grinste. «Auch wir sind auf der Suche nach einem besseren Leben aus unserer Heimat geflohen.»

Ich hatte es nicht für möglich gehalten. Aber seit er lebend der Höhle des Löwen – Andy – entkommen war, hatte Janosch das Ruder übernommen. Er hatte das Internet nach Wohnungen durchforstet und darauf gedrängt, auch einen eigenen Proberaum zu suchen. Kurz nach dem Einzug in die Allison Street hatten wir uns auf einem Streifzug durchs neue Viertel nach Eglinton Toll verirrt: ein Niemandsland aus Gewerbebauten und Autobahnauffahrten, das sich am südlichen Ufer des Clyde ausbreitete. Wir spazierten an einer Autowaschanlage und einer kriminell wirkenden Bar mit getönten Fensterscheiben vorbei, dann standen wir plötzlich vor einer Reihe garagenähnlicher Ladenlokale. An einer Tür hing ein blaues *For Rent*-Schild. Janosch wählte die Nummer und fragte den Mann am anderen Ende der Leitung, ob wir hier auch proben könnten. Erst ab sechs, wenn die anderen Läden schlössen, meinte der Mann.

Also spazierten wir von nun an jeden Abend kurz vor sechs aus der Wohnung. Janosch mit dem Gitarrenkoffer in der Hand und ich mit dem Bass auf dem Rücken. Zwei Lederschuhe und zwei Converse, die hoffnungsvoll die Victoria Road abmarschierten – ein abgewrackter Boulevard mit Tiefkühl-Supermarkt, Wettbüros und Bräunungsstudios, der in einer geraden Linie nach Eglinton Toll führte. Wir rochen das Seifenwasser der Waschanlage, bevor unser Garagenraum in Sicht kam. Damit es nicht ganz so kahl darin war, richteten wir ihn mit einem Aktions-Perser vom Teppichhändler im Nachbarlokal ein. Und einer hässlichen Stehlampe, die wir an einer Straßenecke fanden.

Was man leider nicht an jeder Straßenecke fand, war ein fähiger Drummer. Auf unser Inserat auf einer Musiker-Website meldeten sich genau zwei Leute zum Casting. Ein Teenager, der einen Dreivierteltakt nicht von einem Viervierteltakt unterscheiden konnte. Und ein Hypothekarberater der Royal Bank of Scotland mit ungebundener Krawatte, der bei jedem Song in den denselben, nervtötenden Salsa-Rhythmus verfiel.

«Wieso müssen wir auch so ein Pech haben?», motzte ich, als wir uns danach im nächstbesten Pub in der City betranken.

«Jetzt hab' etwas Geduld, Pete.» Gemächlich setzte Janosch sein Pint an, während hinter uns glatzköpfige Männer Dartpfeile warfen. «Gut Ding will Weile haben.»

«Nur weil du eine Redewendung benutzt, heißt das nicht, dass du keinen Quatsch verzapfst», gab ich gereizt zurück.

Doch diesmal sollte er recht behalten.

Am nächsten Abend pfiffen die Vögel, die aus dem Süden heimgekehrt sein mussten. Der erste Blütenstaub lag in der frostigen Abendluft. Mit schweren Köpfen vom gestrigen Besäufnis zottelten wir an der Autowaschanlage vorbei, die den zarten Frühlingsduft mit ihrem Seifenwassergeruch killte. Da es ohne Drummer sinnlos war, unsere Songs zu proben, schrammelten wir gelangweilt herum. Dabei veranstalteten wir aber kaum mehr als eine verkaterte Kakophonie. Ich wollte gerade eine Rauchpause vorschlagen, da verhakte sich Janosch in einem glockigen Riff, das uns augenblicklich aus dem Trott riss. Von der ersten Sekunde an nistete es sich im Kopf ein – und blieb dort. Wir hoben die Köpfe – schlagartig hellwach. Ich suchte nach passenden Basstönen zum Riff. Janosch tat dasselbe, indem er weiterspielte und dabei mit geschlossenen Augen vor sich hin summte.

«Geh vom A aufs D und dann aufs C!», rief er und riss die Augen auf. Eigentlich schrie er es vor Aufregung. «A-D-C. Spiel es in durchlaufenden Achteln.»

Ich nickte und tat wie befohlen – Janosch war in seinem Element. Er wartete einen Durchlauf ab, setzte mit dem Riff wieder ein und strahlte wie ein Maikäfer. Mein Bass trieb seine Gitarre so mühelos voran, dass ich unweigerlich mit den Hüften zu schaukeln begann. Jetzt fehlte noch das Entscheidende: der Gesang. Hektisch nahm Janosch die Hand von der Les Paul, um das Mikro vor sich einzuschalten. Die Inspiration konnte sich jeden Augenblick wieder verflüchtigen. Er probierte einige Melodien aus und fand dann eine halb melancholische, halb beschwingte Tonfolge, die sich gleich in mein Hirn fraß. Janosch suchte nur noch nach den richtigen Worten. Nach ein paar Versuchen probierte er es mit folgender Zeile:

«If you love me, do ...»

Janosch sah mich fragend an – ich nickte elektrisiert. Die Silben fügten sich perfekt in den Rhythmus ein.

«If you love me, too», variierte Janosch mit funkelnden Augen. Er hatte sich wieder mal in den kleinen Beethoven verwandelt, der jeden Ton in Gold verwandelte. Als wir das Stück zwei Stunden später in groben Zügen ausgearbeitet hatten, knipsten wir in feierlichem Schweigen unsere Verstärker aus. Das war mit Abstand der größte Song, den wir je geschrieben hatten. *Tower Boys* war Anfängerglück dagegen. Das hier war echtes Radiomaterial!

«Wir müssen in ein Studio», fand Janosch, als wir in der Dunkelheit die Victoria Road runterliefen.

«Dafür haben wir kein Geld», erwiderte ich. «Aber wir müssen ihn so schnell wie möglich live spielen.»

Zu Hause waren wir immer noch viel zu aufgeregt, um einzupennen. Janosch schrieb in der Küche an den Lyrics weiter. Ich glotzte MTV und überlegte schon mal, wie der Videoclip zu *If you love me* aussehen könnte. Irgendwann vibrierte das Handy in meiner Hosentasche. Baff las ich die SMS, die eben eingetrudelt war. Eines musste man dem Typen lassen: Er hatte einen Sinn für Timing.

Tut mir leid, ihr Knalltüten, schrieb Ian. Das mit der Miete in der Harley Street sei nicht okay gewesen. Weshalb er uns ein Friedensangebot unterbreite: *Wollt ihr einen Gig, bei dem das Publikum noch massiver abgeht als im Vic?*

Janosch hielt die Aktion wohl noch für einen Albtraum, als wir schon unsere Gage aufgetischt kriegten, Fish und Chips in Styroporboxen und Guinness von der Bar. Zugegeben – auch ich fand es etwas irre. Dass Ian uns vor wenigen Tagen mit zwei Sixpacks im Proberaum besucht hatte. Dass er uns, ab dem zweiten Sixpack mit meiner Unterstützung, dazu überredet hatte, im Rabbit's Head aufzutreten. Dass wir gleich auf die winzige Bühne neben der Jukebox klettern und vor einer Horde Celtic-Fans spielen würden. Die kehrten gerade von einem Auswärtsspiel in Edinburgh zurück und trugen, weil das Rabbit's Head keine Küche hatte, Pizzakartons voller Pommes, Kebabfleisch und frittierter Zwiebelringe fürs Abendessen hinein.

Janosch tunkte eine Pommes in die Tartarsoße und duckte sich: Andy donnerte an unserer Sitzbucht vorbei. An der Jukebox wählte er irischen Folk-Punk aus, dann brüllte er seinen Jungs an der Bar was zu. Die stimmten johlend in die Hymne ein und spannten dazu mit hochgestreckten Armen ihre Celtic-Schals auf. Zum Glück hatten sie wieder gewonnen. Wie waren diese Deppen wohl drauf, wenn ihr Team mal verlor?

«Freunde, das ist unser heutiger Special Guest», hörte ich Ians Stimme über mir. Ich sah vom fettigen Backfisch hoch; neben ihm stand eine Frau in einem blassrosa Flauschmantel. Dichte kohlenschwarze Locken kreisten auf ihre Schultern hinab. Erst auf den zweiten Blick erkannte ich sie wieder: die

Barkeeperin aus dem Vic. Janosch verschluckte sich so heftig an einem Stück Fisch, dass er so rot anlief wie eine Blutorange und ich ihm auf den Rücken klopfen musste.

«Das ist Kate», präsentierte Ian sie stolz. «Eine der besten Konzertveranstalterinnen in Glasgow. Für ihre legendären *Nassen Donnerstage* im Nice 'n' Sleazy sucht sie immer nach aufregenden Bands.» Er zwinkerte uns verschwörerisch zu, so als seien wir schwer von Begriff. «Deshalb ist sie heute hier.»

«Na ja, wegen eurer Fußballsekte bin ich sicher nicht gekommen.» Kate sah abschätzig zur Vitrine mit der Trikot-Reliquie über der Bar, dann warf sie den Mantel aufs Kunstleder unserer Sitzbucht. «Hallo, Jungs!», rief sie, gab uns lächelnd die Hand und ließ den Blick skeptisch durchs Pub schweifen. ««Könnt ihr es denn mit diesem Publikum aufnehmen?», fragte sie und nickte zum Tisch neben uns. Dort plusterten sich gerade zwei Männer voreinander auf, weil einer von ihnen beim Vorbeiquetschen etwas Bier auf die Freundin des anderen verschüttet hatte. Ian drängte, rasch mit dem Gig zu beginnen, bevor das Publikum total hinüber sei.

Der Mist aus der Jukebox wurde runtergedreht, leiser Protest brach aus. Unter misstrauischen Blicken bahnten wir uns den Weg zur Bühne, wo die Instrumente schon bereitlagen. Unsere kleine Parade kam mir eher vor wie der Gang der Verurteilten zum Schafott als der Aufmarsch einer Band. Doch die feindseligen Gesichter stachelten mich an. Ian stellte sich vors Mikro und rief etwas ins Publikum, von dem ich nur «ihr Fotzen» und «hört verfickt noch mal zu» verstand. Dann setzte er sich hinters Drumkit und schlug die Sticks zum Auftakt aneinander. Wir krachten los; ein paar Takte lang sah ich einige Köpfe nicken. Doch die Akustik im Rabbit's Head war lausig. Rasch erlahmte unsere Anfangsdynamik, und weiter hinten stimmten ein paar Fans eins ihrer Fußballlieder an.

Die lauteste Stimme gehörte natürlich Andy. Sein Gegröle griff um sich wie ein Lauffeuer. Als wir unser erstes Stück beendet hatten, sang bereits das halbe Pub gegen uns an. Ich hielt dagegen, so gut es ging. Presste alle Luft aus meiner Lunge raus. Aber Ian, die Knalltüte, hatte eine zu schwache Verstärkeranlage gemietet. Also schwang ich einfach meinen Bass umso wilder hin und her. Was sowieso dem am nächsten kam, was ich am liebsten getan hätte: all diese Hirntoten mit meinem Instrument verprügeln. Das passierte dann auch fast. Ich streifte mit dem Basshals den Kopf des vordersten Celtic-Fans. Der hielt verdutzt die Pranke an die Schläfe und fluchte.

«Schlag ihm die Rübe ein», forderte Andy von hinten.

Die ersten Wichser-Rufe erschallten, von irgendwoher flogen Fritten auf die Bühne. Die Stimmung im Publikum drohte in Richtung Bühneninvasion zu kippen. Ich kehrte mich zu Ian und Janosch um, die nur noch verhalten spielten, die Hälse nach oben gereckt, um rechtzeitig zu erkennen, was als Nächstes geworfen wurde.

«Wir spielen *If you love me*», rief ich durchs Gejohle.

«Den wollten wir zuletzt spielen!», wandte Janosch ein.

«Wir können von Glück reden, wenn wir hier überhaupt noch ein Lied zu Ende bringen», erwiderte ich und drehte meinen Verstärker so weit auf, dass mein Fender übersteuerte. Dann umklammerte ich das Mikrofon mit beiden Händen und fixierte die Fressen vor mir mit festem Blick. «Möglich, dass wir Wichser sind», rief ich ins Mikro. «Aber ihr seid auf alle Fälle noch viel größere Wichser. Deshalb spielen wir euch nun unseren neusten Wichser-Song vor!» Diesmal segelte ein Pizzastück durch die Luft und blieb an Ians Bassdrum kleben. Wir legten los und ließen uns nicht beirren von den Burgerbrötchen und Salatblättern, die dem Pizzastück folgten. Als ich aus voller Kehle den ersten Refrain hinausbrüllte, registrierte ich, wie sich im Rabbit's Head die ersten Bewegungen an unsere anglichen. Der Gegengesang ebbte ab, bis am Ende der zweiten Strophe nur noch Andy grölte und dann ebenfalls verstummte. Er hatte realisiert, dass wir die Stimmung umgekehrt hatten.

Auf einmal stimmten selbst die hinteren Reihen in das unwiderstehlich eingängige *If you love me, do; if you love me, too* ein. Weil sie es im Chor brüllten wie einen ihrer Stadionsongs, lief es mir dabei kalt den Rücken hinab. Vor der Bühne begannen gar ein paar Jungs zu hüpfen und im finalen Refrain zu pogen. Ich fasste es nicht: Diese Spatzenhirne schlugen sich zu unserem Sound die Köpfe ein. Als wir fertig waren und ich von der Bühne stieg, reichte mir jemand ein Bier. Andere schlugen mir mit ihren Pranken auf die Schulter und bezeichneten mich als verrückten Wichser. Das war wohl die Art, wie man diesen Trotteln Respekt abnötigte, dachte ich und stürzte das Guinness runter. Man musste sie nur beleidigen und ihnen eins über die Rübe ziehen, dann war man einer von ihnen. Kate drängte sich durch die Meute und blieb mit verdutztem Lachen vor uns stehen.

«Wow», rief sie. «Was war das denn gerade?»

Stolz grinsend zuckten wir mit den Schultern.

«Das war eine verdammte Sensation, Jungs!», gab Kate gleich selbst die Antwort und warf einen Blick zu Ian, der sich an der Bar lautstark mit seinem Bruder zoffte. Vermutlich wegen dessen unangekündigter Gesangseinlage. «Eigentlich bin ich ja nur gekommen, weil Ian mich angebettelt hat», gestand sie uns. «Aber ihr seid ja echt eine Wucht auf der Bühne. Und dieser Song, den ihr zum Schluss gespielt habt, der ist der Knaller. Habt ihr den geschrieben?»

«Der ist von mir», sagte Janosch mit geschwellter Brust.

Da nun wieder Irish Folk aus der Jukebox dröhnte und im Rabbit's Head der normale Trinkwahnsinn weiterging, schlüpfte Kate in ihren Mantel. Sie halte es keine Sekunde länger hier aus, stänkerte sie, zudem habe sie sowieso noch im Sub Club vorbeischauen wollen. Da wir nicht kapierten, ob das eine Einladung war oder nicht, blieben wir unschlüssig stehen.

«Ihr könnt natürlich auch hier weiterfeiern ...» Kate hob sarkastisch eine Augenbraue, weil sich in der Sekunde ein Celtic-Fan unter dem Gelächter seiner Freunde über einen Tisch erbrach.

«Nein!», rief Janosch wie aus der Pistole geschossen. «Wir kommen mit.»

Janosch

Wir räumten unser Equipment in den Europcar-Kleinlaster im Hinterhof – Andy hatte Ian sein Auto für unser Konzert verweigert – und spazierten mit Kate über die King-George-Brücke ins Stadtzentrum. Ich konnte mein Glück kaum fassen. Eben noch hatte ich befürchtet, auf der Bühne des Rabbit's Head mit meiner eigenen Les Paul verprügelt zu werden. Nun war ich mit Glasgows coolster und schönster Bewohnerin auf dem Weg in den Sub Club – die beste Club-Adresse der Stadt, wie Kate betonte. Besonders sonntags, wenn ein DJ-Duo namens Optimo auflege.

Natürlich war ich kreidebleich geworden, als sie vor dem Konzert plötzlich vor mir gestanden hatte. Ich hatte schon eine Entschuldigung stammeln wollen wegen meines Verhaltens im Vic. Doch Kates Lächeln hatte keinen Sprung bekommen, als sie mir die Hand gab. Dieses eine Mal war ich froh darüber, dass man sich selten an mein Gesicht erinnerte.

«Kennt ihr Bucky schon?» Kate zog eine dunkelgrüne Flasche mit honiggelbem Etikett aus ihrer Manteltasche und reichte sie mir. Die Flaschen gab es in Glasgow in jedem Alkoholladen und sie enthielten, wie ich gelesen hatte, gezuckerten Likörwein mit Koffeinzusatz. Offenbar trug Buckfast maßgeblich zur hohen Kriminalitätsrate der Stadt bei. Kein Wunder, dachte ich, nachdem ich einen Schluck probiert hatte und Pete die Flasche reichte. Die Kombination aus Zucker, Alkohol und Koffein putschte einen augenblicklich auf. Ich fuhr mit der Zunge über meine Zähne, weil das eklige Zeugs im Mund kleben blieb.

«Woher kennst du denn Ian?», fragte ich Kate, um das Gespräch mit ihr am Laufen zu halten. Sie trank selbst einen großen Schluck Buckfast, dann erzählte sie es uns. Und wir erfuhren endlich die Wahrheit über Ian.

Er und Kate waren beide in Laurieston aufgewachsen – wenn auch in verschiedenen Welten, wie sie meinte. Kate war 23, also ein Jahr älter als ich, und zwei Klassen unter Ian zur Schule gegangen. Sie war ein Einzelkind, ihr Vater arbeitete im mittleren Kader einer Glasgower Busgesellschaft, ihre Mutter steuerte einen der Busse. Seit Kate klein war, hatte die Mutter mit ihr Collagen aus Illustrierten gebastelt. Das sei wohl auch der Grund, vermutete sie, weshalb sie nun an der Glasgow School of Art studiere. Eine der renommiertesten in ganz Großbritannien, wie sie nicht ganz beiläufig erwähnte. Gegenwärtig, räumte Kate ein, verbringe sie aber mehr Zeit damit, im Vic an der Bar zu arbeiten oder Konzerte zu organisieren.

Ian hingegen hatte es schlechter getroffen. Er wuchs in einer Sozialsiedlung auf, der Vater war Alkoholiker, gewalttätig und rheumakrank, die Mutter blutjung und überfordert mit Andy, der schon mit zwölf den ganzen Wohnblock in Angst und Schrecken versetzte. Anfangs, erzählte Kate, eiferte Ian seinem Bruder nach, prügelte sich bei jeder Gelegenheit und half Andy, in der Nachbarschaft mit Gras zu dealen. Bis Andy für ihn zum 16. Geburtstag *What's the Story Morning Glory* von Oasis klaute. Und Ian die Musik entdeckte.

Er kratzte jeden Penny zusammen, um sich ein Schlagzeug zu kaufen, und gründete mit drei anderen Jungs aus der Nachbarschaft eine Band namens Aeroflot, die sich in Glasgow schnell einen Namen machte. Doch beim Versuch, ein Do-it-yourself-Demo zu produzieren, geschah ein Unfall. Während der Gitarrist am Aufnahmegerät herumfummelte, ließ Ian aus Langweile eine Drumkaskade ab. Unglücklicherweise hatte der Gitarrist genau in dem Augenblick das Eingangsmikrofon voll aufgedreht und bekam die ganze Ladung auf seinen Kopfhörern ab. Er trug einen so schweren Tinnitus davon, dass er depressiv wurde und sogar einen Suizidversuch unternahm. Ian, geplagt von Schuldgefühlen, bandelte Hals über Kopf mit einer Zürcher Austauschstudentin an und reiste mit ihr fluchtartig in die Schweiz. Als ich Kate erzählte, dass Ian uns abgezockt hatte, erwiderte sie, dass das Geld vermutlich an Andy gehe. Der sitze nämlich auf einem Riesenhaufen Schulden bei diversen Wettbüros, weil er vor einigen Jahren all sein Geld vergeblich auf den Sieg von Celtic Glasgow in der Champions League gesetzt habe.

Pete und ich hörten mit offenem Mund zu, während Kate uns das alles erzählte. Nachdenklich gaben wir den Buckfast reihum, bis er alle war und wir ihn am Ende der King-George-Bridge in eine Mülltonne warfen. Wir bogen in die Jamaica Street ein, die im Schatten der Glasgow Central Station lag. Die sonst so geschäftige Kreuzung neben dem Hauptbahnhof war um diese Zeit praktisch ausgestorben. Bloß im hellerleuchteten Pizza Hut saßen einige einsame Gestalten über ihren Mitternachtssnacks. Gleich gegenüber befand sich der Sub Club. Kate winkte den Türstehern, die in schwarzen

Windjacken vor dem unscheinbaren Eingang standen. Einer von ihnen schaute mir prüfend in die Augen, bevor er das Absperrband öffnete.

«Du bist aber schon etwas verladen, Kumpel», fand er.

«Nur ganz wenig», erwiderte ich, so nüchtern, wie es ging.

Natürlich war ich durch den Wind vom Guinness im Rabbit's Head und Kates Buckfast. Doch dass Pete mit Kate hineindurfte und ich draußen bleiben musste, fehlte jetzt gerade noch. Zum Glück rettete mich Kate.

«Der Junge hat einen harten Gig hinter sich und muss jetzt ein bisschen feiern, Mike», erklärte sie dem Türsteher.

«Na gut», meinte der freundlich und trat zur Seite. «Aber trink erst mal ein Wasser, ja?»

Unten an der Bar bestellten wir Whisky-Shots und Red Stripe. Kate war eine Viertelstunde damit beschäftigt, Freunde zu umarmen und sie uns vorzustellen, ihre Namen gingen aber sowieso im donnernden Techno unter. Das Soundsystem des Sub Club ließ, wie Kate uns vorgewarnt hatte, tatsächlich meinen Bauch vibrieren. Als sie ihre Begrüßungsrunde beendet hatte, zog uns Kate in eine Sitzecke abseits der vom Strobo-Licht traktierten Tanzfläche. Sie legte die Hand auf den Tisch und öffnete sie. Drei gelbe Pillen mit eingestanzten Smileys lagen darin.

«Ein Gruß von Ian», schrie sie durch den Lärm. «Gehört auch zur Gage.»

«Ist das Ecstasy?», schrie Pete.

Kate nickte. «Schon mal gehabt?»

Wir schüttelten die Köpfe.

«Ist das so wie Kokain?», schrie ich besorgt.

«Nein, auf Koks benehmen sich gewisse Leute wie Idioten», erklärte Kate. «Auf Ecstasy geschieht das Gegenteil. Man fühlt sich anderen Menschen ganz nahe.»

Nach dem Kokain-Fiasko im Vic hatte ich den Drogen eigentlich abgeschworen. Doch die Aussicht, mit Kate eine Pille zu nehmen, die uns einander nahe fühlen ließ, stimmte mich rasch um. Wir schluckten die Smileys und spülten sie mit Red Stripe hinunter. Die DJs in ihrer bunkerähnlichen Kabine fuhren den Bass zu einem Breakdown hinunter und verschafften den Gesprächen im Club etwas Luft.

«Ich hab' mir was überlegt», sagte Kate und beugte sich über den Tisch zu Pete und mir. «Ich würde euch gerne für den nächsten *Nassen Donnerstag* buchen. Habt ihr Lust?»

Pete und ich nickten begeistert. Wir wollten uns schon bedanken, da hämmerte die Bassdrum wieder los.

«Ich kann euch leider nur 50 Pfund Gage zahlen», brüllte Kate, «dafür ist das Publikum erste Sahne!»

«Kommen auch A&R's von Plattenfirmen?», schrie Pete. Sie zeigte ihm grinsend ihre Zahnlücke. «Ja, klar! Sony, Universal und EMI schicken immer jemanden vorbei.»

Petes Mund stand offen, bis Kate ihn auf den Arm tätschelte. «Ich verarsch dich bloß, Kumpel. Ein paar kleinere Fische schauen aber ab und zu vorbei.»

Für das Tätscheln hätte ich Pete vor Neid am liebsten gegen das Schienbein getreten. Fieberhaft überlegte ich, wie ich Kates Aufmerksamkeit gewinnen konnte, doch da beugte sich Pete schon wieder über den Tisch zu Kate.

«Ist es normal, dass einem erst schlecht wird, bevor das Ecstasy einfährt?», wollte er wissen.

Kate fuhr mit der Hand über ihre Bauchnabelgegend. «Hast du etwa auch so ein komisches Gefühl?»

«Ich auch», rief ich, «ich habe auch ein flaues Gefühl!»

Das stimmte sogar. Erst hatte ich vermutet, das Rumoren in meinem Magen komme davon, dass die DJs die Anlage ganz hochgefahren hatten und den Raum fast zum Bersten brachten. Doch nun realisierte ich, dass sich mein Mageninrhalt unabhängig vom Rhythmus drehte. Wenige Augenblicke später saßen wir auf den Knien über Kloschüsseln gebeugt und kotzten uns die Seele aus dem Leib, während uns Betrunkene Wasser anboten und uns mit kaum verständlichem schottischen Gebrabbel zu trösten versuchten. Wir verließen den Sub Club mehr kriechend als gehend. Unter dem tadelnden Blick des Türstehers hielten wir draußen auf dem Gehsteig nach einem Taxi Ausschau. Kate krümmte sich und fluchte dabei wie ein Matrose.

«Das waren die Pillen von Andy», stöhnte sie. «Dieser bescheuerte Drecksack.»

«Ich dachte, die Pillen seien von Ian», keuchte ich.

«Ja, aber er hat sie sicher von Andy gekriegt», stöhnte Kate. «Der und seine Jungs verticken das Zeugs in ganz Laurieston. Uns hat er offensichtlich die Ausschussware gegeben.»

Als ein Taxi heranfuhr, bestand Kate darauf, dass wir es nahmen. Sie wohnte wie viele Studierende in Glasgows West End und musste deshalb in eine andere Richtung. Als ich sie zum Abschied umarmte, berührte ich ihren warmen Hals und ihre Haare, die sich etwas borstiger anfühlten als erwartet. Ein vertrauter Geruch drang durch den Gestank von Kotze.

Kate roch ein klein wenig nach Zimt.

Wir verbrachten die Nacht in erster Linie damit, uns auf unseren Betten zu wälzen und abwechselnd auf die Toilette zu kriechen. Am Frühstückstisch war es diesmal Pete, der pausenlos über Ian fluchte, während ich ihn daran erinnerte, was für eine schwere Kindheit die beiden nun mal gehabt hatten.

«Ich hatte auch eine verschissene Kindheit», empörte sich Pete. «Benehme ich mich deshalb wie ein Arschloch?»

Als Ian am Nachmittag anrief, nahm Pete ab und erklärte ihm ohne weitere Umschweife, dass er bereits wieder unser Ex-Drummer und Ex-Manager sei.

«Aber ich habe euch ein Publikum besorgt, das abgeht», hörte ich, wie Ian sich beschwerte.

«Und eines, das uns fast umgebracht hätte», ergänzte Pete trocken.

Damit hatten wir keinen Drummer mehr für den Auftritt bei Kate, überlegte ich in einem Anflug von Panik. Aber Pete winkte bloß ab und meinte, dass sich schon eine Lösung ergeben werde. Erst mal streunten wir über die Flohmärkte, die unter der Aprilsonne in Glasgow aus dem Boden schossen wie Pilze. Denn Kate peppte ihre Bandabende jeweils mit einem Kleidermotto auf, nach dem sich Musiker und Gäste richten mussten.

Das Thema des nächsten Abends hieß: *Sowjet Chic.*

Pete

«Aufgepasst, Noise Parade.»

Kate, einen olivgrünen Schiffchen-Hut auf dem Haar und einen Lenin-Pin an der roten Bluse, streckte uns mit den Fingerspitzen vier randvolle Shotgläser hin.

«Hier ist der ‹Rauf-auf-die-Bühne›-Shot», erklärte sie. «Das ist Tradition so am *Nassen Donnerstag.*»

Ich schob meine karierte, von einem verhutzelten Kommunistenopa auf dem Flohmarkt erstandene Schiebermütze in den Nacken und kippte den Wodka. Janosch schüttete seinen durch die Öffnung seines zerkratzten weißen Motorradhelms. Er sollte in Kombination mit einer orangen Trainingsjacke Juri Gagarins Raumanzug darstellen. Nur Kenny, unser Drummer für diesen Gig, hatte sich keine Accessoires besorgt. Jetzt zierte er sich auch noch vor dem Wodka.

«Nicht für mich, Kate», wehrte er ab. Also leerte ich kurzerhand sein Glas, dann enterten wir zum zweiten Mal die Bühne im Konzertraum des Nice 'n' Sleazy.

Sie wisse da vielleicht jemanden, hatte Kate auf unsere Frage geantwortet, ob sie auf die Schnelle einen Drummer für unseren Gig auftreiben könne. Noch am selben Abend war Kenny im Auto seiner Mutter bei unserem Proberaum vorgefahren und hatte sein Drumkit aufgestellt. Kenny, der blasse Veranstalter unseres ersten Gigs im Nice 'n' Sleazy. Er trete zwar äußerst ungern auf, betonte er. Aber wenn Kate frage, springe er gern ein. Zum Glück war Kenny als Drummer deutlich talentierter als darin, Konzerte zu veranstalten. Er spielte zwar wie mit angezogener Handbremse und machte nach zwei Stunden trotzdem schon schlapp, hatte aber ein unfehlbares Gehör für die Dynamik unserer Songs.

Kate wiederum taugte definitiv was als Promoterin. Sie führte sich im Nice 'n' Sleazy zwar auf wie die Prinzessin auf der Erbse – schwebte von Gruppe zu Gruppe und ließ keinen vergessen, dass sie diesen fantastischen Abend organisiert hatte. Sie hatte sich aber auch echt Mühe gegeben. Der Konzertraum war stilvoll mit Nachdrucken sowjetischer Propagandaposter dekoriert; vom Lüftungsschacht hingen rote Kartonsterne. Vor allem aber wusste Kate, wie man ein erstklassiges Publikum auftrieb. Sie hatte in jedem Plattenladen und jeder Musikbar Glasgows ihre Flyer ausgelegt und elektronische Einladungen an ihre über 500 Myspace-Freunde geschickt. Deshalb spielten wir nun vor dichten Reihen von Kunststudenten und Musikkennern, die mit Oma-Kopftüchern, Fellmützen und 70er-Jahre-Trainingsjacken *Sowjet Chic* verbreiteten. Sie hörten interessiert zu und tanzten beim Finale von *If you love me* sogar enthusiastisch mit. Wenn dieser Song Hooligans *und* Kunststudenten packte, packte er jeden, schoss es mir durch den Kopf, als wir nach dem Gig den «Runter-von-der-Bühne»-Shot abkippten.

Von den drei Bands, die nach uns spielten, erhielt nur eine mehr Applaus als wir. Sie hieß Indistinct Chatter. Ihre Mitglieder studierten alle an der School of Art und fabrizierten mit Gitarren und Synthesizern eine seltsame Mischung aus Indie und Techno. Der Sänger war in einen alten Armeemantel aus dickem Filz gehüllt, hatte wasserstoffblondes Strubbelhaar und nuschelte so gleichgültig ins Mikro, dass man ihm paradoxerweise umso aufmerksamer zuhörte.

Nachdem er mit einer Geste, als sei ihm alles komplett egal, von der Bühne gegangen war, verflüchtigte sich das Publikum. Einige gingen nach Hause, die meisten aber ins Vic weiter. Bald schaukelten nur noch einige Betrunkene zu *I'm not sorry* von den Pigeon Detectives vor sich hin. Der Song war in einer der letzten Ausgaben des NME gefeiert worden und flutete nun die Indie-Dancefloors.

Neben uns und den Betrunkenen war auch ein bärtiger Mittdreißiger mit schwarzer Kastenbrille und verblichener Yankees-Baseballmütze geblieben. Er war mir schon den ganzen Abend lang aufgefallen, weil er mit Abstand der Älteste im ganzen Raum war. Er hatte die Auftritte hinten an der Bar verfolgt und war die ganze Zeit über von Leuten ehrerbietig begrüßt worden. So als sei er ein König oder ein Mafiapate. Kenny hatte sich nach unserem Gig eine ganze Weile mit ihm unterhalten, bis er müde wurde und sich verzog. Auch der Mann mit der Yankees-Mütze hätte wohl gerne die Fliege gemacht. Mit übernächtigtem Blick zog er ständig sein Handy aus der Hosentasche. Doch nun nahm Kate ihn am Arm und führte ihn zur Polsterbank, auf der ich und Janosch Red Stripe tranken und Selbstgedrehte rauchten.

«Noise Parade, das ist Greg», stellte sie ihn uns mit vom ständigen Quatschen heiserer Stimme vor. «Greg besitzt und führt Mutual Friends Records, eines der feinsten Musiklabels in Glasgow. Wer behauptet, mehr von Musik zu verstehen als Greg, der lügt.»

Greg quittierte das Kompliment mit einem gequälten Grinsen. «Na, das ist jetzt ein bisschen zu viel des Lobes.»

«Nicht doch.» Kate klopfte ihm auf die Schultern. «Du hast doch noch Zeit für einen Mitternachtssnack, Greg?»

Greg hatte nur kurz Zeit. Zu Hause schreie die Kleine wie am Spieß, erklärte er. Also begleiteten wir ihn zum Ostrand der Innenstadt, wo er am Anfang der Great Western Road seine Karre geparkt hatte. Unterwegs informierte uns Kate, dass Greg in den 90ern als Musikproduzent in London gelebt und an Alben von Massive Attack, den Manic Street Preachers und auch den Spice Girls mitgearbeitet habe. Greg setzte wieder sein gequältes Lächeln auf und erklärte, dass er irgendwann die Schnauze voll von der Musikindustrie gehabt habe. Nicht von der Musik selbst, wie er gleich nachschob. Aber von der Wichtigtuerei und den Partys, an denen Koks sprichwörtlich auf dem Silbertablett rumgereicht wurde. Stattdessen war er in seine Heimatstadt zurückgekehrt, um ein Indielabel für lokale Bands zu gründen.

Was konnte man denn gegen Partys mit Gratis-Koks haben, wunderte ich mich und trat mit den anderen in den erstbesten Imbiss an der Great Western Road ein. Es war ein stickiger China-Take-away. Hinter der Theke kritzelte eine runzlige Asiatin Telefonbestellungen auf Papier und drückte gleichzeitig wartenden Kunden Plastiktüten mit Essen in die Hand. Kate versorgte uns aus dem Getränkekühler mit Limonaden, dann zwängten wir uns an einen kleinen Tisch am Fenster.

«Klasse Auftritt, Leute!», meinte Kate und öffnete zischend ihre Sprite. «Nicht wahr, Greg?»

«Nicht schlecht.» Greg legte die Yankees-Mütze auf den Tisch und putzte die Kastenbrille, die beim Eintritt in die Wärme beschlagen war, mit dem T-Shirt ab. «Solide Leistung.»

Solide? Greg war der erste Mensch, der uns nicht von vornherein als talentiert bezeichnete.

«War doch mehr als solide, nicht?», meinte auch Kate aufgeräumt und ließ den Blick über die laminierte Speisekarte wandern. Bevor Greg etwas erwidern konnte, rief uns die Frau hinter dem Tresen zu, was wir essen wollten. Weil schon die nächsten Kunden den Laden betraten und auch das Telefon wieder klingelte, bestellten wir alle rasch Ente Szechuan. Außer Kate. Die rümpfte demonstrativ die Nase darüber und wollte Tofu Szechuan.

«Ich bin Veganerin», erklärte sie mit wichtiger Miene.

«Also kein Fleisch und auch keine Milchprodukte?» Janosch sah Kate mit weiten Augen an.

«Genau. Außer wenn Oma Shortbread backt.» Kate zwinkerte ihm zu, worauf Janosch schnell die Coladose ansetzte. Es war dermaßen offensichtlich, dass er einen Narren an Kate gefressen hatte. Das Essen kam. Kate hob tadelnd die Augenbrauen, als ich das erste Stück Ente in mich hineinstopfte, dann widmete sie sich ihrem wabbeligen Tofu.

«Die Frage ist jetzt, was mit euch passiert, Leute», machte sie kauend weiter. «Wären Noise Parade nicht was für dich, Greg? *If you love me* würde doch eine klasse Single abgeben!»

Greg riss seinen Blick vom Handy, während er zugleich Reis auf die Gabel schaufelte. Seine Tochter habe eben aufs Sofa gekotzt, er müsse wirklich bald los, murmelte er und ließ das Handy wieder in die Hosentasche gleiten. «Dieser Song, wie heißt er noch mal ...»

«*If you love me*», erklärte ich.

«Genau. *If you love me*», fuhr Greg fort. «Versteht mich nicht falsch. Der Song ist ganz in Ordnung.»

In Ordnung? Ich verschluckte mich fast an meiner Ente. Der Song war *genial!* Hatte der Typ was gegen uns? Auch Janosch schien der Appetit vergangen zu sein, seine Ente hatte er jedenfalls nicht angerührt. Vielleicht aß er jetzt auch kein Fleisch mehr, weil Kate Veganerin war.

«Ich will mit Mutual Friends Records keine Bands produzieren, die wie ein Strohfeuer kurz in die Charts kommen», dozierte Greg weiter und hielt mit Kauen inne. «Keine Kaiser Chiefs, Maximo Park, Pigeon Detectives und wie sie alle heißen. All die Bands, die jetzt auf den Zug aufspringen, den die Libertines und die Strokes angestoßen haben. Die Hypes überlasse ich gern den Labels in London.» Hastig begann er wieder zu futtern und fügte an: «Und dem NME natürlich.»

Aus seinem Mund klang das Kürzel wie *Enemy.*

Gereizt spießte ich einen Mini-Maiskolben auf und schwenkte ihn durch die schwarzbraune Szechuan-Soße. «Was ist an den Pigeon Detectives schlecht? *I'm not sorry* ist doch ein großartiger Song.»

Greg zuckte die Schultern. «Aber er könnte ebenso gut von einer anderen Band stammen, nicht? Er ist austauschbar.»

«Und was ist mit Franz Ferdinand?», fragte ich in der Hoffnung, dass dieser Besserwisser auch unsere Lieblingsband runterputzte und sich damit endgültig disqualifizierte. «Springen die auch nur auf den Zug auf?»

Zu meiner Enttäuschung schüttelte er den Kopf. «An Franz Ferdinand wird man sich auch in zehn Jahren noch erinnern», sagte er. «Weil sie unverwechselbar sind. Genau wie die Arctic Monkeys. Auch Indistinct Chatter, die nach euch gespielt haben, sind auf dem Weg dahin. Deshalb habe ich sie unter Vertrag genommen.»

Gekränkt stocherte Janosch in seinem Essen herum. Ich spülte den Ärger und die scharfe Soße mit Cola runter, und Greg mampfte im Rekordtempo zu Ende. Dann legte er das Besteck auf den Teller und setzte ein entschuldigendes Lächeln auf.

«Ich sage nicht, dass ihr kein Talent habt, Leute», beschwichtigte er. «Aber wisst ihr eigentlich, wie viele Jungs es auf dieser Insel gibt, die gute Songs schreiben? Wie viele Lockenköpfe, die von den Mädchen angeschmachtet werden?»

Dabei nahm der Arsch mich ins Visier.

Greg zog seinen Parka von der Stuhllehne und setzte seine Baseballmütze auf. «Vergesst eure Vorbilder. Vergesst die Bands, die ihr bewundert», forderte er, stand auf und drückte der Frau hinter dem Tresen einen Geldschein in die Hand. «Kreiert eure eigene musikalische Welt, in die jeder andere eintauchen will.» Damit hatte er seine Predigt beendet und streckte uns die Hand zum Abschied entgegen. «Wenn ihr das geschafft habt, nehme ich euch gerne unter Vertrag!»

Schweigend sahen wir ihm nach, wie er draußen durch den einsetzenden Regen zu seinem Auto hastete.

«Also, ich finde, ihr habt euren eigenen Stil.»

Kate brach die bedrückte Stille. Janosch kriegte fast einen Herzinfarkt, weil sie ihm wieder zuzwinkerte und dabei aufmunternd seinen Arm tätschelte. Dann trank sie ihre Sprite aus und erklärte gähnend, dass sie dringend mal wieder auspennen müsse. Da Kate nur ein paar Häuser weiter die Great Western Road runter in einer WG lebte, umarmten wir uns draußen vor dem Take-away.

«Eins ist klar: Eure Musik muss unter die Leute», fand sie, zog ihr Handy aus der Manteltasche und sah dabei Janosch an. «Ich überlege mir noch, wie. Gib mir doch mal deine Nummer.»

Auf dem Heimweg schwärmte Janosch pausenlos davon, was für ein Glück es sei, dass wir Kate getroffen hätten. Ich hielt die Klappe. Ich hatte keine Ahnung, wie sie uns helfen sollte.

Zu Hause verkroch sich Janosch in seinem Zimmer; vermutlich, um den Laptop anzuwerfen und zu ihrem Myspace-Profilbild zu wichsen. Ich sank auf die Couch vor dem TV im Wohnzimmer und zappte rastlos durchs Programm. Der Satz von Greg hallte in meinem Kopf nach, der mit den vielen Lockenköpfen, die von Mädchen angehimmelt wurden. Was, wenn dieser Klugscheißer richtiglag?

«Pete!»

Erschrocken fuhr ich herum. Janosch war aus seinem Zimmer gestürmt. Vor Aufregung fielen ihm Borstenhaare ins Gesicht, seine Finger krallten sich um die Sofalehne hinter mir.

«Pete, diese Frau ist unglaublich!», rief er fassungslos.

«Wer denn?», erwiderte ich launisch. «Die Queen?»

«Kate!» Janosch lachte aufgekratzt. «Sie hat mich eben angerufen. Kate hat uns zwei Gratistage in einem Musikstudio organisiert. Wir können *If you love me* aufnehmen!»

Janosch

Am nächsten Samstagmorgen fuhren wir mit unseren Instrumenten zum Musikcollege, an dem Kenny studierte. Es lag nicht weit von der School of Art entfernt in einem klobigen Neubau aus rapsgelbem Backstein und blauen Fenstereinfassungen. Von der Autobahnauffahrt über der Great Western Road drang ein konstantes Brummen herüber, und der Wolkenhimmel drückte sich schiefergrau hinab. Trotzdem winkte uns Kenny vom Fuß der Eingangstreppe so fröhlich zu, als könne er sich nichts Schöneres vorstellen, als auch noch das Wochenende in seinem College zu verbringen und mit einer unbekannten Band, die ihm keinen Penny dafür zahlen konnte, einen Song aufzunehmen. Kate, die neben ihm auf den Stufen saß, schaffte es hingegen kaum, die Augen offen zu halten. Sie komme direkt von einer Party, murmelte sie, als sie mich umarmte. Kenny schloss die Tür auf, und wir stiegen das verlassene Treppenhaus hoch.

«Ich reserviere schon mal das Sofa, Leute», stöhnte Kate, die sich ein paar Schritte hinter uns hinaufschleppte. «Jetzt übernimmt sowieso Kenny.»

In der obersten Etage lag das Musikstudio des Colleges. Hier durften befreundete Bands für Semesterprojekte und dergleichen ihre Songs aufnehmen. Und hier, hatte mir Kate am Telefon gesagt, liege Kennys wahre musikalische Bestimmung. Nicht im Drummen, und schon gar nicht in der Konzertpromotion. Sondern hinter den Reglern. Er sei in der Studioarbeit bereits so versiert, dass er Greg bei Produktionen von Mutual Friends Records assistiere.

Am Ende eines Flurs mit Fotos von grinsenden Abschlussklassen öffnete Kenny die Tür zum Studio. Wir traten in eine Aufenthaltsnische mit einem knallroten Sofa, auf das sich Kate dann auch gleich der Länge nach hinwarf und zu schnarchen begann. Ich hingegen blieb ehrfürchtig stehen. Für Pete mochte die Bühne der Ort sein, an dem Musik ihre Magie entfaltete. Doch für mich war es zweifellos das Studio. Der Ort, an dem Meisterwerke für die Ewigkeit entstanden. Kenny führte uns in den schalldichten Aufnahmeraum, auf dessen Sisal-Spannteppich Schlagzeug, Verstärker und Mikrofonständer bereitstanden. Nachdem Pete und ich unsere Instrumente ausgepackt und uns eingerichtet hatten, setzte sich Kenny hinter das monströse Mischpult im Regieraum und gab uns durch das dicke Glasfenster ein Zeichen. Wir setzten die Studiokopfhörer auf, die so groß waren wie halbe Kokosnüsse. Viermal klickte das Metronom, dann startete die Aufnahme.

Da wir den Song in den letzten zwei Tagen bis zum Erbrechen geübt hatten, hatten Pete und ich unsere Spuren bald im Kasten. Als Kenny danach seine Drums einspielte, saß ich im Regieraum auf dem Drehstuhl und sah zu, wie der Flachbildschirm die Schläge als gezackte Schallwellen wiedergab. Hier im Studio blühte Kenny wirklich auf. Denn als Kate erwachte und Katerhunger anmeldete, scheuchte er uns in seiner subtilen Art in die Mittagspause, um in der Zwischenzeit den Rohmix zu erstellen.

Mir fiel ein Stein vom Herzen, als er uns diesen nach unserer Rückkehr vorspielte. Die Instrumente und Petes Stimme waren makellos aufgenommen – Lichtjahre entfernt von unserem Kellerdemo, auf dem meine Gitarre stellenweise wie eine metallische Suppe klang und Petes Stimme, als stehe er auf einem windigen Berggipfel. Als wir den Rohmix jedoch zum zweiten Mal abhörten, realisierte ich, dass wir fast trotzig mit unseren Köpfen dazu nickten.

Kenny sprach es als Erster aus. Er schwang sich mit seinem Drehstuhl vom Bildschirm zu uns um und fing an, nervös an seinen Fingernägeln zu knabbern.

«Irgendetwas fehlt», stellte er fest.

«Aber was?», fragte Pete verdutzt. «Genauso spielen wir den Song ja auch live.»

«Im Studio fehlt eben die Energie eines Konzerts», erklärte Kenny. «Dafür hört man jede Schwachstelle einer Komposition heraus.» Als er mein besorgtes Gesicht bemerkte, lächelte er verschmitzt. «Aber genau dafür gibt es die Trickkiste des Produzenten.»

In die griffen wir nun oder begannen, um genauer zu sein, immer hektischer darin herumzuwühlen. Wir verdoppelten Petes Gesangsspur, damit sie satter klang. Ich sang Backing Vocals ein und nahm für den letzten Refrain eine zusätzliche, spontan komponierte Gitarrenspur auf.

«Es hilft nichts, wenn wir einfach mehr draufpacken», wandte Kenny ein, während er die neuen Spuren am Bildschirm in den Mix einfügte. Tatsächlich türmten sich inzwischen fast zwei Dutzend Tonspuren übereinander, die Kenny zur besseren Übersicht mit verschiedenen Farben versehen hatte – der Song wurde zunehmend chaotischer statt klarer.

«Vielleicht liegt es tatsächlich an der Komposition», warf ich seufzend ein. «Wahrscheinlich ist sie doch nicht so gut.»

«Doch, ist sie.» Kenny nickte entschieden und spielte die Aufnahme nochmals ab. Er stützte die Arme aufs Mischpult, legte die Stirn auf die verschränkten Hände und lauschte konzentriert dem Klang aus den Boxen.

«Woran es hapert, ist die Dynamik», befand er schließlich und drehte sich zu uns um. «Etwas, das in Bewegung bleibt und die Ohren neugierig hält. Wisst ihr, was ich meine?»

Da langsam unsere Köpfe rauchten, entschied er, eine Kreativpause einzulegen. In der Aufenthaltsnische stellte er den Wasserkocher auf dem Sofatischchen an.

«Auch Tee?» Kenny lächelte. «Das ist *meine* Droge. Darjeeling mit Milch hat mir schon oft auf die Sprünge geholfen.»

Während der Kocher zu brodeln begann, starrte ich durch das kleine Fenster über dem Sofa auf die roten Rücklichter der Autokolonne, die fürs Samstagabendvergnügen nach Glasgow hineinkroch. Im NME berichteten die Bands oft von inspirierenden Einfällen, auf die sie im Studio gekommen seien. Aber kaum je davon, wie sie stundenlang über einem Song brüteten, in dem der Wurm steckte. Kate schlürfte ihren Tee zu Ende und erhob sich ächzend, weil sie zu einer Geburtstagsfeier eingeladen war. Sie ließ einen ausgelaugten Haufen zurück, der in leere Tassen starrte. Pete klimperte gelangweilt mit dem Löffel gegen seinen Tassenrand.

«Hör auf, das nervt!», rief ich aus.

«Du nervst!», gab er kindisch zurück.

«Ich hab's!» Kenny hob den Kopf und strahlte. «Ich weiß, wie wir den Song retten!»

«Mit meinem Rhythmus?», fragte Pete hoffnungsvoll.

«Mit euren Stimmen!», erklärte Kenny. «Die ergänzen sich nämlich perfekt. Die von Janosch ist belegt und dunkel, deine hell und klar. Singt die Zeilen abwechselnd, statt dass Janosch nur die Backing Vocals macht.»

Natürlich wehrte sich Pete erst mit Haut und Haaren dagegen, die Lead Vocals mit mir zu teilen. Aber Kenny überzeugte ihn, es zumindest zu versuchen. Um die Dynamik zwischen Pete und mir einzufangen, ließ er uns zu zweit ins selbe Mikrofon singen. Inzwischen waren wir müde und reizbar. Aber Kenny quetschte mit aufmunternden, aber nachdrücklichen Worten die letzte Energie aus uns heraus. Als Pete und ich uns kurz nach Mitternacht in den letzten Bus nach Hause setzten, waren wir so fertig, dass wir keinen blassen Schimmer hatten, ob wir heute etwas Brauchbares produziert oder einen kompletten Unsinn aufgenommen hatten.

Den ganzen nächsten Tag hingen wir wie auf glühenden Kohlen zu Hause herum – Kenny wollte im Studio ungestört am Mix arbeiten. Erst als sich die Sonne hinter die Häuser zurückzog, rief er an und sagte uns, dass er so weit sei.

Hibbelig nahmen wir den nächsten Bus zum College, wo wir an der Eingangstreppe auf Kate trafen. Sie hatte heute ihre Oma besucht, roch deshalb nach Sunday Roast und konnte es ebenfalls kaum erwarten, das Resultat unserer Aufnahmen zu hören.

Als Kenny hinunterkam, waren seine Augen gerötet und die Fingernägel abgeknabbert; vermutlich hatte er die ganze Nacht vor dem Bildschirm gesessen.

«Ich habe so lange daran herumgeschraubt, dass ich es zum Schluss wohl vermasselt habe», meinte er kopfschüttelnd, während wir die Treppe hochstiegen. Oben im Regieraum ließ er sich auf den Drehstuhl fallen und drückte die Play-Taste am Mischpult. «Aber hört es euch selbst an.»

Wir hörten zu, drei Minuten und siebzehn Sekunden.

Danach war Totenstille. Meine Augen wurden wässrig.

«Es ist perfekt, Kenny», flüsterte ich.

Kenny hatte vollkommen recht gehabt mit den abwechselnd gesungenen Zeilen. Der Pingpong-Effekt unserer Stimmen trieb den Song voran; es klang, als sängen die Sonne und der Mond im Duett. Durch den geschickten Einsatz von Hall, Kompressoren und Equalizern hatte Kenny zudem jedem Instrument einen klaren Platz im Mix zugewiesen. Die Stimmen sprangen uns aus den Boxen direkt ins Gesicht, die Gitarre klang messerscharf von der Seite rein. Bass und Bassdrum schlugen von unten in unsere Magengruben. Es fühlte sich an, als sei der Song über Nacht vom TV auf die Kinoleinwand gesprungen. Als hörten wir einen Indiehit im Radio, den einfach noch niemand außer uns kannte. Wir waren so aufgeputscht, dass wir ausgelassen zur Musik zu hüpfen begannen.

«Ich hab's euch gesagt!», kreischte Kate, als der Song zu Ende war, und drückte mir begeistert einen Schmatzer auf die Wange. «Ich hab' euch doch gesagt, dass der Junge das Ding schaukelt! Nicht wahr, Kenny? Kenny?»

Doch vom Stuhl am Mischpult war nur noch ein leises Pfeifen zu hören. Wir drehten ihn um: Unser Produzent war eingenickt. Da wir jedoch noch knallwach waren, betteten wir Kenny sachte aufs Studiosofa und deckten ihn mit seiner Jacke zu. Dann spazierten wir durch die Schluchten der verlassenen Bürogebäude, von denen unser aufgekratztes Geschnatter widerhallte, zur Central Station hinunter. Es war Sonntag. Sub-Club-Tag. Diesmal kam ich zum Glück ohne Probleme hinein. Unten im Club verschwand Kate im Gewühl vor der Bar, wo das Personal den Gin in Plastikbechern mit Tonic aus Spritzschläuchen auffüllte. Sie tauchte mit drei orangen Pillen, in die Herzchen gestanzt waren, wieder auf.

«Diesmal ist es gute Ware», schrie sie durch den Garage-House, der den Boden erzittern ließ. «Versprochen!»

Wir warfen die Pillen ein und uns, da wir in Feierlaune waren, gleich mitten in die blau beleuchtete Meute vor der DJ-Kabine. Nach einer halben Stunde begann es in meinen Beinen zu kribbeln. Und dann, auf einmal, fühlten sich alle meine Bewegungen unglaublich geschmeidig an – exakt im Rhythmus mit allen anderen hier unten. Ehe ich mich versah, lagen Pete und ich uns in den Armen.

«Wie geht's, Pete?» Ich musste lachen, weil sich meine Stimme verzögert anhörte, so als habe Kenny sie am Mischpult durch einen Hall-Effekt gezogen.

«Fantastisch, Janosch.» Seine Pupillen waren tellergroß geworden, und er drückte mich mit aller Kraft an sich. Dann ließ er los und tauchte in das Gewühl aus wogenden Körpern ab. Ich tanzte eine Weile lang mit geschlossenen Augen, ganz im Frieden mit mir, bis ich Durst bekam und mich zur Bar durchschlängelte. Während ich anstand, kehrte Kate von der Toilette zurück und schwebte mit ausgestreckten Armen auf mich zu.

«Dich wollte ich gerade suchen», rief sie und zog mich neckisch an der Nase.

«Ich dich auch», sprudelte ich los und legte meine Hände auf ihre Schultern, die sanft zur Musik schaukelten. «Ich wollte dich nämlich was fragen.»

«Ach?» Sie lachte. «Das trifft sich ja bestens, nicht?» Sie legte ebenfalls ihre Hände auf meine Schultern und begann sie zu kneten, sodass es überall in mir warm wurde.

«Ich wollte dich das nämlich schon längst fragen», plapperte ich munter weiter und fletschte, genau wie Kate es tat, die Zähne. «Woher hast du deine Zahnlücke?»

Diese Droge war unglaublich, fand ich. Sie machte nicht nur das Tanzen zum Kinderspiel, sondern auch das Reden. Ich hatte mir die Frage nämlich noch gar nicht überlegt. Sie war mir eben einfach herausgeflutscht.

«Meine Zahnlücke?» Kate präsentierte sie mir mit breitem Grinsen. «Ob du's glaubst oder nicht: Ich bin betrunken gegen eine Straßenlaterne gelaufen.»

«Das gibt es doch nicht!» Ich riss meinen Mund auf. «Das ist mir auch schon mal passiert!»

«Keine Zahnlücke gekriegt?»

«Glück gehabt.»

«Da wär' ich mir nicht so sicher, Kumpel – so eine Zahnlücke kann extrem praktisch sein», erklärte sie und brachte mich damit zum Lachen, dass sie eine Zigarette hervorkramte und sie sich in die Zahnlücke steckte. Ich bekam auch Lust auf eine Zigarette, doch seit einigen Tagen herrschte in Schottland und damit auch im Sub Club Rauchverbot.

«Kommst du tanzen?», fragte ich stattdessen. Ich war baff darüber, wie leicht mir dieser Satz über die Lippen gegangen war. Einfach großartig, dieses Ecstasy, dachte ich.

«Das ist doch mal eine vernünftige Idee!»

Kate packte mich an der Hand und ging voran in die Menge. Als wir vor dem DJ-Pult angelangt waren, wurden wir mit Rauch aus der Nebelmaschine eingehüllt. Kate schmiss ihren Pullover in eine Ecke, weil es hier vorne noch heißer und feuchter war als ohnehin schon im Club. Ich tat es ihr nach. Kate trug oben jetzt nur noch ein weißes, ärmelloses Top, das von ihrem Schweiß dunkle Flecken bekam. Sie tanzte direkt vor mir und drehte ab und zu den Kopf halb nach hinten, sodass ich die Spitze ihrer Stupsnase sah. Und auch, dass sie lächelte.

Fiebrig überlegte ich, ob dies hier der Moment war, in dem ich meine Arme um sie legen durfte, so wie ich es an den Indieabenden im Abart beobachtet hatte. Während ich darüber brütete, merkte ich, dass das Ecstacy bereits wieder auszufahren begann. Die vertrauten Selbstzweifel schlichen sich in meinen Kopf zurück. Unentschlossen tanzte ich weiter, bis mir Kate die Entscheidung, was zu tun sei, abnahm. Sie drehte sich um und umfasste meinen Hals, von dem Schweiß auf die Schultern rann. Dann beugte sie sich ganz nahe an mein Ohr, sodass ich ihren Zimtduft einfing.

«Ich wollte dir auch schon die ganze Nacht was sagen, Janosch», sagte sie. «Du bist ein ganz feiner Kerl. Und ein verdammt talentierter Musiker dazu.»

«Ich mag dich auch», rief ich zurück und strich ihr mit meinen Fingern vorsichtig über den Hals. Alles in mir pumpte wie wild. «Du bist klasse!»

«Ich habe eine Idee», erwiderte sie und spielte mit meinem Nackenhaar, bevor sie ein spitzbübisches Lächeln aufsetzte. «Ich habe eine tolle Idee, Kumpel.»

Jetzt passiert es, dachte ich. Gleich wird sie mich küssen.

«Ich würde euch gerne managen.»

«Was?», fragte ich mit ersterbender Stimme.

«Ich würde euch gerne managen», rief Kate lauter. «Ich wollte das schon lange machen, statt immer nur meine *Nassen Donnerstage* zu veranstalten.» Sie schwang ihre Locken, die ihr ins Gesicht gefallen waren, nach hinten. «Als wir heute mit Kenny im Studio waren, dachte ich: Die Jungs könnten das echt reißen. Aber nur, wenn ihnen jemand dabei hilft!»

«Glaubst du?» Ich riss mich zusammen und lächelte. Besser, Kate war unsere Managerin, als dass sie es nicht war. «Das ist eine fantastische Idee, Kate!»

«Knutschen liegt dann aber nicht drin.» Sie grinste und erhob einen Mahnfinger in die Höhe. «Da bin ich ein Profi.»

«Ich auch», erwiderte ich, heillos verwirrt über die letzte Wendung dieses Gesprächs und inständig hoffend, dass Kate doch nicht so professionell war, wie sie eben verkündet hatte.

Michael
April 2006

Pete

«Okay, Gang. Was haltet ihr hiervon?»

Seit Kate unsere Managerin war, bezeichnete sie uns konsequent als *Gang.* Sie drehte den Bildschirm ihres weißen MacBooks zu uns: Auf orangem Grund prangte in geschwungener, elfenbeinweißer Schrift *Noise Parade.*

Unser neues Bandlogo. Unser erstes, besser gesagt.

«Hab' ich gestern Nacht entworfen», erklärte Kate stolz und setzte ihre Red-Stripe-Dose an. Wir hingen im Nice 'n' Sleazy herum, das zu unserem Stammlokal in Glasgow mutiert war. Die schlauchförmige Bar im Erdgeschoss war mit gemütlichen, u-förmigen Polsterbänken ausstaffiert und die Ethno-Wandmuster waren mit Konzert- und Partyplakaten überklebt. Es war der perfekte Ort für Bands, um am späten Nachmittag das erste Bier zu kippen und Kriegsrat zu halten. Janosch beugte sich über den Tisch und lobte Kates Entwurf, als ob man ihr dafür einen Orden verleihen sollte. Dabei hatte sie das Logo offensichtlich vom *Orange*-Schriftzug auf seinem Verstärker abgekupfert.

Abgesehen davon musste auch ich zugeben: Kate war als Managerin eine andere Nummer als Ian. Seit wir vor einer Woche einen Management-Standardvertrag unterschrieben hatten, der ihr fünfzehn Prozent aller Einnahmen zusicherte, legte sich die Frau echt ins Zeug.

«Ich habe außerdem einen Plan geschmiedet, Gang.»

Kate gähnte demonstrativ und pulte sich Schlafsand aus den Augen. Wohl, um uns nochmals deutlich zu machen, dass sie unseretwegen durchgemacht hatte. Dann riss sie sich zusammen und klatschte unternehmerisch in die Hände.

«Wir scheißen auf die Labels!», verkündete sie. «Wir scheißen auf Greg. Sein Pech, wenn er euch nicht haben will. Denn wir haben einen Hit. Und das Internet. Damit bauen wir euch eine eigene Fanbasis auf, bis die Plattenfirmen auf allen vieren zu uns gekrochen kommen.»

«Wie bei den Arctic Monkeys?» Janosch klammerte sich vor Aufregung an seinem Red Stripe fest.

«Wie bei den Monkeys.» Kate zwinkerte ihm zu und steckte ihr MacBook in ihren Lederrucksack zurück. «Wir müssen einen Hype um euch kreieren, Gang», fuhr sie mit wichtiger Miene fort. «Dann können euch weder die Labels noch der NME links liegen lassen.»

Janosch nickte begeistert. Auch mir gefiel der ambitiöse Plan. Als erste Sofortmaßnahme übernahm Kate die Pflege unseres hobbymäßigen Myspace-Accounts. Danach sollten wir, um uns über Glasgow hinaus einen Namen zu machen, auf eine kleine Konzerttour gehen.

«Inverness, Aberdeen, Edinburgh», zählte Kate auf und überlegte: «Möglicherweise klappt sogar Leeds.

«Und London?», fragte ich hoffnungsvoll. «Dort sitzen schließlich die Plattenleute!»

«Dort habe ich keine Kontakte.» Entschieden schüttelte sie den Kopf. «Da kriege ich euch höchstens in ein beliebiges Musikpub, wo du vielleicht eine spanische Touristin aufreißen kannst, Pete. Aber sicher keinen A&R.»

Ich schnaubte leise vor Enttäuschung.

«Hier im Norden hingegen», erwiderte sie ungerührt, «kenne ich Veranstalter, die euch in kleine, aber feine Clubs mit gutem Publikum bringen. Diese Leute erzählen dann wiederum ihren Freunden von Noise Parade. Genau so, Gang, baut man sich eine Fangemeinde auf.» Triumphierend machte ihr Blick die Runde, und ich nickte widerwillig. In diesen Dingen war wohl tatsächlich sie die Expertin. Jetzt gab es nur noch ein Problem. Und das hatte die ganze Zeit über schweigend an einem Darjeeling mit Milch genippt.

«Begleitest du die Jungs als Drummer, Kumpel?»

Kate setzt ihr gewinnendstes Lächeln auf. Ich und Janosch stiegen mit bettelndem Blick ein, sodass Kenny gar keine andere Wahl blieb, als mit einem lautlosen Seufzer die Tasse abzusetzen und zu nicken.

«Ein paar Konzerte sollten sich einrichten lassen», meinte er vorsichtig. «Aber nur, wenn ich dabei keinen Unterricht am Musikcollege verpasse.»

Wir versprachen es ihm hoch und heilig. Danach rauschte er in sein College ab, um weiter an *If you love me* rumzuschrauben. Als seine Perfektionsansprüche endlich erfüllt waren, lud sich Kate den Final Mix auf den iPod, kaperte bei der nächsten WG-Party die Stereoanlage und ließ den Song laufen. Alle hätten gefragt, von wem er sei, schrieb sie uns am nächsten Morgen begeistert. Als Janosch seinen Laptop aufklappte, sahen wir auch schon das Ergebnis von Kates erster Marketing-Aktion: elf neue Freundschaftsanfragen auf unserer Myspace-Seite.

Damit die auch was hermachte, arbeitete Kate eine weitere Nacht durch und saugte sich eine Bandbiografie aus den Fingern. Die stimmte zwar nicht gerade in allen Details, kam aber daher wie eine geheimnisumwitterte Legende. Nun mussten wir noch das amateurhafte Profilbild von uns im Garten der Grunders ersetzen, auf dem ja auch Linda noch zu sehen war. Also schleppte uns Kate in den Queens Park ein paar Straßen hinter unserem Zuhause und hielt mit der Analog-Leica ihrer Oma drauf. Doch ein gutes Bandfoto zu schießen war schwerer als gedacht.

«Abgehoben», fand Kate, als wir auf der majestätischen Steintreppe in der Parkmitte posierten.

«Doof», meinte sie, als wir hintereinander eine Allee überquerten wie die Beatles die Abbey Road.

«Abgelutscht.» Kate schüttelte auch den Kopf, als wir uns vor eine Backsteinmauer nahe dem Parkeingang stellten.

Weil das Licht schwand und unsere Mägen zu knurren begannen, kapitulierten wir und gingen in den Govanhill Curry Palace unter unserer Wohnung, um ein paar Pommes zu verdrücken. Ausgerechnet dort gelang Kate der ersehnte Schnappschuss. Er zeigte mich mit aufgestütztem Arm am Tresen unter den überbelichteten Fotos der Gerichte, fröhlich in die Kamera schauend. Janosch und Kenny saßen im Hintergrund an einem Tisch, müde mit Serviettenhalter und Soßenflaschen spielend.

«Hat was, nicht?», meinte Kate, als sie beim nächsten Treffen im Nice 'n' Sleazy das blaustichige Foto reihum gab, das sie in der Dunkelkammer der School of Art entwickelt hatte.

«Es ist perfekt!», raunte Janosch.

Einige Tage später schleppten wir unser Reisegepäck und unsere Instrumente zum Buchanan Busterminal. Da in Überlandbussen kein Platz für Drums und Verstärker war, borgten wir uns dieses Equipment auf der Tour bei den Bands vor Ort aus. Stundenlang zogen Hügel, Schlösser und Autobahnraststätten am Fenster vorbei, dann kamen wir endlich in Inverness an. Einem Kaff an der kabbeligen Nordsee hoch oben in Schottland und unser Tourstart. Kate hatte uns dort einen Gig in einem Musikpub namens Hootananny organisiert. Ihr Cousin Craig, der die örtliche Tesco-Filiale leitete, veranstaltete darin einen Bandabend.

Das Hootananny sah mit seinen verzierten Holzbögen und den goldgerahmten Gemälden aus wie dem Reiseführer entsprungen. Während wir dampfende Muschelsuppe, fangfrischen Ofenlachs und zum Nachtisch Sticky Toffee Pudding aufgetischt kriegten, füllte sich das Pub mit der Jugend von Inverness. Die war natürlich froh um jedes Ereignis in diesem Außenposten. Mit vollen Bäuchen wankten wir auf die Bühne und spielten die beiden Lokalbands, die gegen unsere Energie schlicht nicht ankamen, an die Wand. Ich trug mein neues Markenzeichen: die Schiebermütze vom Flohmarkt. Sie war mir seit dem Gig am *Nassem Donnerstag* ans Herz gewachsen.

«So lässt es sich aushalten auf Tour, nicht?» Kate streckte uns Shotgläser mit Highland-Whisky hin, nachdem wir unter tosendem Applaus von der Bühne gegangen waren.

So ließ es sich echt leben. Darum hatte ich auch ein schlechtes Gewissen, als ich am Ende des Abends Emma abschleppte. Emma war Craigs kleine Schwester und damit die Cousine von Kate. Doch die verzog keine Miene, als ich am nächsten Morgen direkt von Emmas Bude in unser Bed & Breakfast am Stadtrand gestolpert kam, um das Full Scottish Breakfast nicht zu verpassen.

Nach dem Auschecken fuhren wir nach Aberdeen, der steinreichen Ölstadt an Schottlands Ostküste. Dort traten wir am folgenden Abend als Vorband einer lokalen Progressive-Rock-Gruppe auf. Aberdeen, fast ganz aus Granitstein gebaut, war noch saubergeleckter als Zürich. Ganz im Gegensatz zum schmuddeligen Hotelzimmer mit Doppelbett und zwei Klappbetten, das uns der örtliche Promoter gebucht hatte. Außerdem hatte die Knalltüte unseren Bandnamen nur klitzeklein auf den Konzertflyer gesetzt. Also bewaffneten wir uns mit den *Noise Parade*-Stickern, die wir vor der Abfahrt in Glasgow hatten drucken lassen, zogen durch Aberdeens Bars und verzierten Toilettenkabinen und Zigarettenautomaten mit unserem Bandlogo.

«Guerilla-Marketing», erklärte Kate zähnebleckend.

Der Himmel hatte sich inzwischen so granitgrau wie die Stadt unter ihm verfärbt. Kurz vor unserem Konzert begann es dann in Strömen zu pissen, sodass wir vor drei Dutzend durchnässten Aberdeenern auf die Bühne traten. Es waren in erster Linie Freunde von Black Powder vs. Dynamite, der Hauptgruppe, die den Kellerclub nach uns mit ihren komplett nichtexplosiven Zwölf-Minuten-Gitarrensinfonien beschallten. Während wir an der Bar unsere 50-Pfund-Gage versoffen, erfuhr ich von einer rothaarigen Schönheit namens Alice aber, dass sie nur wegen uns gekommen war. Genauer gesagt wegen *If you love me.* Sie kannte den Song, weil eine Freundin ihn ihr über Myspace geschickt hatte. Was wiederum nur eines heißen konnte: Der Song verbreitete sich, ausgehend von der WG-Party, bei der Kate ihn vorgespielt hatte, in Glasgow und darüber hinaus. Wie eine Sommergrippe, die bald ganz Großbritannien erfassen würde. Das hoffte ich zumindest, als ich Alice am Ende des Abends durch den hartnäckigen Regen in ihre Studentenbude begleitete.

Nach dem Bumsen schlangen wir uns schlotternd in die dünne Bettdecke; die Uni Aberdeen sparte offensichtlich bei den Heizkosten. Da fiel mein Blick auf das A3-Poster über dem Fußende des festgeschraubten Einzelbetts. Vier Wuschelköpfe grinsten auf mich herab: die Arctic Monkeys. Auch Alice lachte, als sie meinen neidischen Blick bemerkte.

«Du hättest wohl lieber, wenn dein Poster da oben hängen würde», sagte sie und kniff mich in den Arm.

«Bald wird da oben mein Poster hängen!», erwiderte ich und biss ihr sanft in den Leberfleck am Giraffenhals.

«Ganz schön selbstbewusst.» Alice strubbelte mit spöttischem Blick durch meine Locken. Ich schwieg, womöglich hatte ich tatsächlich etwas großspurig geklungen.

«Aber wer weiß», fuhr sie fort und fuhr mit dem Finger um meinen Bauchnabel. «Vielleicht kann ich meinen Kindern tatsächlich mal erzählen, dass ich was mit dem Sänger von Noise Parade hatte, bevor sie ganz groß wurden.»

«Vielleicht», sagte ich und schob, weil mich der Gedanke daran irgendwie spitz machte, nach: «Wahrscheinlich!» Ich fuhr mit der Hand ihren weißen Oberschenkel hoch, doch bevor ich zu ihren Schamhaaren gelangte, stoppte sie mich.

«Versprichst du mir, dich dann noch an mich zu erinnern, Pete?», fragte sie und lachte. «An Alice mit den roten Haaren, die du in Aberdeen aufgegabelt hast.»

«Versprochen.» Feierlich hob ich zwei Finger zum Victory-Zeichen. Probierte, mir ihr Gesicht für immer einzuprägen. Es klappte nicht wirklich. Denn stattdessen stellte ich mir all die anderen rothaarigen Schönheiten vor, mit denen ich in Zukunft noch in die Kiste steigen würde.

Die Hoffnung auf die Verbreitung des Myspace-Virus schien sich übrigens zu erfüllen. Denn als wir tags darauf in einem mit bunten Girlanden und politischen Plakaten dekorierten Studentenlokal der University of Edinburgh spielten, sang schon die ganze vorderste Reihe den Refrain mit.

Der Gig wäre allerdings um ein Haar in eine Keilerei ausgeartet. Schuld war ein Möchtegern-Macker, mit dessen Freundin ich von der Bühne aus wohl einen zu offensichtlichen Augenflirt geführt hatte. Nach dem Konzert zog das Paar keifend davon, während wir mit einer Gruppe italienischer Erasmus-Studenten zu trinken begannen.

Als ich am nächsten Morgen auf der Luftmatratze des Konzertveranstalters in dessen WG erwachte, saß Kate schon im Schneidersitz mit dem MacBook auf den Beinen da. Konzentriert hackte sie in die Tastatur. Sie war eine so eifrige Managerin, dass sie nicht nur die Nachrichten unserer wachsenden Myspace-Fangemeinde umgehend beantwortete. Nein, Kate zog unterwegs auch noch einen weiteren Gig an Land.

Also machten wir nach Edinburgh einen Abstecher rauf nach Dundee, einer abgewrackten Industriestadt, wo wir in geliehenen Blazern mit Schulterpolstern bei einer 80er-Mottoparty spielten. Dann drehten wir endgültig südwärts ab und überquerten die Grenze zu England. Die Hügel wurden flacher, die Autobahnkreuze fetter, dann fuhren wir in den Busbahnhof von Leeds ein, der nördlichsten Großstadt Englands. Der geplante Höhepunkt unserer Minitour.

Wir irrten durch eine Einkaufspassage, die mit Gastropubs, Greggs-Bäckerei und Primark-Kleiderladen den Einkaufspassagen unserer anderen Stationen ähnelte. Schließlich fanden wir die Seitengasse, in der sich der HiFi-Club befand. Am Eingang begrüßte uns Eileen, die Promoterin, mit stürmischen Wangenküssen. Sie trug einen Nasenring und kannte Kate von der School of Art. Wir folgten ihr die Treppe runter ins Venue. Das fahle Deckenlicht fiel auf rohe Backsteinwände und eine lang gezogene Bar, an der bereits die Hauptband des Abends rumhing: The Jack Rippers. Genau wie auf ihrem Myspace-Profilbild trugen sie hautenge Jeans zu hüftlangen Lederjacken und hatten Wuschelfrisuren. Der Drummer grinste hinter einer Pilotenbrille durchs Halbdunkel; der Sänger schob seinen Fedora in den Nacken und nickte uns lässig zu.

The Jack Rippers spielten definitiv in einer anderen Liga als unsere bisherige Bühnenkonkurrenz. War unsere Myspace-Anhängerschaft während der Tour auf 500 Freunde angewachsen, hatten sie immer noch zehnmal mehr als wir. Vor Kurzem hatte der NME die Band in der Newcomer-Rubrik gar als mögliche Nachfolger der Libertines verkündet. Dabei waren sie höchstens ein Abklatsch davon, fanden ich und Janosch. Ihr mangelndes Talent machten sie dafür mit grenzenlosem Selbstbewusstsein wett.

«Netter Song auf eurer Myspace-Seite», begrüßte uns der Sänger und winkelte den Arm zum Handschlag an. «Seid ihr schon mit Plattenlabels in Kontakt?»

«Noch nicht.» Ich legte Rucksack und Bass auf den Boden ab und schlug ein. «Wir bauen uns erst eine Basis über Myspace auf.»

«Schön für euch.» Er grinste selbstzufrieden und nahm einen Schluck aus seiner Flasche. «Wir sind bereits mit dem A&R eines erstklassigen Labels in Kontakt. Der Typ war schon bei zwei Konzerten von uns.»

«Der will uns», schaltete sich der Drummer ein und nickte so heftig, dass die Pilotenbrille auf seiner Nase aufhüpfte. «Der sieht was in uns!»

«Wenn wir am Wochenende in Manchester auftreten, wird sogar der Labelboss vorbeikommen», prahlte der Sänger weiter und schob sich den Fedora so tief in den Nacken, dass ich hoffte, er falle ihm gleich vom Kopf.

«Ihr wisst schon, was das heißt?» Der Drummer fuchtelte wild mit seiner Bierflasche herum wie ein Formel-1-Sieger, der auf dem Podest Champagner in alle Richtungen verspritzt. «Das heißt, dass wir so gut wie unter Vertrag sind.»

«Schön für euch.» Blass vor Neid ließ ich die beiden Poser stehen und stieg mit meinem Zeugs auf die Bühne, wo Kenny schon die Becken festschraubte und Janosch seine Les Paul verkabelte. Eigentlich waren wir als Vorband gebucht und hätten zuletzt Soundcheck gehabt. Aber weil The Jack Rippers frühzeitig wieder abrauschen wollten, um in Manchester noch bei einer WG-Party aufzutreten, spielten sie vor uns. Nachdem sie sich mit einer Geste verabschiedet hatten, als würden sie am Samstagabend von der Hauptbühne des Glastonbury-Festivals abtreten, machte deshalb auch der Großteil des Publikums die Fliege. Immerhin spendierten mir der Sänger und der Drummer vor dem Abmarsch noch eine Linie Koks auf dem Klo.

Als wir danach auf die Bühne stiegen, hörten uns gerade noch Kate, die aus einer mitgebrachten Flasche Buckfast trank, und ein betrunken wankender Mann in Stiefeln und Lederkutte zu. Die einzigen anderen verbliebenen Gäste, eine Gruppe demotivierter Teenager, hingen in einer Sitzgruppe hinten im Raum über ihren Gläsern. Ich verausgabte mich aber dermaßen, dass Kate und die Lederkutte zu ihnen stürmten und den Trupp im wahrsten Sinn des Wortes vor die Bühne zerrten. Zum Schluss hüpfte ein halbes Dutzend Leute so übermütig vor der Bühne herum, wie man es nur tut, wenn man ein ruhiges Besäufnis geplant hat und unerwartet auf Touren kommt. Als der Gig zu Ende war und der HiFi-Club schloss, irrten wir in Feierlaune durch die ausgestorbene Innenstadt von Leeds. Weil es Dienstag war und alle anderen Clubs auch schon dichtgemacht hatten, checkten wir aber bald in unser Backpacker-Hostel ein.

Wir hatten Schwein: Im Pub, das im Erdgeschoss des Hostels einquartiert war, spielte ein Hobby-DJ an seinem Laptop eine Mischung aus Indiehits und 90er-Eurodance ab. Wir versorgten uns an der Bar mit Aktions-Margaritas für drei Pfund, dann betrat ich die winzige, Tanzfläche neben dem Tresen. Grellgrüne Lichtkugeln hüpften über den Boden, auf dem, kein Witz, vier blonde Frauen in kurzen Jeansröcken rumstanden. Es waren norwegische Interrail-Touristinnen, die in die schottischen Highlands reisen wollten. Doch sie waren in London in den falschen Zug gestiegen und machten nun in Leeds Zwischenhalt.

In Edinburgh hatte mich Janosch betrunken gefragt, wieso mir das mit den Frauen so leichtfalle. Ich hatte mit den Schultern gezuckt. Es war nun mal ein Kinderspiel. Ich zog die Aufmerksamkeit einfach an – auf der Bühne genauso wie danach, wenn ich verschwitzt an der Bar anstand. Vorher im HiFi-Club hatte ich nach dem Auftritt vor dem Toilettenspiegel gestanden und über Gregs Fehleinschätzung laut lachen müssen. Sieht so irgendein Lockenkopf aus, hatte ich mein Spiegelbild gefragt. Steht hier nicht eher ein junger Gott?

Der DJ im Pub blendete von *Naive* von den Kooks auf Dr. Albans *Sing Hallelujah* über, und ich fing den eindeutigen Blick einer der Norwegerinnen auf, die den billigen britischen Alkohol runterstürzte wie Wasser.

Von mir aus hätte diese Tour nie zu Ende gehen müssen.

Janosch

Während Pete mit den Frauen auf der Tanzfläche Bekanntschaft schloss und Kenny sich in unseren Schlafsaal im Obergeschoss verabschiedete, setzten Kate und ich uns mit unseren Margaritas an einen Tisch. Ich rollte zwei Zigaretten; Kate war nicht besonders geschickt darin.

«Welche wird er wohl abkriegen?» Mit einem Blick auf Petes Avancen steckte sie sich ihre an.

«Die mit dem schlechtesten Modegeschmack», vermutete ich, weil er gerade einer der Blondinen zuzwinkerte und dabei mit dem Zeigefinger an den Schirm seiner dämlichen Schiebermütze tippte. Kate und ich fanden, dass er damit aussah wie ein aufgeblasener Trottel. Wir kicherten boshaft wie ein altes Ehepaar, bliesen genüsslich Rauch aus und tranken. Der Margarita vertrieb den Kater, den ich seit Tourbeginn mit mir herumschleppte, für den Moment. Er machte einer ausgelaugten Schläfrigkeit Platz, die mich ins Knopfpolster der Wandbank presste.

«Gehen wir tanzen?» Kate leerte den Rest ihres Margaritas in einem Zug und hob ironisch eine Augenbraue. «Nicht, dass sich Pete noch mit den vier Mädels langweilt.»

«Der Ärmste.» Ich trank ebenfalls aus, spürte aber, dass ich keinen weiteren Margarita vertrug.Kate erhob sich ächzend. «Was jetzt, Kumpel?», fragte sie. «Kommst du?»

Ich zögerte, schüttelte dann aber den Kopf. «Ich bin zu müde», sagte ich. «Ich haue mich aufs Ohr.»

«Na dann.» Sie strich mir übers Haar und drückte mir einen Kuss auf die Stirn. «Gute Nacht.»

Mittlerweile wusste ich, wie diese Abende endeten. Wir würden weitere Aktions-Margaritas trinken, irgendwann in unsere Zimmer wanken und morgen mit Kopf- und Gliederschmerzen erwachen. Ich war einfach nicht so hart im Nehmen wie Kate und Pete, überlegte ich, während ich zu unserem kaum belegten Schlafsaal hochging. Sie schienen die Strapazen der Tour mühelos wegzustecken: die Fahrten in den Überlandbussen, das nervenaufreibende Warten zwischen Soundchecks und Gigs, die Besäufnisse danach. Und wofür? Wir spielten uns die Finger wund, und trotzdem war weit und breit kein Plattenvertrag in Sicht. Vermutlich machte Touren mehr Spaß, wenn man wie die großen Bands im Nightliner mit Playstation-Ecke und Bord-TV von Konzert zu Konzert chauffiert wurde.

Oben schnarchte Kenny bereits leise. Ich kletterte in mein Etagenbett und starrte in der Dunkelheit frustriert zur Decke. Was mich noch viel mehr beschäftigte, war die Sache mit Kate. Es war zum Verrücktwerden. Pete schleppte bei fast jedem Konzert eine Frau ab. Je weniger sie ihm bedeuteten, umso mehr schienen sie ihm zu Füßen zu liegen. Ich hingegen war rund um die Uhr mit der Frau zusammen, die ich um alles in der Welt wollte. Doch so oft wir gemeinsam eine Zigarette rauchten, so oft mir Kate liebevoll übers Haar strich: Nie überschritt sie dabei die Grenze freundschaftlicher Zärtlichkeit. Genau so, wie sie es im Sub Club angekündigt hatte. Oder war ich bloß ein Feigling, fragte ich mich und drehte mich auf die Seite, um endlich einzuschlafen. Vielleicht musste ich einfach so unverfroren die Initiative ergreifen, wie Pete es jeweils tat.

Wie um diesen Punkt zu bestätigen, kam er mitten in der Nacht mit einer der Norwegerinnen ins Zimmer getorkelt. Sie gaben sich halbwegs Mühe, nicht zu laut zu sein. Ich kriegte trotzdem kaum ein Auge zu, weil mir ständig das unterdrückte Gekicher und Gestöhne im Bett unter mir in die Ohren drang.

Übernächtigt kämpfte ich am nächsten Morgen unten im Pub, der zugleich auch als Frühstücksraum des Hostels diente, am Buffet gegen eine lärmende Schulklasse an, um etwas angekohlten Toast, weiche Portionenbutter und klebrige Orangenmarmelade abzubekommen. Schweigend aßen wir an dem Tisch, auf dem gestern unsere Margaritas gestanden hatten. Kate gähnte und startete ihr MacBook. Kenny vergrub sich in ein Schulbuch über Schallwellen., Und Pete tauschte verschmitzte Blicke mit einer der Norwegerinnen aus, die am Nebentisch abgezählte Apfelschnitze aßen und schwarzen Kaffee tranken.

«Schade, dass die Tour vorbei ist», meinte er aufgeräumt, als wir nach dem Frühstück auf dem Parkplatz vor dem Hostel eine rauchten. «Findest du nicht auch?»

«Nein!», erwiderte ich mit finsterer Miene.

«Was bist du denn so miesepetrig drauf?» Pete zog die Augenbrauen zusammen.

«Ich habe gestern keine Sekunde geschlafen.» Ich spürte, wie der Ärger in mir hochstieg. «Es war nicht sehr ruhig in unserem Schlafsaal.»

«Ich konnte Frida wohl kaum in den Frauenschlafsaal begleiten.» Weltmännisch blies Pete Rauch aus und warf mir einen entnervten Blick zu. «Außerdem ist es wohl kaum meine Schuld, wenn du nicht bei Kate landest.»

«Darum geht es überhaupt nicht!», widersprach ich aufgebracht, obwohl es natürlich um nichts anderes ging.

«Ich sag dir was, Janosch.» Er zertrat seine Zigarette: «Wenn du Kate willst, musst du schon deinen Arsch hochkriegen. So was passiert nicht von selbst.»

Wütend zertrat auch ich meinen Zigarettenstummel. Und erschrak, weil in der Sekunde Kate aus der Eingangstür hinter uns gerauscht kam. Sie beachtete uns aber gar nicht, weil sie sich konzentriert das Handy ans Ohr presste. Sie eilte an uns vorbei und drehte, ganz ins Gespräch vertieft, Runden auf dem Parkplatz. Der Wind spielte mit ihren Locken herum, und mich stach die schmerzende Gewissheit darüber in die Brust, das mir das verwehrt blieb.

Fühlte es sich so an, verliebt zu sein?

Kate beendete ihren Anruf und kam mit aufgeregtem Gesicht auf uns zu. «Ratet mal, wer das war?», rief sie.

«Sag schon!», erwiderte Pete ungeduldig.

«Michael.» Sie grinste und spannte uns mit einer Kunstpause auf die Folter, vermutlich, weil Pete wie ein zappeliger Schuljunge fordernd mit dem Fuß wippte. Dann holte sie Luft und erklärte, dass Michael ein A&R von Honeyriver Records war. Ein Bekannter von ihm hatte uns bei der 80er-Mottoparty in Dundee gesehen und war dermaßen begeistert gewesen, dass er ihm gleich eine E-Mail geschrieben hatte. Michael hatte sich daraufhin unsere Songs auf Myspace angehört, sie auf Anhieb gemocht und auch unsere rasch wachsende Anhängerschaft bemerkt. Er wolle uns live sehen, schloss Kate. Und zwar so bald wie möglich.

Pete und ich trauten unseren Ohren kaum. Honeyriver Records reichte vielleicht nicht ganz an Domino Records mit Franz Ferdinand und den Arctic Monkeys heran, gehörte aber zweifellos zur ersten Garde der Labels, bei denen eine Indieband gerne unter Vertrag stehen würde. Kate bewies einmal mehr, was für eine exzellente Managerin sie war, und besorgte uns im Handumdrehen ein Konzert, bei dem wir Michael überzeugen konnten. Noch auf der Rückfahrt von Leeds nach Glasgow bestürmte sie am Telefon Maddie, die Programmatorin des Vic, und bestach sie mit Shortbread ihrer Oma dafür, dass sie uns bei einer Party der Kunststudierenden am Samstag als Vorgruppe ins Line-Up quetschte.

Nervös luden wir am nächsten Samstagmittag unser Equipment vom Proberaum in einen gemieteten Kleinlaster. Da dieser Auftritt perfekt werden musste, nahmen wir Kennys Drums und unsere eigenen Verstärker mit ins Vic. Vor dem Liefereingang luden wir aus und schleppten das Material in den Konzertsaal nach oben. Auf der Bühne räumten gerade alte Bekannte ihr Equipment nach hinten, um uns Platz zu machen: Indistinct Chatter, die Kunststudenten mit den bunten Leggins von Kates *Sowjet-Chic*-Mottoabend.

«Danke, dass wir vor euch spielen dürfen.» Pete streckte dem Sänger mit dem wasserstoffblonden Strubbelhaar, der wieder seinen alten Armeemantel trug, die Hand entgegen.

«Kein Ding», nuschelte der und zuckte gleichgültig die Schultern. «Ich hoffe bloß für euch, dass dann schon ein paar Nasen da sind.»

Als ich meinen Orange-Amp auf die Bühne gehievt hatte, schweifte mein Blick bange über den leeren Saal und hoch zur Discokugel. Sie hing von der Stuckdecke wie ein Damoklesschwert. Würde um neun, wenn wir spielten, schon genügend Publikum anwesend sein? Üblicherweise kreuzte es im Vic erst nach zehn auf. Kate hatte zwar alle unsere Myspace-Fans und die Community ihrer *Nassen Donnerstage* per Myspace-Bulletin eingeladen. Aber würde das reichen?

«Stellt euch vor, es kommt nur der A&R zu unserem Konzert», malte ich mir unten in der Bar des Vic laut aus. Nervös knabberten wir an den Kartonpizzen, die Maddie, die bestens organisierte Programmatorin des Vic, hatte kommen lassen.

«Jetzt hör mal auf mit der Schwarzseherei, Janosch!» Pete winkte ab, wippte aber mit den Schuhen ebenfalls unruhig auf dem Schachbrettboden. Meine Sorge erwies sich als unbegründet, denn während wir die Zeit mit einem ersten Bier totschlugen, füllte sich die Bar mit der üblichen Klientel aus der School of Art gegenüber. Und wohl auch mit einigen unserer neuen Fans, denn ich fing den einen oder anderen neugierigen Blick in unsere Richtung auf. Kurz vor neun Uhr – Maddie hatte uns im Vorbeigehen schon einen warnenden Blick zugeworfen – trafen, von der Central Station kommend, endlich auch unsere VIP-Gäste ein.

Mir stockte der Atem, als ich Kate im Eingang stehen sah. Sie hatte sich in ein knallgelbes Sommerkleid geworfen, die Locken hochgesteckt und diese, cool, wie sie nun einmal war, mit einem gelben Bleistift fixiert. Sie war ein solcher Blickfang, dass ich den kleingewachsenen Mann in ihrem Schatten erst auf den zweiten Blick bemerkte. Seine feuerroten Ringellocken fielen auf eine schlabbrig sitzende, offene Lederjacke, zwischen der ein gelber *Nirvana*-Schriftzug auf einem schwarzen T-Shirt hervorstach.

«Gang, das ist Michael», stellte Kate vor, als die beiden zu unserem Tisch gekommen und wir von unseren Stühlen hochgeschnellt waren.

«Freut mich, Noise Wave!» Michael lächelte und reichte uns seine fleischige, von Sommersprossen überzogene Hand. Die Tränensäcke unter den kleinen, friedfertigen Augen zeugten von den vielen durchfeierten Berufsnächten.

«Noise Parade», korrigierte Kate milde.

Inzwischen hatte sich Maddie durch die Menge zu uns geschlängelt und orderte uns schnellstens auf die Bühne, weil sonst der Zeitplan des Abends durcheinandergerate. Sie rief quer durch die Bar, dass die Show beginne, worauf wir inmitten einer Menschentraube die Treppe hinauf in den Saal gespült wurden. Hinter der Bühne versammelten wir uns, dann betraten wir sie durch den schwarzen Vorhang auf der Rückseite. Auch wenn mich das weiße Licht der Bühnenscheinwerfer blendete, realisierte ich, dass der Raum mehr als zur Hälfte gefüllt war. Die Leute standen bis zur Discokugel; das erste Gejauchze erklang, noch bevor wir den ersten Ton gespielt hatten. Schon nach wenigen Takten begann sich das Vic mit elektrischen Schwingungen zu füllen, die ich bis in meine Fingerspitzen spürte. Nun begriff ich, weshalb die Glasgower als eines der besten, wenn nicht sogar bestes Konzertpublikum der Welt galten. Hatten wir auf Tour immer zwei bis drei Songs gebraucht, bis wir das Publikum in der Tasche hatten, zogen wir das Vic innerhalb von Sekunden auf unsere Seite. Vielleicht auch, weil wir mit traumwandlerischer Sicherheit spielten. Die Tour hatte uns zu echten Profis gemacht.

Als wir zum Finale *If you love me* brachten, begann der ganze Saal zu lärmen. Auf diesen Song hatten alle gewartet. Im letzten Refrain schrien Pete und ich um die Wette *If you love me!* in unsere Mikrofone. Ich verausgabte mich so sehr, dass mir beim Ausklingen der Gitarre die Lunge brannte. Als das Publikum nach einer Zugabe verlangte, die uns Maddie vom Bühnenrand aus mit pantomimischem Kehleschlitzen verweigerte, kam Pete mit erhitztem Gesicht auf mich zu.

«Ich muss etwas nachholen», rief er durch den Applaus.

«Was denn?», fragte ich außer Atem.

Ich traute meinen Augen kaum, als er seinen Bass über den Kopf hob, ihn auf den Boden legte und mit etwas Anlauf vom Bühnenrand mitten ins überraschte Publikum sprang. Ich fürchtete, dass es ausweichen und Pete der Länge nach auf die Nase knallen würde. Doch die Menge fing ihn johlend auf und trug ihn eine Weile herum, bis ihr die Lust vergangen war und ich den strahlenden Pete an den Armen zurück auf die Bühne zog. Als wir durch den Vorhang gingen und hinten vom Bühnenrand hinuntersprangen wie junge Rehe, fühlte ich mich, als hätten wir eben ein wichtiges Fußballturnier gewonnen. Selbst Kenny stieß einen Jauchzer aus und schlug die Drumsticks gegen seine Knie. Kate erschien mit Michael im Schlepptau hinter der Bühne und fiel uns jubelnd um den Hals.

«Das war Spitzenklasse, Gang!», lobte sie uns und wandte sich an Michael. «Oder hab' ich zu viel versprochen?»

Der schüttelte den Kopf. «Toller Gig, Boys Rave!»

Michael schien sich nicht nur die Namen von Bands schlecht merken zu können, denn er sprach Pete und mich konsequent mit Steve und Jasper an. Als er an der Bar im Konzertsaal eine Ewigkeit brauchte, um Geldmünzen für eine Runde aus seiner Brieftasche zu pulen, realisierte ich zudem, dass er wohl schon kräftig einen sitzen hatte. Kaum hatten wir mit dem Bier unseren verlorenen Schweiß ersetzt, lichtete sich das Gedränge am Tresen schon wieder. Indistinct Chatter hatten die Bühne erklommen und legten mit einem zuckenden Synthesizer-Riff los, zu dem der Sänger etwas nuschelte und dabei wild herumzappelte. Es musste eine neue Komposition sein, denn auch wenn sie so seltsam klang wie ihre übrigen Stücke, blieb sie zugleich im Gedächtnis haften. Schon nach wenigen Takten federte der Schwingboden vom Gehüpfe des Publikums; Michaels Blick flog instinktiv zur Bühne. Doch Kate schaltete schnell und schwärmte ihm, bevor sein Interesse an Indistinct Chatter zu groß werden konnte, von einer Party vor, die heute in ihrer Nachbarschaft stieg.

«Eine Homeparty?» Begeistert leerte er seinen Becher in einem Zug. «Ich war seit Ewigkeiten nicht mehr bei einer Homeparty! Worauf warten wir noch?»

Pete

Draußen vor dem Vic quetschten wir uns zu fünft in ein Taxi, dann brausten wir die schnurgerade Great Western Road runter. Vor dem Sandsteinhaus, wo Kates Freunde wohnten, bezahlte Michael den Fahrer und bat ihn, den doppelten Betrag auf die Quittung zu kritzeln.

So setze man den inoffiziellen Ausgabeposten Kokain auf die Spesenrechnung, verriet er und keuchte hinter uns die knarzende Treppe ins oberste Geschoss rauf. Ein wildes Durcheinander von Schuhen lag vor der Tür. Wir klingelten; ein Mädchen mit vom Alk geröteten Wangen und schief aufgesetzter Matrosenmütze öffnete. Michael stolperte fast über die Türschwelle und fragte zur Begrüßung, wo denn das Bier sei. Das Mädchen runzelte die Stirn, dann führte es uns ins Badezimmer, wo die Wanne randvoll mit Eiswasser, Buckfast-Flaschen und Bierdosen gefüllt war. Michael zischte eine auf und fluchte, weil der Schaum über seine Hand quoll.

Ich war verwirrt. Ich hatte mir einen A&R eigentlich als Halbgott vorgestellt. Als Prophet mit dem absoluten Gehör für den Sound, der künftig aus Millionen Kopfhörern und Stereoanlagen schallte. Michael hingegen sah aus, als habe sich der betrunkene Pumuckl eine Lederjacke angezogen und angefangen, in der Musikindustrie zu arbeiten. Wir fischten uns ebenfalls Bierdosen aus der Wanne, Kenny nahm zur Feier des Tages Eistee statt Wasser, dann gingen wir ins geräumige Wohnzimmer. Dort sah es aus, wie es wohl aussieht, wenn Kunstfritzen irgendwo hausen: Arthouse-Filmplakate an den rissigen Wänden, darunter Topfpflanzen und abgetakelte Salonmöbel vom Flohmarkt, auf denen Leute rauchten und quatschten. Kate wurde gleich von ihren Freunden in Beschlag genommen; wir anderen bahnten uns den Weg über ausgestreckte Beine zu einem freien Ohrensessel mit aufgesprungenem Polster. Michael warf sich hinein; wir setzten uns davor auf den Teppich mit Brandflecken.

«Wie findest du denn unsere Songs?» Janosch platzte fast vor Neugier.

«*If you love me* hat definitiv Ohrwurmqualitäten.» Michael nickte anerkennend, schälte sich umständlich aus der Lederjacke und zog einen Pack Winston raus. Er zündete sich eine an, blies langsam Rauch aus und analysierte weiter: «Auch wenn der Breakdown vor dem letzten Refrain zu unentschlossen klingt. Und die Crashs zu viel Raum im Mix einnehmen.»

Ich und Janosch rollten uns Kippen; ich war auf einmal ganz Ohr. Michael hatte die Achillesferse der Komposition und Kennys einzigen Produktionspatzer treffsicher erkannt. Dieser Pumuckl verstand womöglich trotzdem etwas von seinem Job.

«Aber wen interessiert das schon?», fuhr Michael fort und wischte mit großmütiger Geste durch den Qualm. «Für solche handwerklichen Fragen gibt es Produzenten. Was für mich als A&R zählt, ist das Bauchgefühl.»

«Das Bauchgefühl?», fragte Janosch paffend.

Michael nickte, trank einen Schluck und beugte sich wie ein Märchenonkel zu uns runter: «Wollt ihr eine Geschichte über Glasgow und sein Bauchgefühl hören?»

Natürlich wollten wir. Also legte er los. Vor drei Jahren, erzählte er, hatte er nach langer Durststrecke als ewiger Labelpraktikant und freier Mitarbeiter des *Rolling Stone* endlich seinen Traumjob ergattert: A&R bei einem Major-Label.

Was mehr oder weniger hieß, Abend für Abend zu Konzerten zu gehen und mit Bands herumzuhängen. Ein Gefühl dafür zu kriegen, ob sie die nächste große Nummer werden könnten. Kaum hatte er bei Honeyriver Records gestartet, kam ihm zu Ohren, dass in Glasgow eine aufstrebende Band illegale Gigs in einem verlassenen Lagerhaus veranstaltete.

«Das Château», raunte Michael. «Habt ihr schon mal davon gehört?»

Hatten wir natürlich. Jeder in Glasgow schien mal dort gewesen zu sein oder zumindest die Story zu kennen. Das «Château» war ein schrottreifes Lagerhaus in Eglinton Toll – nicht weit von unserem Proberaum. Irgendwann kamen vier Typen aus dem Umfeld der Glasgow School of Art auf die Idee, das Gebäude für ihre Proben zu nutzen und für Partys, bei denen sie dann selbst auftraten. Als die nächste Party im «Château» anstand, reiste Michael von London nach Glasgow. Kaum hatte er die Band, ihr Name war natürlich Franz Ferdinand, spielen gesehen, war er überzeugt, dass ihr Sound für Größeres als für diese baufälligen Mauern bestimmt war. Er besorgte sich ein Demo und spielte es, zurück in London, seinem Boss vor. Doch Jeff, der Besitzer von Honeyriver Records, hatte Bedenken. Ob er wirklich davon überzeugt sei, dass Franz Ferdinand die nächsten Überflieger seien, wollte dieser Tiefflieger wissen.

«Nun begann ich zu zweifeln.» Michael stieß einen Seufzer aus. «Ich fragte mich, ob mich vielleicht einfach eher die gute Party mitgerissen hatte als die Musik. Außerdem waren die Jungs schon über 30, also eigentlich zu alt, um noch Jugendidole zu werden.» Er hielt sich die Handflächen vors Gesicht, noch immer fassungslos über diesen bodenlosen Mangel an Urteilsvermögen. «Ein paar Wochen später wurden die Jungs von Domino Records gesignt», fuhr er kopfschüttelnd fort. «Der Rest ist Geschichte. Sie wäre anders verlaufen, wenn ich auf mein Bauchgefühl gehört hätte.»

«Du hast Franz Ferdinand abgelehnt?» Ungläubig setzte Janosch seine Dose ab.

«Bei Honeyriver nennen sie mich seither Gavrilo Princip», antwortete Michael resigniert. Als wir ihn fragend ansahen, stöhnte er auf. «So hieß der Idiot, der den echten Franz Ferdinand erschossen und damit den Ersten Weltkrieg ausgelöst hat.»

Wir prusteten los. Michael stieg mit ein und nahm dankend das neue Bier entgegen, das Janosch aus dem Badezimmer hergeholt hatte. Alkohol und Nikotin taten ihre Wirkung: Die Anspannung des Tages wich aus unseren Körpern. Abgesehen von Kenny, der sich wie üblich zierte, wenn wir ihn zum Trinken bewegen wollten, den Eistee austrank und abrauschte. Um uns herum aber erwachte die Party zum Leben. Aus dem Geschnatter im Wohnzimmer wurde Gelärme, als Antwort drehte jemand im Nebenzimmer die Musik lauter. Auf dem Chesterfield-Sofa neben uns begann ein Mädchen, Koks vom nackten Bauch eines giggelnden Jungen zu schnupfen. Michael lächelte, fischte ein kleines Briefchen aus der Lederjacke und schüttete ebenfalls ein Häufchen Koks auf die Armlehne seines Sessels. Wir zogen die Linien mit dem Silberröhrchen, das er uns reichte. Dann quatschten wir in einem fort über unsere Lieblingsbands, die oft genug auch Michaels Lieblingsbands waren, und lästerten darüber, dass MTV gute Musik nur noch in der Nacht zeigte.

Wir hatten schon ganz vergessen, dass wir uns einem A&R präsentierten und nicht mit einem neuen Kumpel feierten, da stürmten kurz nach drei Uhr ein paar Neuankömmlinge die Wohnung. Das Vic hatte dichtgemacht und einen Teil seines Inhalts hierhin gespült. Als ob wir sie dazu angeheuert hätten, klopften uns ein paar der Neuen überschwänglich auf die

Schultern und gratulierten uns zum Gig. Michael beobachtete die Szene zufrieden nickend aus der Tiefe des Ohrensessels heraus. Dann erhob er sich ächzend, steckte sich eine Winston zwischen die Lippen und wankte auf uns zu. Ich gab ihm Feuer, und Michael legte mit feierlicher Miene die Arme um mich und Janosch.

«Wisst ihr, welches Gefühl ich gerade habe?», fragte er.

Wir schüttelten bierselig die Köpfe.

«Exakt dasselbe Gefühl, das ich damals bei Franz Ferdinand im Château hatte», sagte er und blies nachdenklich Rauch aus. «Eigentlich habe ich es schon den ganzen Abend. Seit ich euch auf der Bühne gesehen habe.»

Ich und Janosch tauschten einen elektrisierten Blick.

«Noch mal werde ich dieses Gefühl nicht ignorieren», versprach Michael und schüttelte entschlossen den Schädel. «Ich werde morgen Jeff anrufen und ihm sagen, dass wir Noise Parade unter Vertrag nehmen sollten, bevor es jemand anders tut.»

«Morgen ist Sonntag», warf Janosch vorsichtig ein.

«Jeff arbeitet auch sonntags.» Michael lächelte, leerte seine Dose und wollte aufs Klo. Inzwischen war er jedoch so verladen, dass er schon nach wenigen Schritten das Gleichgewicht verlor – und aufs Sofa krachte, auf dem inzwischen der Junge Koks vom Bauch des Mädchens zog. Die beiden kreischten erschrocken auf; Michael richtete sich mit krebsrotem Gesicht wieder auf und meinte, dass es wohl Zeit sei, ins Hotel einzuchecken. Da er sich kaum noch auf den Beinen halten konnte, schlangen ich und Janosch je einen Arm um ihn und trugen ihn mehr oder weniger runter. Über den den Straßenlaternen der Great Western Road verfärbte sich der Himmel violett. Janosch winkte einem Taxi, dessen Scheinwerfer in der Flucht der endlosen Häuserzeile aufleuchteten und größer wurden. Vor uns kamen sie zum Stehen, und wir verfrachteten Michael in den Fonds.

Bevor wir die Tür schlossen, lehnte er sich nochmals raus und schob sich die feuerroten Ringellocken aus den kleinen Augen.

« Reden wir morgen weiter, Steve und Jasper », schlug er vor. « Holt mich morgen um sechs im Merchant's Inn ab. Dann gönnen wir uns irgendwo ein schönes Steak. »

Wir sahen dem Taxi nach, wie es auf der leeren Straße einen U-Turn machte und in Richtung City verschwand. Janosch schlang sich die Arme um den Körper, weil ein Windstoß durch die Straße fegte, und schüttelte verdutzt den Kopf.

« Sag mal, Pete, sind wir gerade im Begriff, gesignt zu werden ? »

« Sieht so aus. » Ich musste grinsen, breiter als der Clyde. Janosch stieg darauf ein; sein verkniffenes Gesicht glomm in der Dämmerung auf. Schließlich gerieten wir so aus dem Häuschen, dass wir High five einschlugen und uns umarmten. Dann wurde es uns zu peinlich und wir ließen einander wieder los.

« Danke, Pete », sagte er.

« Wofür denn ? »

« Dass wir das durchgezogen haben. Das war die beste Entscheidung meines Lebens, hierherzukommen. »

« Bald sind wir bei Honeyriver Records, Janosch », erwiderte ich. « Mit dem Vorschuss können wir nach London ziehen. Dorthin gehören wir, nicht in diesen Windkanal. »

Weil es arschkalt war hier draußen, stießen wir die Haustür auf und kehrten in die Wärme zurück. Als wir mit schweren Beinen die Treppe hochstiegen, fragte Janosch, ob ich eventuell etwas Koks dabeihabe. Ich zog Michaels Briefchen aus der Hosentasche. Ich hatte es ihm auf dem Weg nach unten aus der Lederjacke gemopst. Oben vor der Wohnungstür steckten wir abwechselnd die kleinen Finger ins Tütchen und strichen uns das Koks unters Zahnfleisch, so wie es Junkies in Filmen taten.

Janosch

Die Luft, die uns aus der Wohnung entgegenschlug, war so stickig, dass wir beim Eintreten husten mussten. Pete und mich hatte das Koks zwar wieder hellwach gemacht, doch die Party lag in den letzten Zügen. Im Wohnzimmer verteilten sich Schlafende und Knutschende kreuz und quer über den Teppich und die Wohnzimmergarnitur, im Badezimmer schwamm eine letzte Dose Somersby-Cider einsam vor sich hin. Pete schnappte sie sich, dann gingen wir den Flur hinunter in ein Schlafzimmer, in dem sich eine Lichterkette warm glühend über ein Büchergestell mit Design-Bildbänden und aufgedrehter Kompakt-Stereoanlage schlängelte. Hierhin hatten sich die letzten Überlebenden zurückgezogen und wankten zum Rhythmus von Pulps *Babies.*

«Da bist du ja, Kumpel!»

Mein Herz machte einen Satz, als ich Kate erblickte. Sie tanzte betrunken und mit ausgebreiteten Armen vor sich hin. In der einen Hand hielt sie eine angebrochene Buckfast-Flasche, die andere schlang sie um meinen Hals. Ihre Augen klappten vor Müdigkeit auf und zu; ihr Sommerkleid war vom Feiern ganz zerknittert.

«Wir sind heute Abend gar nicht zum Quatschen gekommen, Janosch», beschwerte sie sich scherzend und bot mir von ihrem Buckfast an. Ihr zuliebe nahm ich einen Schluck und würgte das Zeugs runter.

«Wir waren mit Michael beschäftigt», sagte ich und lächelte entschuldigend. «Aber ich hätte natürlich gerne mit dir geplaudert.»

«Ihr habt das richtig gemacht, Gang.» Sie nahm mir die Flasche wieder ab und drückte mir dafür einen Kuss auf die Stirn. «Dafür haben wir jetzt ja etwas Zeit füreinander, ja?»

«Auf jeden Fall», bekräftigte ich und legte, vom Koks ermutigt, einen Arm um sie. Mein Herzschlag nahm Fahrt auf. «Nach Hause will ich jedenfalls noch nicht.»

«Die Einstellung gefällt mir.» Kate lachte heiser, schloss die Augen und löste sich zu meinem Bedauern sanft aus der Umarmung, um zu den melancholischen Gitarren von Pulp weiter zu schwofen. Obwohl die Wimperntusche über ihren Lidern verschmiert war, hatte sie noch nie so schön ausgesehen. Zugleich registrierte ich aus den Augenwinkeln, wie sich auf der zerknautschten Decke des Einzelbetts neben uns Engelslocken auf und ab bewegten. Pete und das Mädchen mit der Matrosenmütze, das uns die Tür geöffnet hatte, hatten sich der Länge nach hingeworfen und fummelten hemmungslos aneinander herum.

Jetzt tu endlich auch was, befahl ich mir, kramte aber stattdessen Tabak und Papers aus der Hosentasche, um mir und Kate eine gemeinsame Zigarette zu drehen.

Age of Consent war zu Ende; jemand wählte am iPod, der an der Stereoanlage hing, Underworlds *Born Slippy* aus. Das Zimmer jauchzte auf, und ich zündete mir die Zigarette an. Kate nahm sie mir lächelnd aus dem Mund, tat einen Zug und steckte sie mir zwischen die Lippen zurück. Dann legte sie ihren Arm um meinen Hals und ließ mit dem anderen die Faust zur hämmernden Bassdrum in die Höhe schnellen.

Jetzt, Janosch, jetzt, schrie ich mir innerlich zu, die Hitze von Kates Haut auf meiner spürend. Wann, wenn nicht heute, in dieser Nacht, in der Träume wahr zu werden schienen?

Der grobe Techno von *Born Slippy* kehrte in das bittersüße Synthesizer-Intro zurück. Jemand schob die Fenstergardinen beiseite, hinter denen der Tag anbrach. Die ersten Sonnenstrahlen fielen auf Kates Mund, der mit einem Lächeln auf den Stockzähnen synchron zum Underworld-Sänger *Lager, Lager* krächzte. Das war der Moment, in dem ich mich endlich traute. Ich drückte die Zigarette aus, legte meine Hände auf ihre Schultern und presste meine Lippen auf ihre.

Pete

«Hat er sicher Merchant's Inn gesagt?» Nervös starrte ich zur viktorianischen Bahnhofsuhr über der wuseligen Rezeption. Sie zeigte Viertel nach sechs.

«Hat er», murmelte Janosch aus der Tiefe seines indigoblauen Polstersessels.

«Sind wir im falschen Hotel?» Ich drehte den Kopf zu ihm. «Michael konnte sich auch sonst keine Namen merken!»

«Der wird doch wohl wissen, in welchem Hotel er absteigt.» Janosch versenkte das Kinn in der Hand und verfiel wieder ins Grübeln, das ihn heute fest im Griff hatte.

Vor einer Stunde waren wir aufgestanden, hatten unsere besten Kleider übergeworfen und waren über die King-George-Brücke zur protzigen St. Vincent Street gefahren. Staunend war ich stehen geblieben, als wir die Drehtür des würfelförmigen Marmorpalastes passiert hatten. Von der haushohen Decke leuchtete ein megalomanischer Kronleuchter auf die Pop-Art-Drucke an den Wänden. In den indigoblauen Polstergruppen um uns herum nippten elegante Damen und Herren Gin Tonic und aßen Gurkensandwichs von Afternoon-Tea-Etagères.

Ich schnappte mir einen der Prospekte, die auf einem Glastischchen vor mir lagen. Ließ den Blick über die Hochglanzbilder von Zimmern mit Boxspringbetten und XXL-Badewannen wandern. Die Grunders mochten in den Ferien üblicherweise an solchen Orten absteigen – für mich war es Neuland. Doch in meiner künftigen Existenz als Showgröße würden solche Hotels mein Zuhause sein. Ein Leben mit Frühstücksbuffet und gepflegtem Herumhängen in der Lobby vor dem Gig und wilden Afterpartys danach in der Suite. Vielleicht würde ich mal einen Fernseher aus dem Fenster werfen, wie es Keith Richards und viele andere auch schon getan hatten. Oder zumindest mitten in der Nacht Whisky und Clubsandwichs bestellen, die in einem Wägelchen mit silberner Speiseglocke aufs Zimmer kommen würden.

Die Uhr zeigte halb sieben. Schluss mit der Tagträumerei, befahl ich mir, schwang mich aus dem Sessel und ging zur Rezeption. Dahinter bleckte ein hochgeschossener Mann mit Karo-Einstecktuch im Blazer die Pferdezähne.

«Wohnt hier ein Michael?», fragte ich. «Er ist A&R für Honeyriver Records.»

Der Rezeptionist musterte mich prüfend. «Sie meinen Mr. Blythe?» Mit seinen langen Fingern wählte er am Telefon Michaels Zimmernummer, informierte ihn über den Besuch und legte wieder auf. «Er macht sich kurz frisch und kommt dann runter», beschied mir der Mann und bleckte noch einmal professionell die Pferdezähne.

Als Michael kurz darauf aus dem Fahrstuhl trat und quer durch die Lobby auf uns zu schlurfte, machte er nicht den Eindruck, als habe er uns zum Abendessen erwartet. Sein Nirvana-T-Shirt verpestete die Umgebung mit Tabakgestank. Die feuchten Ringellocken rochen im merkwürdigen Kontrast dazu penetrant nach Eukalyptus. Die breiten Füße steckten in Badelatschen mit dem Hotellogo. Vermutlich war er in der Badewanne überrascht worden und hatte sich eilig die Kleider von gestern übergeworfen.

«Guten Tag, Jungs.» Mit verlegener Miene gab er uns die Hand; die Kumpanei gestern war wie verflogen. «Habt ihr meine Nachricht nicht erhalten?»

«Welche Nachricht?», fragte ich.

Er habe unserer Managerin Kelly – «Kate», korrigierte Janosch – vor einer Stunde auf die Combox gesprochen, erklärte Michael. Dann seufzte er und schlug vor, sich zu setzen.

«Es gibt leider ein Problem», eröffnete er uns, als wir in einer freien Polstergruppe Platz genommen hatten. Kleinlaut berichtete er, dass er heute Mittag mit Jeff in London telefoniert habe. Auch der möge unsere Songs sehr, betonte er mit Nachdruck. Leider habe er aber gestern Abend eine Indieband aus Manchester unter Vertrag genommen und zugleich ein Moratorium für Gitarrenbands bei Honeyriver Records beschlossen. Mit bedauerndem Blick fuhr er fort: «Angesichts der einbrechenden CD-Einnahmen will Jeff lieber auf ein Pferd setzen, statt sich selbst zu kannibalisieren.»

«Das ist doch bescheuert!», rief ich aus.

«Nicht meine Entscheidung.» Er hob abwehrend die Hände. «Ich kann da leider nichts machen.»

«Wie heißt denn die Band?», fragte Janosch matt.

«The Bad Trippers. Oder The Black Strippers?»

«The Jack Rippers?», rief ich ungläubig.

«Genau die.» Michael zuckte die Schultern. «Jeff meint, dass sie die nächsten Libertines werden könnten.»

«Aber die kopieren die Libertines doch bloß!» Nun fuhr auch Janosch aus seinem Sessel hoch.

Michael erwiderte nichts; auch wir schwiegen beklommen. «Tut mir leid, dass es nicht geklappt hat», versuchte er uns schließlich aufzumuntern. «Aber lasst nicht die Köpfe hängen deswegen, Jungs. Eure Zeit kommt vielleicht noch.»

Damit erhob er sich und streckte uns die Pfote zum Abschied entgegen. Janosch stand auf und ergriff sie. Ich hingegen war so wütend, dass ich sitzen blieb, den Kopf in die Fäuste gestützt, und Michael mit keinem Blick mehr würdigte. Schweiß begann mir aus allen Poren zu schießen; ich fühlte mich, als würde mir der Boden unter den Füßen weggezogen. Wir sollten in Kontakt bleiben, hörte ich Michaels Stimme, als ob ich in einer Blase säße.

«Da hast du gestern Abend den Mund aber ganz schön voll genommen, was?» Ich hatte mich gefangen, hob den Kopf und spießte Michael mit meinem bösesten Blick auf. «Dann war das gestern alles nur heiße Luft?»

«Nein, das war es nicht!», erwiderte er so empört, dass seine Ringellocken auf und ab tanzten. «Ihr habt das Zeug zu großen Musikern. Aber das ist nun mal nicht der einzige Faktor, der in diesem Business zählt.»

Damit kehrte er uns den Rücken zu und schlurfte in seinen Badelatschen zum Fahrstuhl zurück. Vermutlich ließ der Arsch seinen Ausflug nach Glasgow nun mit Kabel-TV und Zimmerservice ausklingen.

Draußen, auf der St. Vincent Street, hatte Regen eingesetzt; er floss mir direkt in den Jackenkragen und den Rücken hinab. Wieso zur Hölle hasste uns Glasgow dermaßen? Ich kickte mit voller Wucht eine Dose weg, die auf dem Gehsteig lag, und schlug vor, uns zu besaufen. Zwar war mir noch übel von gestern. Aber die beste Strategie, diesen Tag zu überstehen, bestand darin, gar nicht erst nüchtern zu werden. Da wir kein Bargeld mehr hatten, steuerten wir den nächsten Geldautomaten der Royal Bank of Scotland an. Janosch schob die Karte rein und gab den Code ein, dann warf er erschrocken den Kopf zurück.

«Vergiss das Besäufnis, Pete! Wir sind pleite.»

«Was?» Ich reckte meinen Hals über seine Schulter und erblickte den Kontostand. Er betrug weniger als 350 Pfund. Das reichte gerade mal für die nächste Monatsmiete.

«Wo ist denn all das Geld hin?», fragte ich.

«Die Tour», meinte Janosch. «Das Saufen.»

«Verdammte Scheiße!»

Janosch zuckte niedergeschlagen die Schultern. «Das wars dann wohl, Pete.»

Ich überzeugte ihn, dass wir uns angesichts dieser Lager erst recht die Kante geben mussten. Wir steuerten die nächstbeste Eckbar an, ein Pub mit *Sky Sports*-Signet über der massiven Eichentür. Im Halbdunkel verfolgten ältere Männer ein lautlos gestelltes Fußballspiel auf einem Großbildschirm. Ich holte zwei Pints von der Bar und trug sie zu Janosch, der sich an einen der Hochtische gesetzt hatte und bedrückt mit den Karton-Untersetzern spielte. Das war es nun also. Statt dass wir triumphierend in London einzogen, endete unsere Reise in einer abgeranzten Bar in Glasgow, aus deren Deckenboxen es Chartmusik regnete. Was für ein intergalaktisches Fiasko. Zumindest dachte ich das, bis uns, einmal mehr, der Klingelton eines Nokia aus dem Sumpf zog. Ich nahm mein Handy aus der Jackentasche; eine unbekannte Nummer rief an.

«Hallo Pete», sagte eine Stimme, die mir bekannt vorkam. «Hier ist Greg von Mutual Friends Records. Kenny hat mir deine Nummer gegeben.»

«Hi Greg», rief ich überrascht. Da sich einige der Gäste verärgert nach uns umdrehten, weil wir ihre Depro-Stimmung störten. Also rutschten wir von den Hockern und gingen vor die Tür. Draußen auf dem Gehsteig stellte ich das Nokia auf Lautsprecher.

«Ich habe euch gestern im Vic vor Indistinct Chatter spielen sehen», fuhr Greg fort. «Toller Gig. Tolle Energie.»

«Danke», sagte ich und wartete gespannt.

Greg räusperte sich. «Bin ich zu spät?»

«Zu spät wofür?»

«Wie ich höre, seid ihr schon mit Honeyriver Records im Gespräch.» Er machte eine Pause. «Falls das noch nicht besiegelt ist, würde ich euch auch gerne ein Angebot machen.»

Janosch

Er könne leider nicht lange bleiben, seine Tochter habe Koliken, begrüßte uns Greg, als wir ihn kurz darauf in einem indischen Familienrestaurant in der Nähe des Queen's Parks trafen. Er besaß einen Gutschein für das Lokal, der demnächst ablief, und hatte uns deshalb das spontane Abendessen vorgeschlagen. Als wir uns an einen der Tische mit Buntstift-Sets und Papier-Tellerunterlagen zum Ausmalen gesetzt hatten, legte er Yankees-Mütze und Kastenbrille ab und rieb sich die geröteten Augen. Er wisse nicht, wann er das letzte Mal durchgeschlafen habe, murmelte er und winkte einem Kellner. Wir bestellten Chicken Tikka Masala sowie, weil der Wirt keine Ausschanklizenz besaß, Mango Lassi, der in bunten Plastikbechern kam. Dies hier war zweifellos nicht das Steakdinner, das uns Michael in Aussicht gestellt hatte. Genauso wenig offerierte Greg uns den Plattendeal unserer Träume.

«Ich will euch nichts vormachen.» Eilig schöpfte er sich rosarotes Tikka Masala aus der Silberschüssel auf den Teller, während sich am Nebentisch Kinder grüne Soße in die Gesichter schmierten. «Ich backe kleinere Brötchen als Honeyriver Records. Bei Mutual Friends Records gibt es keine großen Vorschüsse und keine NME-Titelgeschichte. Jedenfalls nicht sofort.»

Pete stocherte säuerlich auf seinem Teller herum.

«Aber macht euch keine Illusionen», fuhr Greg kauend fort. «Selbst ein guter Vorschuss schmilzt in London schneller weg als Eis unter der Sonne. Zudem ist es ja bloß ein Kredit, den ein Label wie Honeyriver Records wieder hereinholen will. Da könnt ihr locker erst mal zwei, drei erfolgreiche Alben produzieren, bis ihr eure Vorschüsse abbezahlt habt und Geld auf die Seite legen könnt für die Zeit nach der Party, wenn eure Gesichter nicht mehr im NME zu sehen sind.»

Vor Schreck verschluckte ich mich an einem Stück Huhn. Greg riss ein Butter-Knoblauch-Naan entzwei und wischte damit die rosa Soßenflecken auf seinem Teller auf. «Und falls ihr mit dem ersten Album nicht durchstartet», fuhr er fort und stopfte sich das Naan in den Mund, «verliert das Label schnell das Interesse an euch. Plötzlich werdet ihr nicht mehr zu den coolen Partys eingeladen, kriegt einen zweitklassigen Produzenten fürs nächste Album und kaum noch Marketing, sodass ihr bald sang- und klanglos untergeht.» Nachdem er den Teufel, also Honeyriver Records, an die Wand gemalt hatte, schlug er uns seinen Deal vor, der im Gegensatz dazu bescheiden, aber auch beruhigend klang.

Er könne uns einen Vorschuss von 6000 Pfund anbieten, sagte Greg und putzte mit dem T-Shirt seine Brille. «Und ich biete euch Zeit an. Arbeitet in diesem Sommer in aller Ruhe an eurem Material. Im September, kurz vor den Herbst-Releases der Majorlabels, geben wir eine EP mit vier, fünf Songs heraus.»

«Kein ganzes Album?», fragte ich enttäuscht.

«Glaub mir: Auch eine EP ist kein Kinderspiel.» Greg lehnte sich satt zurück, zog sein Handy hervor und rapportierte seufzend, dass die Kleine zu Hause noch immer wie am Spieß schreie, statt endlich einzuschlafen. Er winkte dem Kellner wegen der Rechnung und verabschiedete sich mit der Bitte, dass wir doch über seinen Vorschlag nachdenken sollten.

Wir versprachen, uns morgen zu melden. Dabei bestand kein Zweifel, dass wir zusagen würden. Uns blieb keine andere Wahl.

Nachdem wir die Mango Lassis ausgetrunken hatten, kehrten wir müde zur Allison Street zurück. Ich warf mich aufs Bett und zog mein Handy hervor. Schon den ganzen Tag über hatte mich eine andere Frage weitaus mehr beschäftigt als jene, ob und bei welchem Label wir unterschreiben würden. Doch als ich aufs Display sah, sackte ich innerlich zusammen. Kate hatte nicht geantwortet. Noch immer nicht. Ich starrte durchs Fenster zur Häuserzeile gegenüber der Straße, hinter die sich die Sonne längst zurückgezogen hatte, und versuchte, am Ende dieses verwirrenden Tages, einen klaren Gedanken zu fassen. Was genau war das gewesen, fragte ich mich, was Kate und ich heute früh veranstaltet hatten?

Kaum hatte ich meine Lippen auf ihre gedrückt, hatte ich feststellen müssen, dass Küssen gar nicht so einfach war, wie es aussah. Unsere Zähne rieben sich aneinander; ich suchte mit meiner Zunge verzweifelt nach ihrer. Kate kicherte, wirkte aber eher überrascht als belustigt. Denn kurz darauf schloss sie die Augen und fuhr mit ihrer Zunge geübt um meine. Nach einer Weile hatte auch ich endlich den Bogen raus. Ich presste meine Hände an ihren Hals und atmete ihren Duft aus Zigarettenrauch, Buckfast und Zimt ein. *So* hatte ich mir Küssen vorgestellt: Stromstöße zuckten durch meinen Körper. Weil nun aber einige Betrunkene neben uns begannen, unsere Kussgeräusche nachzumachen, ließ Kate wieder von mir ab und lachte leise auf.

«Sorry», flüsterte ich und nahm verunsichert meine Hand von ihrem Bein. «Wolltest du nicht?»

«Alles gut.» Sie hielt inne und fuhr mir langsam durch die Haare. «Ich wusste ja, dass du mich magst. Aber nicht … so.»

«Doch!», stieß ich hervor und wunderte mich, wie um alles in der Welt sie das nicht hatte bemerken können. «Ich bin verrückt nach dir!»

«Verrückt nach mir?» Sie hob eine Augenbraue.

Sofort bereute ich, diesen Gedanken ausgesprochen zu haben. Nun schwebte er in der abgestandenen Luft zwischen uns.

«Ich meine nur», erklärte ich, «ich mag dich unglaublich.»

«Ich mag dich auch.» Sie lächelte. «Sehr sogar.»

Das war zwar nicht dasselbe wie verrückt oder verknallt. Doch weil Kate in dem Moment wieder mit Knutschen anfing, verflüchtigte sich diese Sorge gleich wieder. Ich wagte es, den Bleistift aus ihrem hochgesteckten Haar zu ziehen, sodass die Locken wieder über die Schultern und das gelbe Sommerkleid fielen. Das war es nun, dachte ich mit hämmerndem Herzen. Eine Ewigkeit hatte es gedauert, bei einer Frau zu landen. Doch für Kate hatte sich das Warten gelohnt. Langsam tastete ich über ihren Bauch zu den Brüsten hoch. Doch bevor ich angelangt war, begann in ihrer Hosentasche eine nervtötende, immer lauter werdende Melodie zu erklingen. Leise fluchend zog sie ihr Handy hervor und weitete erschrocken die Augen. «Scheiße! Ist es echt schon sieben Uhr?»

Ich zuckte irritiert mit den Schultern. Es war mir völlig egal.

«Sorry.» Sie stöhnte. «Ich muss los.»

Bestürzt sah ich zu, wie Kate eilig ihre Sachen zusammensuchte, und ging mit ihr den Flur hinunter zum Eingang, wo sie ihre Halbstiefel anzog und dabei, da sie ziemlich betrunken war, fast umpurzelte. Ihre Oma werde heute 70 Jahre alt, erklärte sie mir währenddessen. Die ganze Familie mache einen Tagesausflug nach Arran, eine Insel vor Schottlands Westküste, wo sie Sunday Roast essen, Whisky trinken und Bingo spielen würden. Nun musste Kate rasch nach Hause, um frische Kleider anzuziehen, Omas Geschenk zu holen und dann zur Central Station zu hetzen.

«Wetten, dass ich auf der Überfahrt von der Fähre kotze?» Kate war aufgestanden, hatte gelächelt und mir einen Kuss auf die Stirn gedrückt.

«Bis bald, Janosch.»

«Bis bald, Kate.»

Als ich schon am Eindösen war, ließ Kate dann doch noch von sich hören. Das Nokia auf dem Boden neben dem Bett gab einen Summton von sich; ich schnellte hoch und schnappte danach. Mit zittrigen Fingern öffnete ich das Briefchen-Icon. Kate entschuldigte sich dafür, dass sie die Nachricht von Michael erst jetzt gehört habe; sie habe tagsüber nicht aufs Handy geschaut und sei gerade erst nach Hause gekommen.

Kein Problem, schrieb ich zurück und berichtete ihr von Gregs Angebot.

Klingt doch auch gut, antwortete sie.

Ja, tippte ich und überlegte fieberhaft, was ich sonst zu sagen hatte. Doch noch während ich darüber brütete, trudelte mit einem Summton schon die nächste Nachricht ein:

Können wir uns bald sehen, Janosch? Wenn wir ausnahmsweise einmal nüchtern sind?

Nina
Juni 2006

Janosch

Ich traf Kate in einer Fish-and-Chips-Bude nahe der School of Art. Ein blauer Neonfisch funzelte über dem Eingang; drinnen wendeten zwei Frauen mit umgebundenen Schürzen Kabeljaustücke im Bierteig und warfen sie ins siedende Öl. Darin hatten vor einiger Zeit auch die frittierten Würste und Pizzastücke geschwommen, die nun in der Wärmevitrine neben der Theke vertrockneten.

Da ich zu früh war, holte ich mir eine Coladose aus dem Getränkekühler und setzte mich an einen Fenstertisch. Es war später Nachmittag; drei kartenspielende Bauarbeiter mit ihren Leuchtwesten über den Stuhllehnen waren die einzigen Gäste außer mir. Ich riss einen Strohhalm vom Tischset aus der Papierverpackung, nuckelte an meiner Cola und überlegte, weshalb Kate von allen Orten Glasgows ausgerechnet diesen ausgesucht hatte, um sich mit mir zu treffen.

Sie komme direkt von der Kunstschule, hatte sie in ihrer SMS geschrieben. Deshalb nahm ich an, dass sie vielleicht erst etwas essen wollte, bevor wir ins Nice 'n' Sleazy oder in eine andere Bar weiterziehen würden.

Dass Kate den Ort ausgesucht haben könnte, um keine falschen Erwartungen zu schüren – daran wollte ich nicht denken.

Als sie eine Viertelstunde später, die mir vorkam wie eine Ewigkeit, endlich die Tür aufschwang, wurde jeder Knochen in mir weich. Weil draußen eben die Abendsonne durch die Wolken gebrochen war, hatte Kate ihren blassrosa Flauschmantel über den Arm gelegt. Das schmutziggelbe Licht fiel schräg durchs Glas auf ihre Locken und das Leopardentop.

Sie nickte mir lächelnd zu, als sie mich erblickte. Während sie auf meinen Tisch zusteuerte, erhob ich mich ungelenk und fragte mich, ob ich sie nach unserer letzten Begegnung wohl auf den Mund küssen durfte. Doch bevor ich mich entscheiden konnte, drückte mir Kate bereits einen Schmatzer auf die Wange und setzte sich mir gegenüber.

«Isst du auch was?» Sie zog die Speisekarte, an der getrocknete Brown Sauce klebte, aus dem Serviettenhalter. «Sie braten hier zwar toten Fisch am laufenden Meter, aber das Beste, was sie haben, ist definitiv ihr Gemüsepakora.»

Ich schüttelte den Kopf. Mein Magen war so flau vor Nervosität, dass ich ohnehin keinen Bissen hinuntergekriegt hätte. Kate bestellte an der Theke eine Portion Pakora und zog eine Sprite aus dem Getränkekühler, dann setzte sie sich wieder zu mir.

Sie lächelte. «Wie geht es denn, Kumpel?»

«Gut», erwiderte ich und nickte. Obwohl ich darauf brannte zu wissen, was jetzt Sache war zwischen uns, beschloss ich, die Unterhaltung ungezwungen zu beginnen. «Hast du tatsächlich von der Fähre runter gekotzt?»

Sie grinste und erzählte mir, dass der Geburtstag ihrer Oma damit geendet hatte, dass nicht sie, sondern ihr Vater sich auf der Rückfahrt von der Insel Arran ins Meer übergeben hatte.Ich hätte sie so gerne geküsst oder wenigstens ihre Hand gehalten, während ich an ihren Lippen hing. Doch ihre Finger fummelten bloß an der Lasche ihrer Sprite-Dose herum. Ein Zischen riss mich aus dem Grübeln. Kate hatte ihre Sprite geöffnet und hob eine Augenbraue.

«Die Sache mit uns, Janosch ...»

«Hm?», erwiderte ich, während sich in meinem Hals ein dicker Kloß bildete. Denn ihr Tonfall ließ bereits erahnen, dass dieser Abend nicht in einer Kuschelecke im Nice 'n' Sleazy enden würde.

«Ich fands echt schön mit dir, Janosch», begann sie erneut. Sie streckte ihre Hand aus und berührte flüchtig meinen Unterarm, was mich nochmals kurz Hoffnung schöpfen ließ.

«Ich auch», versicherte ich. «Es war wunderschön!»

«Aber belassen wir es dabei, okay?»

Verlegen tunkte sie ein Stück Gemüsepakora in die Cocktailsoße, die, wie mir in dem Augenblick durch den Kopf schoss, ziemlich sicher Mayo enthielt und nicht vegan war. Ich nickte benommen, so als verstünde ich bestens. Dabei kapierte ich in Wahrheit überhaupt nichts.

«Wieso denn?», fragte ich schließlich.

«Ich mag dich, Janosch, sehr sogar», holte Kate aus und fing zu meinem Leidwesen wieder damit an, mit der Lasche ihrer Dose herumzuspielen. Sie hob den Kopf und sah mich an. «Aber ich bin nicht verknallt in dich. Tut mir leid, wenn wir uns da missverstanden haben.»

Ich hätte mich am liebsten links und rechts geohrfeigt. Also doch, dachte ich. Ich hatte mir alles nur eingebildet. Nun kam mir auch nichts anderes mehr in den Sinn, als mit der Lasche meiner Coladose herumzuspielen. Kate bemerkte es und verzog den Mund zu einem kumpelhaften Grinsen, was alles nur noch schlimmer machte.

«Weißt du», sagte sie, «auf Tour hatte ich manchmal das Gefühl, du seist der Bruder, den ich nie hatte.»

«Dein Bruder?» Verwirrt hob ich den Kopf.

Sie zuckte die Schultern und lächelte. «Na ja, ich hab' mir als Kind immer ganz fest einen kleinen Bruder gewünscht.»

Das saß nun wie ein Schlag in die Magengrube. Aus dem Affekt heraus zog ich Tabak und Papers hervor und begann, eine Zigarette zu drehen. Ich hoffte nur noch, dass dieses Treffen bald vorüber sein würde. Zum Glück hatte nun auch Kate keinen Hunger mehr, sodass wir den halbvollen Teller

Pakora stehen ließen und bezahlten. Draußen auf dem Gehsteig, wo der blaue Neonfisch unermüdlich weiterglomm und eine Brise aufgezogen war, teilten wir uns die Zigarette. Kate blies Rauch aus und sagte mir, dass sie Gregs Vertragsentwurf mit einer befreundeten Juristin durchgesehen habe. Es sei alles in Ordnung damit, versicherte sie. Das interessierte mich gerade überhaupt nicht, doch als Kate nachschob, dass sie sich in den nächsten Wochen wieder auf ihr Studium konzentrieren wolle, brach sie mir gleich noch mal das Herz.

«Ich organisiere im Herbst wieder eine Tour für euch, wenn ihr mit der EP fertig seid, ja?», schlug sie vor und reichte mir die Zigarette für den letzten Zug. Ich nahm ihn und zertrat den Stummel, danach umarmten wir uns.

«Wir bleiben gute Freunde, Kumpel, oder?» Kate strich mir übers Haar.

«Gute Freunde», antwortete ich, befürchtete aber, dass ich sie in diesem Sommer kaum mehr sehen würde. Sie kehrte zur Kunstschule zurück, wo sie im Atelier endlich ihr Semesterprojekt, eine impressionistische Collage von Glasgower Fast-Food-Buden, in Angriff nehmen wollte. Ich hingegen fühlte mich, als sei mir eben der Boden unter den Füßen weggezogen worden. Da mein Tabak alle war, kaufte ich mir am nächsten Kiosk mit zittrigen Fingern einen Pack Zigaretten und rauchte Kette, während ich zu Fuß nach Hause ging. Ich hatte Glück, lebend in der Allison Street anzukommen, denn ich war so durch den Wind, dass ich zweimal fast überfahren worden wäre. Zu Hause saß Pete in der Küche und verdrückte ein Fritten-Sandwich mit Brown Sauce; das einzige Gericht, das wir uns angesichts unseres Kontostands leisten konnten.

«Was ist denn los?», fragte er, als er mein Gesicht sah.

«Nichts!», erwiderte ich mit letzter Kraft, schloss die Zimmertür hinter mir und warf mich auf mein Bett, um loszuheulen. Erst nachdem ich mich stundenlang gewälzt hatte, schlief ich vor Erschöpfung ein.

Am nächsten Morgen erwachte ich ausgelaugt und mit vom Weinen verkrusteten Augen. Pete musste mich praktisch mit Gewalt aus dem Bett zerren, da wir heute den Vertrag mit Mutual Friends Records unterzeichneten.

In Gregs schmuckem Backsteinhäuschen nahe dem Glasgower Hafen öffneten wir zur Feier des Tages eine Flasche Sekt, während die Kleine im Nebenzimmer unablässig schrie. Pete schenkte mir dauernd nach, wohl um mich aufzumuntern, sodass ich ziemlich beschwipst nach Hause kam.

Doch kaum war die Tür ins Schloss gefallen, holte mich der Liebeskummer wieder ein. Eine Woche schaffte ich es kaum aus dem Bett heraus. Ich aß kaum etwas und hörte auf dem iPod wehmütige Musik, die mich dann natürlich noch mehr herunterzog. Pete klopfte ab und zu an und fragte, ob er mir was zu essen holen solle, sonst sah er lautstark im Wohnzimmer fern. Eines Nachmittags platzte er dann in mein Zimmer.

«Das Geld von Greg ist da!», rief er, unsere Bankkarte triumphierend in der erhobenen Hand.

«Mir doch egal», grummelte ich.

Pete riss mir die Stöpsel aus den Ohren. «Reiß dich endlich zusammen, Janosch!»

Wir verließen das Haus und hoben am nächsten Bankomaten einige Hunderter von der ersten Tranche über 3000 Pfund, die Greg uns überwiesen hatte, ab. Die zweite Hälfte des Vorschusses würde folgen, sobald wir drei Songs aufgenommen hatten. Da Kate 15 Prozent des Vorschusses gehörten, steckten wir ihren Anteil in einen Briefumschlag und schickten ihn an ihre Adresse ab. Mit dem restlichen Geld holten wir auf Petes Vorschlag hin in der City unser entgangenes Steakdinner nach. Das blutige Sirloin und der buttrige Rotwein verliehen mir endlich Auftrieb. Als wir satt durch den einbrechenden Abend nach Hause spazierten, beschloss ich, meine Energie endlich wieder dafür zu verwenden, wofür wir nach Glasgow gekommen waren. Ich war fest entschlossen, Kate zu beweisen, dass ich kein kleiner Bruder war, sondern ein großer Künstler.

Abend für Abend verbrachten wir im Proberaum und versuchten, neues Material zu erschaffen. Mir schwebte nichts Geringeres vor, als die beste EP des Jahres zu komponieren: ein Meisterwerk, das weit über Glasgow und das Jahr 2006 hinaus erstrahlen würde.

Doch es wollte einfach nicht klappen. Immer feindseliger starrte ich meinen Orange-Verstärker an, aus dem bloß nichtssagendes Geklimper kam. Ich hatte gehofft, dass der Liebeskummer wenigstens meine Inspiration beflügeln würde. Schließlich waren so viele berühmte Songs aus diesem Schmerz heraus entstanden. Doch mir fiel nichts Originelles oder Ergreifendes ein, wenn ich an Kate dachte – an ihre Zahnlücke oder ihren Zimtgeruch. Es tat einfach nur höllisch weh.

Pete hatte derweil offensichtlich beschlossen, einfach so zu tun, als seien wir von einem Majorlabel gesignt worden statt von Mutual Friends Records. Er ging auf Shoppingtour und kaufte sich von unserem Vorschuss ultraenge Röhrenjeans von Diesel und ein braun kariertes Tweedjackett von Burberry. Dafür sparte er beim Friseur: Seine Locken quollen unter der Schiebermütze nun bis über die Ohren hervor. So sah er endgültig aus wie einem Backstage-Partyfoto aus dem NME entsprungen.

«Müssen die denn so eng sein?», fragte ich, im Türrahmen zu Petes Zimmer stehend, als er sich auf dem Bett ächzend in die Jeans zwängte.

«Ja, müssen sie», erwiderte er und wandte mir den Kopf zu: «Du könntest übrigens auch mal neue Kleider kaufen. Schließlich sind wir jetzt professionelle Musiker. Oder willst du für immer die Lederjacke deines Vaters tragen?»

«Ich mag die», murmelte ich, während er aufstand und an mir vorbei ins Bad huschte, um sich vor dem Spiegel kunstvoll die Locken zu verstrubbeln. Als er damit zufrieden war, machte er sich auf den Weg ins Nice 'n' Sleazy, vermutlich um seinen neuen Look zu testen. Ich war froh, etwas Zeit für mich zu haben, und klimperte, weil es sonst nichts zu tun gab, in der abendlichen Stille auf der unverstärkten Les Paul herum. Vermutlich gerade, weil ich mir nichts davon erhofft hatte, verfing ich mich in einem melancholischen Riff, das, in Schlaufen wiederholt, eine schöne Ballade ergeben würde.

Endlich, dachte ich erleichtert.

Später half mir Pete unfreiwillig bei den Lyrics: Am frühen Morgen erwachte ich, weil er mit einer Frau im Schlepptau in die Wohnung polterte. Erst war ich genervt, weil ich den beiden durch die dünnen Wände abwechselnd beim Sex und beim Quatschen zuhören musste. Doch als sich die beiden nach einige Stunden Tschüss sagten und danach ihre Schritte im Treppenhaus verhallten, wusste ich, wovon mein neuer Song handeln sollte. Vom Ende eines One-Night-Stands, wie Pete sie die ganze Zeit hatte; dem endgültigen Abschied nach wenigen, intimen Stunden. Während ich wild in meinen Notizblock zu kritzeln begann, der für solche Fälle auf dem Nachttisch bereitlag, durchzuckte mich schon der nächste Geistesblitz. Vielleicht war es sogar mehr als das: eine Vision. Mit einem Mal wurde mir klar, wie unsere EP klingen sollte. Wir würden genau das tun, was Greg uns damals in dem chinesischen Take-away aufgetragen hatte. Wir würden eine eigene musikalische Welt erschaffen.

Wenig später spazierte ich mit frischer Energie die Renfrew Street zu Kenny ins Musikcollege hinunter. Pete schleppte sich mit Augenringen dick wie die eines Waschbären hinter mir her. Unterwegs zog die Art School vorüber und ließ meinen Liebeskummer für einen Moment in aller Heftigkeit zurückkehren. Womöglich arbeitete Kate in der Sekunde hinter den Sandsteinmauern an ihrer Collage. Doch die Aussicht, in diesem Sommer meine Fußstapfen in die Musikgeschichte zu setzen, ließ mich entschlossen weiterziehen. Kenny, einen Styroporbecher mit Tee in der Hand, wartete bereits am Eingang des Colleges. Greg hatte mit dem Direktor, natürlich ein alter Kumpel von ihm, einen Deal ausgehandelt: An vier Wochenenden durften wir hier unsere Songs aufnehmen. Kenny sollte am Mischpult sitzen und unsere EP produzieren, weil das bei *If you love me* schon so gut geklappt hatte.

Oben im Studio zeigte ich Pete die Bass- und Gesangsspur zu *When you leave me*, wie ich meine neue Ballade getauft hatte. Trotz seines Katers hatte er seine Parts schnell im Griff und nahm sie auf. Kenny fügte eine Drumspur aus zurückhaltenden Trommelwirbeln hinzu.

Als am Nachmittag Greg vorbeischaute, um sich unsere Fortschritte anzuhören, hielt ich den Moment für gekommen, vor der versammelten Truppe meine musikalische Vision auszubreiten. Unsere EP sollte die Geschichte einer Liebe erzählen, die nur eine Nacht lang dauerte. Sie würde mit *If you love me* beginnen und mit *When you leave me* enden.

« Ein Konzeptalbum ? Interessant. »

Nachdenklich saß Greg, die Beine übereinandergeschlagen, neben mir auf dem Sofa in der Aufenthaltsnische. Pete und Kenny hatten die beiden Drehstühle aus dem Regieraum dazugeschoben, schlürften Tee und knabberten an dem Shortbread, das uns Greg in einer Tüte mitgebracht hatte.

«Ich mag die Idee!» Kenny schluckte und nickte. «Sie setzt einen kreativen Rahmen.»

«Geht es im Album der Arctic Monkeys nicht um dasselbe?» Mit fragendem Blick hauchte Greg seine Kastenbrille an, bevor er sie mit seinem T-Shirt putzte.

«Dort geht es um eine Nacht in einem Club», korrigierte Kenny. Nachdem wir kurz darüber diskutiert hatten, ob sich diese beiden Konzepte zu ähnlich seien oder nicht, setzte Greg die Brille wieder auf und meinte, dass dies letztlich nicht wichtig sei.

«Was zählt, ist die Umsetzung», schärfte er uns ein. «Die Musik. Die neue Ballade ist zweifellos ein würdiger Closer für eure EP. Aber wenn die einschlagen soll, so wie ihr euch das wünscht, braucht ihr eine zweite Uptempo-Nummer. *If you love me* kennen eure Fans jetzt schon. Wisst ihr, was ich meine?»

Natürlich wusste ich, was er meinte. Greg mochte aus London nach Glasgow zurückgekehrt sein, weil er keine Songs mehr für die Spice Girls produzieren wollte. Aber letztlich musste auch er tun, wozu jeder Labelboss, ob Indie oder Major, nun mal gezwungen war: Platten verkaufen, um seine Kosten zu decken.

Wir brauchten einen neuen Knaller.

Während ich neben Pete schweigend zur Allison Street zurückkehrte, begann sich eine unsichtbare Last auf meinen Schultern aufzutürmen. Bereits in zwei Wochen stand die nächste Aufnahmesession an. Und Greg hatte recht. Abgesehen von *When you leave me* bestand unsere EP erst aus einer luftigen Vorstellung statt aus realen Kompositionen. Eine düstere, alles lähmende Frage begann sich in meinem Kopf einzunisten: Was, wenn ich das nicht packte? Was, wenn ich doch nicht zum großen Künstler berufen war, wie ich es, seitdem ich *Tower Boys* komponiert hatte, felsenfest geglaubt hatte?

Pete

Von nun an bunkerte sich Janosch mit der Gitarre im Zimmer ein. Raus kam er nur, um sich in der Küche einen Kaffee zu brühen oder sich was aus dem Kühlschrank hineinzustopfen. Dabei zog er ein Gesicht wie früher der leidende Jesus über unserem Esstisch in der Hardau. Janosch war so auf sich fokussiert, dass er gar nicht mitbekam, dass auch ich gerade eine heftige Krise schob.

Zwar war auch hier so etwas wie Sommer ausgebrochen. In den Parks hielten die Glasgower die bleichen Brüste in die eigelbe Sonne. Mir aber kam die Stadt vor wie mit einem grauen Filter überzogen. Die Aussicht, ohne Gig hier festzusitzen, betrübte mich mehr, als ich es für möglich gehalten hätte. Im NME hatte ich einmal von der Post-Tour-Depression gelesen. Sie überfiel Musiker, wenn sie nach Hause kamen und den Rummel der Konzerte vermissten. Kein Zweifel, das traf voll auf mich zu. Ich vermisste es wie verrückt, vor einem Publikum zu stehen. Zu wissen, dass im Schwarz hinter dem Bühnenlicht alle Augen an mir hingen. Zu spüren, wie mir das Adrenalin die Kraft eines Riesen verlieh. Auf der Couch hingegen, auf der ich fernglotzte, während Janosch im Zimmer rumklimperte, schien ich von Tag zu Tag zu schrumpfen.

Also ging ich jeden Abend raus. Tat dasselbe, was ich auf Tour getan hatte: Ich schleppte Mädchen ab. Nur machte der Sex ohne Auftritte weitaus weniger Spaß. Er fühlte sich nicht wie eine Belohnung an, sondern so, als hätte ich ihn gar nicht verdient. Fast meinte ich zu kapieren, was mein Vater in seinen Predigten mit dem «inneren Vakuum» gemeint hatte, das die zwangsläufige Folge von beiläufigem Sex sei. Immerhin halfen Drogen, dieses nervige Gefühl zu vertreiben. Eines Nachts fragte ich mich im Sub Club durch das Gewühl durch und fand schließlich eine Gestalt, die mir ein Ecstasy und ein Tütchen Koks verkaufte. Ich schluckte die ganze Pille, zog auf der Toilette eine Linie und lernte auf der Tanzfläche Amy kennen.

Amy hatte ebenfalls Pupillen groß wie Untertassen, Haare wie Seide und roch nach penetrantem Lavendelshampoo. Sie sei eine ehemalige Finalistin der Miss-Scotland-Wahl, schrie sie mir durch den Krach ins Ohr. Ich wollte zurückschreien, dass ich mit meiner Band gerade das Debütalbum aufnehme, da steckte sie mir schon die Zunge in den Hals. Als der Sub Club schloss, nahm sie mich in ihr Schlafzimmer mit, das mit schwülstigen Plusterkissen dekoriert war. Doch kaum waren wir am Morgen erwacht, zog sie einen Eheklunker aus der Nachttischschublade. Streifte ihn über und befahl mir, den Abflug zu machen.

«Kriege ich nicht einmal einen Tee?», fragte ich.

«Mein Mann kehrt bald von einem Auswärtsspiel seiner Fußballmannschaft in Liverpool heim.» Hastig zog Amy die Bettwäsche ab. «Glaub mir, dann willst du nicht mehr hier sein.»

Gekränkt trat ich aus ihrem Haus in ein gesichtsloses Wohnquartier in Nordglasgow, in dem ich noch nie gewesen war. Was für eine Schlampe, dachte ich und vergrub die Hände in den Taschen meines Burberry-Jacketts. So brüsk hatte mich noch nie jemand von der Bettkante gestoßen. Ich war mir sicher: Würden wir in London leben und stünden wir bei Honeyriver Records unter Vertrag, wäre mir das nicht passiert. In einem Kiosk neben der Bushaltestelle besorgte ich mir Frühstück: Tee im Styroporbecher, einen Schokoriegel und den neuen NME. Während der Bus das Stadtzentrum durchquerte, blätterte ich neidisch durchs Heft. In Schottland hatte die Hochsaison begonnen; auf den Gehsteigen studierten Highland-Touristen auf der Durchreise die Stadtkarten. In London hingegen war die Indieparty in voller Fahrt. In jeder Ausgabe jubelte der NME neue Bands hoch. Zeigte, wie sie backstage mit Franz Ferdinand abhingen, oder streute Gerüchte, mit welchem Model der Leadsänger angebandelt hatte.

Ich fühlte mich in Glasgow wie ein Tiger im Käfig.

Gereizt schlug ich eine weitere Seite um. Der Schokoriegel blieb mir im Hals stecken. Auf einem halbseitigen Foto posierten The Jack Rippers in den legendären Abbey Road Studios, wo sie ihr Debütalbum aufnahmen. Sie alberten mit Partypfeifen im Mund herum und verglichen sich im beistehenden Interview allen Ernstes mit den Beatles. Die hatten dort ebenfalls eine Platte aufgenommen und dann auf dem Fußgängerstreifen vor dem Studio für ihr berühmtes Cover posiert. Grimmig riss ich die Seite aus, um sie im Proberaum aufzuhängen und mit Dart-Pfeilen zu bewerfen.

«Wir brauchen einen Hit!», befahl ich Janosch, als ich ihm zu Hause den Artikel unter die Nase hielt.

«Ich kann keinen Hit auf Knopfdruck schreiben, Pete», entgegnete der aufgebracht. «Ich brauche Inspiration!»

Sein Künstlergehabe ging mich inzwischen gehörig auf den Zeiger. Da morgen die nächste Aufnahmesession anstand und er noch immer nichts hingekriegt hatte, versuchten wir es am Abend wieder einmal zu zweit im Proberaum. Schließlich hatten wir dort auch *If you love me* aus dem Hut gezaubert. Doch diesmal fiel uns kein Hit in den Schoß. Unser Geschrammel wurde immer entnervter, Janoschs Kopf rot und röter. Irgendwann schnallte er seine Les Paul ab. Er schlug sie voller Wucht mehrmals gegen den Orange-Amp, warf sie dann zu Boden und fing an, mit seinen Fäusten den eigenen Kopf zu traktieren.

«Spinnst du?» Ich machte einen Satz auf ihn zu und hielt seine Arme fest, bis die Kraft in ihnen nachließ. Ich war echt geschockt – der Gewaltausbruch passte so gar nicht zu ihm. «Was ist denn nur los mit dir?»

«Ich kann das nicht, Pete!» Mit wässrigen Augen sank er auf den Perserteppich und schüttelte den Kopf. «Ich dachte immer, ich werde einmal ein zweiter Kurt Cobain. Aber in Wahrheit bin ich ein wertloser Niemand.»

«Wenn es dir an etwas fehlt, Janosch, dann an Selbstvertrauen!», redete ich ihm zu. Ich streckte meine Hand aus, damit er sich daran hochziehen konnte. Janosch ergriff sie, kam wieder auf die Beine und hob die Gitarre auf. Wie durch ein Wunder hatte sie bloß ein paar Kratzer abbekommen. Den Verstärker hatte sein Wutanfall schlimmer getroffen. Das Netz vor der Membran war gerissen; aus dem Innern drang ein konstantes Summen. Am übelsten war jedoch Janosch dran. Der Typ war echt am Ende. Da half nur noch eins. Wir packten zusammen und gingen ins Nice 'n' Sleazy.

Es war Freitagabend, der Laden brummte wie ein Bienenstock. Auf den u-förmigen Polsterbänken und Hockern drängten sich die Gäste. An der Bar mixte das Personal im Schein der Rundlampen Drinks, und hinter Dutzenden aufgekratzten Stimmen drang *Can't stand you now* von den Libertines aus den Lautsprechern. Was Janosch hoffentlich daran erinnerte, wie wenig es brauchte, um einen eingängigen Song zu schreiben. Wir holten uns zwei Pints von der Bar, dann bahnte ich uns den Weg durchs Gedränge zur hintersten Sitzecke, wo ich freien Platz erspäht hatte. Wir lehnten die Instrumente an die Sitzbank und quetschten uns darauf.

«Ist hier noch frei?», fragte ich beiläufig die zwei Frauen, die ums Eck über ihren Drinks saßen und einen eher deprimierten Eindruck machten.

«Jetzt sitzt ihr ja eh schon, oder?» Die Kleinere der beiden rümpfte die winzige Nase und warf mir einen herausfordernden Blick zu. Ihre kratzige Stimme passte perfekt zur ausgefransten Jeansjacke mit den aufgenähten Bandstickern und zum strähnigen, hennarot gefärbten Haar. Es war so im Zickzack gestutzt, dass die Frau ihre eigene Friseurin sein musste.

Ich wollte was zurückgeben, doch da hatte sie sich schon wieder ihrer Freundin zugewandt. Also schletzten ich und Janosch das Bier runter. Weil der noch immer eine Schnute zog und auch ich erst einmal warmlaufen musste, überredete ich ihn dazu, den Rest meines Koks aus dem Sub Club zu schnupfen. Wir zogen es uns einer nach dem anderen auf der Toilette rein, die auf halbem Weg zum Konzertraum im Untergeschoss lag. Schon auf dem Rückweg sprang mich die Feierlaune an wie ein wildes Tier. Die zwei Frauen von unserem Tisch standen nun an der Bar an, also sagte ich Janosch, dass ich auch eine neue Runde hole. Am Tresen dockte ich direkt neben der Kleinen an. Ihr Körper war zierlich; ganz der Gegensatz zu ihrer kratzbürstigen Art. Erst als ich mit deutlicher Stimme zwei Bier und, wenn ich schon dabei war, zwei Tequila bestellt hatte, drehte sie sich zu mir um.

«Habt ihr zwei auf dem Klo jetzt eine Nummer geschoben oder eine Linie gezogen?», fragte sie naserümpfend und nahm ihr randvolles Red Ale entgegen.

Diesmal brachte sie mich nicht aus dem Konzept.

«Red Ale, das passt», gab ich zurück und kippte meinen Tequila hinunter. «An dir ist alles irgendwie rot.»

Sie sah an sich runter. Endlich formte sich ihr runder Mund zu einem Lächeln. Denn ich hatte recht. Ihre Doc Martens, in denen schwarze Löcherstrümpfe verschwanden, glänzten kirschrot. Die Handtasche, die quer über der Jeansjacke hing, war weinfarben. Die Frau trank von ihrem Red Ale und erwiderte: «Kommt vermutlich daher, dass ich Engländerin bin. Rot ist ja so was wie unsere Nationalfarbe.»

Erst jetzt fiel mir auf, dass ihre näselnde Aussprache nicht nach Schottland klang.

«Ich bin Pete.» Ich setzte mein charmantes Lächeln auf.

«Nina.» Kumpelhaft schlang sie den Arm um ihre Freundin, die sich hinter ihrem Gin Tonic zu verstecken versuchte. «Und das ist meine Glasgower Cousine Ella», stellte Nina vor. «Wegen ihr bin ich überhaupt zu Besuch hier in der Pampa.»

Ella trug zwar blond-schwarze Blocksträhnen und zu viel Rouge auf den Wangen, sah mit ihrer typisch britischen Stubsnase aber gar nicht so übel aus. Ich wusste: Wollte ich Nina klarmachen, musste Ella mit Janosch beschäftigt sein. So schlug ich gleich zwei Fliegen mit einer Klappe. Vielleicht würde ein kleines Abenteuer Janoschs Blockade, die langsam zur echten Bedrohung wurde, lösen. Begeistert von meiner Idee schnappte ich mir ein *Skinny*; ein Glasgower Gratis-Kulturmagazin, das in einem Stapel am Tresen auslag. In der aktuellen Nummer war ein kleiner Artikel über uns drin – natürlich hatte Greg die Sache eingefädelt.

«Das hier ist der beste Gitarrist in ganz Glasgow», versicherte ich Ella, zeigte auf dem abgedruckten Bandfoto auf Janosch und dann auf die lebende Version, die niedergekämpft an unserem Tisch saß. «Und ein toller Typ, wenn er auftaut.»

Ella zögerte. Nach einem aufmunternden Blick von Nina schnappte sie sich aber ihren Gin Tonic und Janoschs Bier und ging damit zum Tisch. Ich beschwerte mich derweil bei Nina über die Herausforderung, ein bahnbrechendes Debütalbum aufzunehmen. Üblicherweise beeindruckte das, doch sie fragte bloß zurück, ob uns denn irgendjemand dazu zwinge. Gereizt schüttelte ich den Kopf, worauf sie die Augen rollte, dann aber doch den Artikel über uns überflog. Zum Glück, denn an unserem Tisch spielte sich gerade ein Debakel ab. Ella tat ihr Bestes, um Janosch zum Reden zu bringen. Aber dieser Blindgänger gab nur einsilbige Antworten und starrte dabei in sein Bierglas. Nach einer Weile schielte Ella hilfesuchend zu Nina – einer dieser wortlosen Dialoge zwischen Frauen. Sie gingen eine rauchen, sagte Nina da auch schon.

«Tolle Idee, du Genie», zischte sie mir noch zu. «Ella ist gerade verlassen worden. Jetzt ist sie erst recht im Eimer.»

Hand in Hand gingen die beiden nach draußen. Wir würden sie wohl kaum wiedersehen. Wütend kippte ich mein Bier runter und ging zu Janosch an den Tisch und pflanzte mich vor ihm auf.

«Was ist eigentlich los mit dir?», fauchte ich.

«Du musst keine Frauen für mich aufreißen, Pete!», erwiderte der aufgebracht. «Ich habe dich nicht darum gebeten.»

«Ich versuche doch bloß, dich auf andere Gedanken zu bringen! Oder glaubst du, du schreibst gute Songs, wenn du ständig Kate nachhängst?»

Er funkelte mich aus seinen Mandelaugen an, verfiel aber einmal mehr in trotziges Schweigen. Der Typ brauchte dringend eine Portion Klartext. «Ella hättest du nämlich haben können, ganz im Gegensatz zu Kate», schob ich deshalb nach. «Aber auch das nur, wenn du zur Ausnahme mal deinen Arsch hochgekriegt hättest.»

«Aber ich finde Ella nun mal nicht heiß!» Er wurde rot wie ein Flusskrebs.

«Wie du willst. Dann wirst du eben auch mit dreißig noch Jungfrau sein.» Ich zuckte die Schultern und fragte spöttisch nach: «Das bist du doch noch, oder?»

Janosch biss die Zähne zusammen und klammerte sich am Pintglas fest. Für eine Sekunde glaubte ich, er würde gleich aufstehen und es mir ins Gesicht schmettern. Doch er griff bloß ungelenk nach seiner Jacke und dem Gitarrenkoffer und hastete damit zur Straße raus. Ich kehrte zum Tresen zurück, wo noch der Tequila für Janosch stand. Setzte mich auf einen Hocker und kippte den Shot, der im Hals brannte. Was für ein verschissener Abend, dachte ich und wurde gleich auch noch vom schlechten Gewissen überfallen. War ich zu hart zu Janosch gewesen? Ich zog das Handy hervor, um ihn anzurufen und ihn zurückzubeordern. Doch, ehe ich dazu kam, griff ein dünner Arm dicht an meiner Schulter vorbei, um das angebrochene Red Ale vom Tresen zu nehmen.

«Gutes Bier sollte man nicht verschwenden.», sagte Nina und setzte das Glas an.

«Wo ist Ella?» Ich versuchte, meine Freude über ihre Rückkehr nicht allzu offensichtlich zu zeigen, und steckte das Handy wieder ein. Scheiß auf Janosch, dachte ich. Es war wohl besser, dass er sich vom Acker gemacht hatte.

«Ella ist nach Hause gegangen.» Nina setzte sich auf einen frei gewordenen Hocker neben mich und seufzte. «Aber ich brauche mal Pause von dem Gejammer.»

«Da sind wir zu zweit.» Ich hob zwei Finger zum Victory-Zeichen, um zwei neue Red Ale zu bestellen, denn Nina trank ihres gerade in einem Zug aus.

«Sorry, wenn ich vorher gemein war», sagte sie, als sie das leere Glas auf den Tresen gestellt hatte. «Aber ich mag mich nicht auch noch am Feierabend mit weinerlichen Musikern herumschlagen. Das tue ich schon den ganzen Tag lang.»

«Wie das denn?» Neugierig schob ich ihr das neue Pint hin.

«Ich bin Musikjournalistin.» Mit spitzen Fingern tippte sie auf das *Skinny*, das noch immer vor uns auf dem Tresen lag, und fügte stolz an: «Aber nicht für so ein Hobbymagazin. Ich schreibe für den NME.»

Bumm. Da war er – der Jackpot. Genau dies war der Grund, weshalb es absolut nichts brachte, den Kopf einzuziehen und sich zu verkriechen, wie Janosch es tat, wenn die Lage brenzlig wurde. Dabei musste man rausgehen und sich gegen den Wind stemmen, wenn es nötig war. Denn es dauerte nie lange, bis einem die nächste Chance entgegenflog. So wie jetzt. Neben mir Nina Baker, freie Mitarbeiterin des *New Musical Express* in London. Ich hatte schon einige ihrer Artikel gelesen, etwa kürzlich das Interview mit Johnny Borrell, dem großkotzigen Sänger von Razorlight, deren zweites Album bald rauskam. Sie selbst kriege vom Ruhm und der Kohle kaum was ab, erklärte mir Nina aber. Selbst wenn sie die perfekten Eigenschaften für eine Musikjournalistin besaß, nämlich Trinkfestigkeit und einen Sinn für fiese Fragen – die Redaktion bot ihr einfach keinen Fixjob an. Deshalb war sie zu Plan B gewechselt. Statt das größenwahnsinnige Gelaber von Musikern auf Band aufzunehmen, wollte sie im Hintergrund Strippen ziehen. Sie wollte selber darüber entscheiden, wer groß rauskam und den Journalisten die Bänder vollquasseln durfte.

«Du willst bei einer Plattenfirma arbeiten?», fragte ich.

«Ich habe schon einen inoffiziellen Nebenjob. Ich halte als Scout für ein Label Ausschau nach vielversprechenden Bands.» Nina leerte ihr Pint und zuckte unbeeindruckt mit den Schultern. «Ich tue also dasselbe, was ich als Journalistin eh schon tue.»

«Für welches Label denn?» Aufgeregt bestellte ich noch eine Runde.

Sie hingegen sah sich misstrauisch im Nice 'n' Sleazy um, als ob hier ein Spitzel des NME lauern könnte, und beugte sich zu mir: «Du musst es aber für dich behalten, ja?»

«Versprochen!» Ich drehte einen imaginären Schlüssel vor meinen Lippen.

«Ich arbeite für Honeyriver Records.»

Ich hatte eben mein neues Red Ale angesetzt und spuckte das Bier nun vor Überraschung fast wieder aus. Als ich unter Mühe runtergeschluckt und wieder Luft geholt hatte, erklärte ich ihr, wie uns The Jack Rippers den Plattenvertrag vor der Nase weggeschnappt hatten. Nun platzte Nina fast vor Lachen. Sie wette, kicherte sie, dass Jeff heute Nacht wieder von The Jack Rippers träume – dem schlimmsten Fehlgriff in der Geschichte des Labels. Sie verriet mir, dass diese Genies es fertiggebracht hatten, das erste Drittel ihres 100 000-Pfund-Vorschusses innerhalb weniger Wochen für Markenkleider, Lokalrunden und Kokain zu verprassen. Was zur Folge hatte, dass sie im Studio zwar immer bestens angezogen waren, auf ihrem konstanten Kokspegel jedoch nur Schrott aufnahmen und ausfällig wurden, wenn der Produzent ihnen das auf den Kopf zusagte. Die letzte Studiosession hatte gar mit einer Keilerei zwischen dem Drummer und einem Toningenieur geendet.

Jeff will jedenfalls keinen Penny mehr in die Band investieren», schloss sie, «die sind tot für ihn.»

«Jeff sollte uns unter Vertrag nehmen!», wandte ich ein, mit Mühe meine Schadenfreude verbergend. «So wie er es von Anfang an hätte tun sollen.»

Statt dass sie auf meinen Vorschlag, der doch nur logisch klang, einstieg, setzte Nina wieder diesen herausfordernden Blick auf. «Und wieso gerade euch?», fragte sie spitz. «Weil in einem Glasgower Käseblatt euer Foto abgedruckt ist? Wieso sollte Jeff nicht einmal einer Frauenband eine Chance geben?»

«Hä?» Bevor ich mehr Verwunderung vorbringen konnte, machte sie schon weiter.

«Ist dir eigentlich mal aufgefallen, dass wir in der Musikindustrie fast nur hinter der Bühne arbeiten, als Journalistinnen und Promoterinnen?» Sie legte den Zeigefinger in übertriebener Denkerpose ans Kinn. «Liegt das womöglich daran, dass die Plattenbosse allesamt Männer sind?»

«Wir hatten einmal eine Drummerin», wandte ich ein und fuhr, weil sie das nicht sonderlich zu beeindrucken schien, fort: «Und überhaupt: Sollte es außerdem nicht darum gehen, wer die beste Musik macht?»

«Das ist immer das Killerargument von euch Männern.» Resigniert rümpfte Nina die Nase und starrte in den rötlichen Schaumrest im Glas.

Der Barkeeper rief zur letzten Runde, und ich hätte mir am liebsten gegen das Schienbein getreten, weil ich es nun womöglich vermasselt hatte. Doch sie hob den Kopf und bestellte zu meiner Überraschung den Absacker für uns beide: Tequila mit Salz und Zitrone.

«Und überhaupt, Pete.» Sie schob mir das Shotglas mit der darauf liegenden Zitronenscheibe zu und tippte aus dem Streuer Salz auf unsere Handrücken. «Weshalb willst *du* denn unbedingt berühmt werden? Welches klaffende Loch in deiner schwarzen Seele willst du damit füllen?»

Sie leckte das Salz ab, kippte den Tequila, während ich nur noch über das Talent dieser Frau staunte, mich am laufenden Meter auf dem falschen Fuß zu erwischen. Dann zerbiss sie ihre Zitrone, ihr Mund verzog sich erst säuerlich und dann zu einem amüsierten Lachen, das sogleich in ein Prusten überging.

«Ich verarsch dich nur, Pete», rief sie und boxte gegen meine Schulter. «Natürlich willst du berühmt werden! Genauso wie ich will, dass der Name Nina Baker mal zum Synonym für ein untrügliches Gespür für wegweisende Bands wird.»

«Dann hör dir unsere Musik an!» Hastig leckte auch ich mein Salz weg, trank und löschte das Feuer in der Kehle mit der Zitrone. Ich bat nicht mehr, ich flehte sie förmlich an. Aber es war mir egal.

«Und wenn du Jeff eine tolle Band empfiehlst, dann ist doch auch dir geholfen, nicht? Dann ist uns beiden geholfen!»

Weil das Personal bereits demonstrativ neben uns den Tresen putzte, rutschte Nina vom Hocker; ich folgte ihr nach draußen. Auf dem Gehsteig zündete sie sich eine Kippe an. Sog ein und sah mich dabei nachdenklich an.

«Na gut», meinte sie schließlich. «Seid ihr auf Myspace?»

«Klar!» Ich rannte zurück ins Nice 'n' Sleazy, riss unsere Seite aus dem *Skinny*, borgte einen Kugelschreiber vom Barkeeper und kritzelte unsere Myspace-Adresse und meine Handynummer darauf. Als ich wieder rauskam, zerstampfte Nina gerade den Stummel mit ihren Doc Martens. Ich drückte ihr den Fetzen in die Hand; sie versorgte ihn in der Handtasche und nickte mir zum Abschied zu. Dann bahnte sie sich den Weg durchs Schlachtgetümmel auf der Sauchiehall Street und wich flink einem pummeligen Jungen aus, der mit einer Tüte Pommes in der Hand quer über den Asphalt schlingerte.

Erst jetzt merkte ich, dass mein Herz in alle Richtungen wild ausschlug.

Janosch

Auf dem Rückweg vom Nice 'n' Sleazy haftete mein Blick an meinen Converse, die den Weg hinunter zur Central Station von alleine abspulten. Der Himmel über mir hing noch tiefblau. Die Sommerabende waren lang hier in Glasgow, ganz im Gegensatz zu den dunklen Wintertagen bei unserer Ankunft und ganz im Gegensatz zur Finsternis, die sich in meinem Kopf ausbreitete. Nach der katastrophalen Probe hatte ich mich eigentlich auf den Abend mit Pete gefreut; darauf, wieder einmal ein paar Bier zu trinken und mit ihm zu quatschen. So wenig verständnisvoll er war, wenn es um meinen Liebeskummer ging, so ansteckend konnte sein Optimismus sein. Das zeichnete ihn als Freund aus. Aber war er das noch? War er es überhaupt je gewesen, fragte ich mich und schlurfte auf dem Weg zur Busstation über den Bahnhofsvorplatz, wo eine Gruppe verladener Frauen in Stöckelschuhen und mit aufgesetzten Hasenohren vor einem Gettoblaster zu Vengaboys tanzten. Vielleicht, überlegte ich weiter, hatte Pete in mir bloß jemanden gefunden, der auf seine Leidenschaft aufgesprungen war und das konnte, wozu er die Geduld nicht aufbrachte: gute Songs zu schreiben?

Als ich ihm am nächsten Morgen in der Küche begegnete, wurde meine Laune nicht gerade besser. Munter pfeifend setzte er den Teekocher auf und schwärmte mir, statt sich für sein Verhalten gestern zu entschuldigen, von Nina vor – Ellas hübscher Freundin. Die arbeitete, wie es der Zufall wollte, offenbar für Honeyriver Records Doch ich hörte nur noch mit halbem Ohr zu. Als wir, mit unseren Instrumenten behangen, die Haustür aufstießen und in den diesigen Morgen traten, war mir völlig schleierhaft geworden, was ich hier noch suchte. Ich blieb stehen.

«Wozu gehen wir eigentlich ins Studio?», rief ich Pete nach, der vor mir mit dem Bass auf dem Rücken zur Victoria Road stiefelte. «Was wollen wir dort? Wir haben nichts, das wir aufnehmen können!» Er blieb stehen und warf den Kopf zurück. «Wir haben eine EP aufzunehmen! Irgendwas wird dir in den Sinn kommen», rief er und marschierte weiter.

«Nein.»

Pete drehte sich erneut um; verärgert zogen sich seine Augenbrauen zusammen. «Willst du eine Entschuldigung wegen gestern?» Er schnaubte ungeduldig. «Kannst du von mir aus haben. Aber du hast dich auch benommen wie ein Trottel!»

«Ich? *Du* warst derjenige, der sich benommen hat wie ein ...»

Das letzte Wort ging im Lärm der Buckfast-Flasche unter, die in diesem Augenblick hinter mir an der Hausmauer zersprang. Instinktiv flog mein Blick in die Richtung, aus der sie hergekommen war. Er blieb an zwei Gestalten hängen, die vor dem Govanhill Curry Express gelauert hatten. Eine war drahtig und trug verwaschene Jeans, die andere war massig und trug mausgraue Trainingshosen.

«IHR VERDAMMTEN FOTZEN!», brüllte Andy und stampfte auf uns zu. In einer Hand – mit der anderen hatte er wohl die Flasche geworfen – fuchtelte er mit einer Ausgabe des *Skinny*-Magazins herum: «IHR SCHULDET MEINEM BRUDER GELD!»

«Was?», fragte Pete perplex.

«DANK MEINEM KLEINEN BRUDER SEID IHR SCHWUCHTELN JETZT ROCKSTARS», brüllte Andy weiter und rollte das Magazin zu einem Schlagwerkzeug zusammen. Er musste es in irgendeinem Pub aufgelesen und den Artikel über unseren Plattenvertrag gelesen haben; nun dachte er wohl, dass wir bereits in Saus und Braus lebten.

Ian, dicht hinter Andy, konnte seinen Bruder gerade noch davon abhalten, damit auf Pete und mich einzudreschen. Ihm schien die Sache ziemlich unangenehm zu sein. Verschämt spielte er mit seinem Ohrring, während Andy uns erklärte, dass sein kleiner Bruder einen Anteil verdient habe, weil er sich schließlich den Arsch für uns aufgerissen habe und wir ihn dafür wie den letzten Dreck behandelt hätten. «1000 PFUND», forderte Andy, «SCHMERZENSGELD!»

Hätte er denselben Maßstab bei sich selbst angesetzt, ging es mir durch den Kopf, würde er seinen unzähligen Prügelopfern wohl Unsummen schulden.

«Habt ihr sie eigentlich nicht mehr alle?» Pete tippte sich an die Stirn.

Andy entwand sich dem Griff seines Bruders, ging aber auf mich statt auf Pete los. Ehe ich wusste, wie mir geschah, hatte er mich schon am Kragen meiner Lederjacke gepackt und mit geballter Wucht gegen die Hausmauer gedrückt. Wieso hatte es dieser Typ eigentlich immer auf mich abgesehen, fragte ich mich, während ich seinen Bieratem auf meinem Gesicht spürte. Aber vermutlich suchte er sich wohl immer den Schwächsten aus. Mit zittrigen Fingern zog ich meine Brieftasche hervor. Andy schnappte sie sich und zog mich, ohne sich groß um die irritierten Blicke der Passanten zu kümmern, zur Victoria Road, wo sich der nächste Bankomat befand. Pete und Ian trotteten hinterher. Als Andy die Karte eingesteckt und ich den Code eingegeben hatte, stellte ich fest, dass unser Kontostand schon wieder auf 700 Pfund gesunken war. Petes Diesel-Jeans und das Burberry-Jackett, dachte ich. Andy verlangte, dass wir alles abhoben, akzeptierte nach Ians Eingreifen zu unseren Gunsten aber 500 Pfund bar auf die Hand.

« Den Rest in einer Woche.» Mit drohendem Blick faltete er die Geldscheine und steckte sie routiniert in seine Hosentasche. « Sonst seid ihr dran.»

Während wir die Allison Street zurücktrotteten, Andy und Ian voraus, Pete und ich hinterher, fing es auch noch zu tröpfeln an. Andy verabschiedete sich mit einem angetäuschten Schwedenkuss von mir, dann stapfte er zu seiner ausgebeulten Karre, die hinter einer überquellenden Mülltonne gegenüber unserem Haus parkte. Ian warf mir einen entschuldigenden Blick zu, bevor er im Wageninnern verschwand. Hier war er wieder, dachte ich, zurück in seinem alten Leben, zurück unter der Fuchtel seines Bruders. Mit zitternden Knien sah ich dem Wagen nach, wie er um die Ecke bog. Hinter mir trat Pete vor Wut mit voller Wucht gegen die Hausmauer. Da wir endgültig nicht mehr in der Verfassung für Studioaufnahmen waren, telefonierte ich noch auf der Straße mit Kenny und sagte ihm ab. Er reagierte verstimmt – er war schon auf dem Weg ins College. Bevor er auflegte, erinnerte er uns daran, dass wir nur noch zwei Wochenenden hatten, um unsere EP einzuspielen. Als ich hinter Pete die Treppe hochstieg, hatte ich das Gefühl, jeden Moment in meine Einzelteile zu zerbrechen.

« Fuck », fuhr es aus Pete heraus, als wir oben am Küchentisch saßen und aus Teebechern von Kevins Rum tranken, den wir von der Harley Street hatten mitgehen lassen. « Wie sollen wir jetzt die restlichen 500 Pfund auftreiben ?»

« Müssen wir nicht.» Erschöpft sah ich ihn an. « Nicht, wenn wir vorher von hier abhauen. Ich gehe nach Hause.»

« Nach Hause ?», entgegnete er entgeistert. « Jetzt, wo wir mit Nina einen Treffer gelandet haben ?»

« Nina ? Die hat uns doch vergessen, sobald sie ihren Kater ausgeschlafen hat !»

Als er realisierte, dass es mir ernst war, wuchs sich der Ärger in seinem Gesicht zur Verachtung aus. Ruckartig stand er auf, nahm seine Tasse und ging auf das Wohnzimmer zu. Vor der Tür blieb er stehen und drehte sich um. «Verräter!», stieß er hervor, bevor er mir wieder den Rücken zuwandte und die Tür zuknallte. Ich zog mich ebenfalls in mein Zimmer zurück, klappte den Laptop auf und suchte im Internet nach einem Rückflug in die Schweiz. Mom hatte mir kurz vor dem Abflug genau für solche Notfälle eine Prepaid-Kreditkarte mit 100 Franken Guthaben in die Hand gedrückt.

Doch während ich mich durch die Angebote scrollte, ging mein Blick immer wieder am Bildschirm vorbei zur Straße hinunter, wo einige Roma im Nieselregen auf der Straße rauchten und eine herumliegende Limonadendose herumkickten. Die Einwanderer, die auf der Suche nach mehr Glück ihre Heimat aufgegeben hatten. Ich stellte mir vor, wie ich nach nicht einmal sechs Monaten in mein gemachtes Nest in Zürich zurückkehren würde. Zurück zu den sauberen Straßen und zu DJ Bobo. Zurück zu Mom, Paps und Leon, mit denen ich im Garten sitzen und Grilladen in mich hineinstopfen würde. Hatte Pete sogar recht, fragte ich mich. Würde ich nicht unseren Traum verraten, auf den wir so lange hingearbeitet hatten? *Meinen* Traum?

Pete

Im TV lief eine BBC-Doku über den Krieg in Afghanistan. Wie in Trance starrte ich auf das knatternde Maschinengewehr eines britischen Soldaten, während sich in diesen vier Wänden ein weitaus größeres Drama abspielte: Janosch war im Begriff abzuhauen. Er war nicht nur der beste Musiker, den ich je getroffen hatte. Sondern, wie ich in der Sekunde bestürzt kapierte, auch mein einziger Freund. Der einzige Mensch, auf den ich zählen konnte.

Ich *war* ein Idiot, dass ich gestern so hart zu ihm gewesen war. Vor Wut hätte ich fast die Tasse gegen den Fernseher geschleudert. So verzweifelt war ich, dass ich um ein Haar gebetet hätte. So wie ich es als Kind getan hatte, wenn ich etwas dringend wollte. Etwa, dass es Fischstäbchen gab oder dass Rebekka gesund wurde. Aber nun glaubte ich nicht mehr an Hokuspokus. Stattdessen rutschte ich auf dem brüchigen Damaststoff des Sofas umher, den Kopf wirr vom Tequila gestern und vom Rum vorhin, und hoffte inständig, irgendetwas möge Janosch umstimmen.

Und dann geschah genau das. Die Wohnzimmertür, die ich vorher zugeschlagen hatte, öffnete sich. Anstatt dass Janosch mit gepackten Sachen darin stand, schlich er sich mit seinem Teebecher hinein und setzte sich wortlos neben mich aufs Sofa.

«Tut mir leid wegen gestern», sagte ich und suchte seinen Blick.

«Ist okay», erwiderte er leise, blinzelte mich an und drehte dann den Kopf zum Bildschirm.

Ich schaltete von der deprimierenden Afghanistan-Doku weg zu MTV. Dort lief gerade die Liveübertragung des T in the Park, des größten Musikfestivals Schottlands, das dieses Wochenende auf einem Flugplatz im Osten des Landes stattfand. Es war Samstagabend; auf der Hauptbühne spielten gerade Franz Ferdinand. Andächtig sahen wir Alex Kapranos zu, dem Sänger in schwarzen Hosen und rotem Hemd, wie er mit traumwandlerischer Sicherheit die Menge dirigierte. Zum Schluss wechselte er zusammen mit dem Gitarristen Nick McCarthy an die Synthesizer und ließ ein elektronisches Crescendo in die anbrechende Dämmerung ab, das einem durch Mark und Bein fuhr.

«Wir ziehen das zusammen durch, Janosch», schob ich nach. «Die größte Band des Jahrzehnts!»

«Die größte Band des Jahrzehnts.» Er lächelte und trank seinen Becher aus.

Am nächsten Tag hatte sich der Glasgower Sommer definitiv in die Ferien verzogen. Es pisste wie aus Kübeln, die Feuchte zog durch die Fensterritzen wie in unseren ersten Wochen in Glasgow. Um meinen guten Willen zu beweisen, schlug ich den Kragen meiner Jeansjacke hoch und ging raus zum Supermarkt an der Victoria Road. Wir brauchten Zitronen, wollten wir uns nicht wieder Fieber holen. Ich hatte gerade ein Netz voll in den Korb gelegt und griff nach einem Aktions-Sixpack Lager, da klingelte mein Handy. Es war eine unbekannte Nummer.

«Verdammt, Pete», sagte eine kratzige Stimme.

Nina war am Telefon. Vor Überraschung ließ ich das Bier zu Boden fallen. Auch wenn ich es Janosch gegenüber nicht hatte durchblicken lassen: Auch ich hatte ernsthaft daran gezweifelt, dass sie sich wieder melden würde. Leise fluchend hob ich das Sixpack auf. Nina erzählte derweil, dass sie sich *If you love me* angehört hatte. «Wieso kannte ich dieses Lied nicht?», wunderte sie sich.

«Weil wir kein großes Label im Rücken haben», erklärte ich. «Gefällt es dir?»

«Ja.» Sie machte eine Pause. «Ich habe Jeff angerufen und ihm gesagt, dass er euch eine Chance geben sollte.»

Mein Herz machte einen Satz zur Decke. «Danke, Nina! Tausend Dank!»

«Ich kann aber nichts versprechen», fuhr sie fort. «Und wenn doch, dann müsst ihr echt Vollgas geben, Pete! Bei Jeff kriegt man genau *eine* Chance. Ich hab' mich da für euch echt aus dem Fenster gelehnt.»

«Du wirst es nicht bereuen», versicherte ich ihr. «Das schwöre ich, Nina.»

Kaum hatte ich aufgelegt, stieß ich einen solchen Freudenschrei aus, dass mich die anderen Leute im Supermarkt anglotzten, als sei ich ein gefährlicher Spinner.

Wie sich rasch herausstellte, war das Telefonat aber nur der Auftakt zu einer Kette von Ereignissen, die mich mit jedem Tag ungläubiger zurückließ. Auf einmal holte uns das Glück, das sich so lange nicht mehr hatte blicken lassen, mit der Wucht einer Abrissbirne ein. Denn kaum war ich durch den strömenden Regen nach Hause geeilt, klingelte im Treppenhaus das Telefon schon wieder. Diesmal war Michael dran, der A&R von Honeyriver Records. Er rufe im Auftrag von Jeff an, begann er. Ich setzte mich auf eine der Holzstufen, nass wie ein begossener Pudel, und hörte atemlos zu. Michael erzählte, dass Jeff unsere Songs noch immer sehr möge und uns so bald wie möglich live sehen wolle. Er versuche deshalb gerade, uns für nächstes Wochenende in irgendeine Bandnacht in London zu quetschen.

«Es gibt nur ein Problem», erwiderte ich schweren Herzens. «Wir stehen inzwischen für eine EP mit Mutual Friends Records hier in Glasgow unter Vertrag.»

Michael lachte: «Kein Problem, Steve. Falls Jeff euch will, kauft er euch einfach aus dem Vertrag heraus.»

Am nächsten Morgen, es war Montag, klatschte der Regen noch immer gegen die Scheiben. Meine Laune hätte trotzdem nicht besser sein können – und wurde gleich noch besser. Ich und Janosch bestrichen zum Frühstück Toast mit Marmelade, da rief Nina schon wieder an. Brühwarm erzählte sie mir, dass der Sänger und der Drummer der The Jack Rippers nach einem durchgefeierten Wochenende mit nichts als ihren Socken bekleidet im Hyde Park erwacht und daraufhin in eine Entzugsklinik eingetreten waren. Das wiederum bedeutete, dass der *Club NME* eine neue Band brauchte. Dies war eine beliebte Party- und Konzertreihe des NME, die jeden Freitagabend im legendären Koko in London über die Bühne ging. Denn ausgerechnet diesen Freitag hätten The Jack Rippers dort zusammen mit einer Indiepunk-Combo namens The Motorettes auftreten sollen. Nina erklärte mir, dass Jeff, der gute Beziehungen zum NME pflege, sich dafür starkmache, seine in Ungnade gefallenen Schützlinge durch uns zu ersetzen.

Benommen starrten ich und Janosch am nächsten Morgen auf die per E-Mail eingetrudelte Buchungsanfrage des Koko. Kaum hatten wir sie bestätigt, riefen wir Kenny an und fragten, ob er uns nach London begleite. Natürlich erwähnten wir nicht, dass der einzige Grund des Gigs war, Mutual Friends Records den Rücken zu kehren. Kenny zierte sich jedoch und faselte was von Prüfungsvorbereitungen. Dabei war diese beleidigte Leberwurst wohl noch sauer, dass wir sie am Wochenende hatten sitzen lassen. Ich reichte das Handy an Janosch weiter. Er schaffte es schließlich, Kenny umzustimmen.

«Ich fühle mich schlecht dabei, Pete», meinte er, als er mir das Handy zurückgab. «Nach allem, was Greg und Kenny für uns getan haben. *Das* ist Verrat.»

«Vergiss es, Janosch», beruhigte ich ihn. «Jeder in unserer Lage würde genauso handeln.»

Die sich überschlagenden Neuigkeiten sorgten sogar dafür, dass Janosch seine Blockade überwand. Als wir am Donnerstagabend unser Set im Proberaum durchgespielt hatten und Kenny nach Hause gegangen war, klimperten wir beiden noch etwas herum. Irgendwann fingen wir aus einer Laune heraus an, *Tower Boys* zu spielen. Als wir in den zweiten Refrain übergingen, ersetzte Janosch das *Tower Boys* spontan durch *Glasgow Boys.* Er grinste schelmisch dabei, ich nickte bestätigend. Sofort ließen wir die Instrumente sinken und warfen uns mit dem Notizblock aufs Sofa. Innerhalb von Minuten passten wir die Lyrics des Stücks an unsere kürzliche Konfrontation mit Ian und Andy an.

«Ist eher neuer Wein in alten Schläuchen», meinte Janosch selbstkritisch, als wir vor dem Proberaum eine letzte Zigarette rauchten.

«Unsinn!» Mit einem Hochgefühl in der Brust schnippte ich den Stummel auf den Asphalt. «Kapierst du nicht, was eben passiert ist? Du bist eben von den Toten auferstanden!»

Koko

Juli 2006

Pete

Am nächsten Morgen bestiegen wir den Expresszug nach London. Das Wetter war wieder freundlich geworden, zumindest für lokale Verhältnisse. Als wir aus der Central Station fuhren und über den Clyde ruckelten, drangen gar ein paar Sonnenstrahlen durch die Wolkendecke. Sie tunkten die Kuppeln und Dächer der City in ein liebliches Gelb. Es war, als wolle Glasgow uns sagen: Macht's gut, Leute. Und sorry, wenn ich etwas grob zu euch war. Aber so bin ich nun mal.

Als wir gegen Mittag im Bahnhof London Euston ankamen, hatte ich die blasse Sonne über Glasgow längst vergessen. Hier brannte sie vom wolkenlosen Himmel auf Baukräne, Glasfassaden und den Bahnhofsvorplatz, auf dem Londoner mit Sonnenbrillen auf den bleichen Nasen und Dreieck-Sandwichs in den Händen an uns vorübereilten. Ich zog die Skizze hervor, die ich aus dem Stadtplan im Internet abgezeichnet hatte, und führte uns zur Drummond Street neben dem Bahnhof. Dort hatte Jeff uns ein Dreisternehotel für die Nacht gebucht. Es hieß Queen Mary und war in einem schmalen, kakaobraunen Backsteinbau einquartiert, der von den praktisch identischen Nachbarhäusern eingequetscht wurde wie eine Sardine in der Dose. Die Rezeption war mit vor Politur glänzenden Antikmöbeln ausstaffiert und so eng, dass schon wir drei mit unserem Gepäck für ein Durcheinander sorgten. Janosch wollte seinen Gitarrenkoffer an einer Kommode anlehnen, da stieß er um ein Haar ein Flaschenschiff herunter, das in einer Halterung aus Edelholz darauf thronte.

«Pass auf, das ist von meinem Großvater!», kreischte die Rezeptionistin hinter dem Tresen. Aufgebracht fuchtelte sie dabei mit den Armen. Sie sah aus, als habe man Lily Allen, deren Hit *Smile* seit ein paar Tagen sämtliche TV- und Radiokanäle verstopfte, in ein zu enges, marineblaues Sommerkleid gepresst. Als sie sich beruhigt hatte, lächelte sie und blies dabei ihre Wangen zu Hamsterbäckchen auf.

«Ihr müsst die Band sein, für die Honeyriver Records ein Zimmer gebucht hat», stellte sie mit Blick auf Janoschs Gitarrenkoffer fest. «Wo tretet ihr denn heute auf?»

«Im Koko.» Ich stützte lässig den Ellbogen auf den Rezeptionstresen. «Falls dir das was sagt.»

«Wow!» Beeindruckt nahm sie unsere Pässe entgegen. «Dann seid ihr wohl ziemlich bekannt, oder?»

«Noch nicht», erwiderte ich zuversichtlich. «Aber wir sind kurz davor, einen Major-Plattenvertrag abzuschließen.»

Mit einem weiteren «Wow» verschwand sie im Hinterzimmer, um unsere Pässe zu kopieren. Als sie zurückkehrte, fischte sie einen Zimmerschlüssel vom Korkbrett hinter sich und drückte ihn Janosch in die Hand.

Wir schleppten unser Gepäck die Wendeltreppe hinauf in einen mit altmodischem Brokatteppich belegten Flur. Wenn mich nicht alles täuschte, muffelte es nach Katzenpisse. Ich bezweifelte, dass Jeff hier auch seine Top-Acts unterbrachte. Lief heute alles glatt, würden wir die Nacht aber sowieso kaum auf dem Zimmer verbringen. Um uns vorher eine Mütze voll Schlaf zu holen, warfen wir uns darum kurz auf die zwei Doppelbetten mit Union-Jack-Kissenbezügen.

Am Nachmittag verließen wir das Queen Mary mit unseren Instrumenten für den Soundcheck. Wir folgten einer verkehrsreichen Straße, bis wir die rot gekachelte Tube-Station

Mornington Crescent erreicht hatten. Blinzelnd traten wir aus deren Schatten auf einen weitläufigen Platz.

Am anderen Ende thronte das Koko, ein weißer Kuppelbau mit roten Markisen über dem Eingang. Eine Gruppe Touristinnen stand davor und schoss mit Klapphandys Fotos von sich vor der imposanten Kulisse. Wir gingen an ihnen vorbei und steuerten den Künstlereingang an der rechten Gebäudeseite an.

«Noise Parade?» Ein Security-Mann in Bomberjacke, der neben einer Reihe Mülltonnen mit einem Bühnentechniker rauchte, nickte uns zu. Per Funk rief er den glatzköpfigen Bühnenmanager. Der legte uns die Backstage-Bänder ums Handgelenk und führte uns dann eine Treppe rauf und durch enge Korridore mit kahlem weißem Mauerwerk. So majestätisch das Koko von außen wirkte – drinnen war es das reinste Labyrinth. Schließlich gelangten wir durch einen VIP-Backstage-Raum mit Ledersofas und Flatscreen an der Wand zu einer kleinen Treppe, die zur Bühne führte. Kenny richtete sich das Schlagzeug ein und Janosch breitete im Halbkreis seine Effektpedale aus. Ich hingegen blieb vor meinem Mikrofonständer stehen und ließ die phänomenale Aussicht auf mich wirken. Es fühlte sich an, wie auf der Bühne eines Opernhauses zu stehen. Reihen geschwungener Balkone, rot grundiert und mit Goldstuckatur verziert, türmten sich vor mir auf. Von der Mitte der ebenso königlich dekorierten Decke hing eine Discokugel herab, von der ich einmal gelesen hatte, sie sei womöglich die größte der Welt. Ein prickelnder Schauer lief mir den Rücken runter. Das hier war was für die dicken Fische. Endlich war ich an dem Ort angekommen, an den ich mich all die Jahre gesehnt hatte.

Janosch

Kaum erklang die Les Paul aus der Monitorbox zu meinen Füßen, zog sich mein Bauch zusammen. Erst fürchtete ich, dass ich angesichts des riesigen, jetzt noch klaffend leeren Saals vor mir Durchfall bekommen würde wie vor unserem ersten Gig. Doch dann schob ich den Magenkrampf auf die Tatsache, dass ich heute abgesehen von einem eilig verdrückten Croissant in der Glasgow Central Station noch nichts gegessen hatte. Ich setzte in Petes *Check one, Check two* ein, damit der Tontechniker am Mischpult oben in den Balkonreihen die Lautstärken unserer Stimmen abgleichen konnte. Kaum hatten wir den Soundcheck beendet und ich die Les Paul in den Gitarrenständer gestellt, aus dem ich sie heute Abend vor vollen Rängen wieder herausziehen würde, verschwand das Bauchweh auch wieder.

Wir folgten dem Bühnenmanager zurück durch Korridore und über Treppen in unseren Backstage-Raum. Er war blutrot getüncht und spartanisch mit durchgesessenem Ledersofa, Sofatisch und gläsernem Getränkekühler eingerichtet. Es roch, wie immer in den Venues bei Tag, nach kaltem Zigarettenrauch und schalem Bier. Kaum hatten wir uns gesetzt, um kurz zu verschnaufen, händigte uns der Bühnenmanager die Menükarten umliegender Take-aways und Restaurants aus. Was wir zum Abendessen wollten, fragte er. Ich entschied mich für Entrecôte Café de Paris, Pete für Pizza Salami und Kenny für Shepard's Pie. Kaum war der Bühnenmanager verschwunden und das erste Bier aus dem Getränkekühler geöffnet, flog die Tür gleich wieder auf.

Eine kleine Frau in roten Doc Martens und Jeansjacke stand im Türrahmen: Nina, die Freundin von Ella aus dem Nice 'n' Sleazy und, Pete zufolge, unsere große Retterin.

«Bereit fürs Fotoshooting?», fragte sie und nahm die zerkratzte Ray Ban von der Nase. Kenny und ich warfen erst ihr und dann Pete verwunderte Blicke zu. Der bleckte entschuldigend die Zähne, weil er offensichtlich vergessen hatte, uns von diesem Programmpunkt zu erzählen.

«Ist doch toll», fand er und strahlte. «Nina hat sich bereit erklärt, einige Fotos von uns zu schießen.»

«Falls ihr Jungs tatsächlich durchstartet und ich dann im NME über euch berichte, braucht ihr ein anderes Bandfoto als das in dieser Imbissbude», erklärte sie und rümpfte ihre kleine Nase. «Darauf seht ihr aus wie abgekämpfte Schichtarbeiter beim Mitternachtscurry.»

Meine Miene verfinsterte sich – ich mochte das Bild. Schließlich war es Kates Werk. Pete hingegen war Feuer und Flamme.

«Wo machen wir denn das Shooting?», wollte er wissen.

«Ich hab' da eine Idee.» Nina lächelte und setzte die Sonnenbrille wieder auf. «Habt ihr Zeit für einen Spaziergang?»

Routiniert führte sie uns aus dem Irrgarten des Koko zur Straße hinunter. Vor dem Künstlereingang hielten wir die Hände vor die blendende Sonne und zündeten uns Zigaretten an. Nina zückte währenddessen eine digitale Kompaktkamera aus ihrer Handtasche und fotografierte uns dabei. Von der anderen Straßenseite sahen ein paar Leute neugierig herüber; vermutlich nahmen sie an, es müsste sich bei uns um bekannte Musiker handeln. Pete winkte ihnen prahlerisch zu, damit sie das auch ganz sicher dachten.

Wir folgten Nina über den Platz vor dem Koko und die Camden High Street hinauf. Mit jedem Schritt wuchs meine Enttäuschung. Ich hatte mir Camden, das Herz der britischen Indieszene, von den Fotos und Beschreibungen im NME ganz anders vorgestellt. Ich hatte ein Künstlerviertel voller Musikkneipen und Inspiration erwartet. Stattdessen spazierten wir an hundsgewöhnlichen 99-Pence-Stores, Friseurläden und einer Burger-King-Filiale vorbei. Als wir uns der Tube-Station Camden Town näherten, kamen zwar die ersten Pubs in Sicht, vor denen sich Pete-Doherty-Verschnitte in der prallen Sonne die Kante gaben. Noch mehr aber häuften sich die Straßenstände auf beiden Seiten, an denen sich Touristen durch das Angebot aus Mini-Big-Bens, gitarrenförmigen Schlüsselanhängern, Union-Jack-Teetassen und Merchandising-Shirts von Led Zeppelin bis zu den Kooks wühlten. Als wir zum Camden Market gelangten, wo das Gedränge noch dichter wurde, blieb Nina stehen.

«Da wären wir», sagte sie.

«Hier?» Irritiert wanderte mein Blick über die Menschenmenge um uns herum.

«Ihr seid ja sozusagen auch Touristen.» Sie wich einer schnatternden spanischen Reisegruppe aus und schmunzelte. «Deshalb dachte ich, es wäre witzig, euch hierherzubringen.»

Kenny und ich seufzten lautlos, folgten aber schließlich ihren Instruktionen. Wir setzten uns auf die dicke Brüstung der Brücke vor dem Camden Market, von wo aus das bekannte *Camden Lock*-Signet auf der Eisenbahnbrücke zu sehen war. Nina knipste drauflos und forderte uns auf, irgendwelche Faxen zu machen oder zumindest mehr zu lächeln. Ich war jedoch nicht in der Laune dafür, ganz im Gegensatz zu Pete, der sich nicht zweimal bitten ließ. Er schnellte auf die Füße hoch und schwang sich mit einem Arm um den Laternenpfosten auf der Brüstung, genauso wie es der Mann im Videoclip zu *Singing in the Rain* tat.

«Richtig so, Pete», feuerte Nina hinter der Kamera ihn an, «du bist schließlich der Frontmann der Band!»

Sie knipste ein paar Mal, prüfte dann das Display und nickte zu meiner Erleichterung zufrieden.

Wir beendeten das Shooting und kehrten, da wir noch Zeit hatten, auf dem Rückweg zum Koko in ein altehrwürdiges Pub mit dem seltsamen Namen The World's End ein. Als wir im schattigen Inneren das erste Pint gekippt hatten, musste ich etwas loswerden, das mir auf dem Herzen lag.

«Pete ist nicht unser Frontmann», stellte ich richtig. «Wenn schon, sind wir das beide!»

Nina rümpfte ihre Nase. «Jede Band hat nun mal *einen* Frontmann», behauptete sie dann mit selbstsicherem Blick. «Bei den Rolling Stones richten sich die Augen auf Mick Jagger. Auch wenn Keith Richards zweifellos wichtig ist.»

«Aber wir haben die Band zusammen gestartet.» Hilfesuchend sah ich zu Pete. Der hatte eben eine neue Runde von der quadratisch angeordneten Bar in der Pubmitte hergetragen und setzte sich zu Nina. Er trank einen Schluck, sah erst sie und dann mich an und meinte dann schulterzuckend: «Na ja, ich schmeiße nun mal die Show. Dann bin ich doch auch der Frontmann, nicht?»

«Vermutlich», murmelte ich verdrossen in mein randvolles Glas und trank es in einem Zug halb leer. Als wir das World's End verließen und ins langsam schwindende Licht traten, realisierte ich, dass ich vom Alkohol bereits eine lähmende Scheibe hatte. Mein Unbehagen stieg weiter, als am Ende der Camden High Street das Koko wieder in Sicht kam. Obwohl die Türen erst in einer halben Stunde aufgingen, hatte sich vor dem Eingang bereits eine kleine Schlange gebildet; vermutlich, weil die ersten 300 Gäste der *Club NME*-Nacht keinen Eintritt zahlen mussten. Wir gingen an ihnen vorbei zum Künstlereingang, um in unserem Backstage-Zimmer zu essen und die restliche Zeit bis zum Gig totzuschlagen.

«Was ist denn los, Janosch?» Pete zerkaute ein riesiges Stück Salamipizza, während ich lustlos in meinen goldbraunen Pommes herumstocherte.

«Weiß nicht. Ich hab' keinen Hunger.» Ich zögerte, dann hob ich den Blick vom Teller hoch zu Pete, um zu sagen, was wirklich los war: «Ich will das hier nicht mehr.»

«Was soll das denn jetzt heißen?» Entsetzt riss Pete die Augen auf und würgte sein Pizzastück eilig hinunter. «Wir haben doch eben erst gesagt, dass wir das zusammen durchziehen. Wir treten in einer halben Stunde auf, Mann!»

Doch genau das wollte ich ja nicht mehr. Ich konnte nur noch daran denken, dass genau so mein Leben aussehen würde, sollten wir tatsächlich einen Vertrag mit Honeyriver Records ergattern. Einchecken in Hotels. Herumhängen in Backstage-Zimmern, die nach Ausdünstungen und fettigem Essen rochen. Interviews geben und für Fotos posieren, auf denen sich Pete wichtigmachen würde. Ein Konzert nach dem anderen geben. Trinken bis zum Umfallen. Sich am nächsten Morgen mit einem Kater zum nächsten Soundcheck schleppen. Oder ins Studio, um die nächste Platte aufzunehmen.

Und wofür das alles? Wann würde es enden? Wenn wir fünf Alben veröffentlicht, Millionen gescheffelt und unsere Plätze auf der NME-Titelseite und in den Rocklexika zu den Nullerjahren gesichert hatten? Würde ich zuvor nicht an der eigenen Kotze ersticken wie Jimmy Hendrix? Oder mir wie Kurt Cobain die Flinte in den Mund stecken und abdrücken? Mein Magen verknotete sich wieder wie zuvor beim Soundcheck. Schlimmer noch, er begann sich so zu drehen, dass ich mich über den Sofatisch krümmte, den Geruch von Frittieröl und Kräuterbutter in der Nase. Ich fürchtete, mich gleich übergeben zu müssen.

Pete realisierte, dass ich in meinem jetzigen Zustand nicht bühnentauglich war, und zog unter Kennys missbilligendem Blick ein Tütchen Koks aus der Tasche seines Burberry-Jacketts. «Eigentlich wollte ich das für die Party danach aufsparen», beklagte er sich und schüttete etwas davon auf den Sofatisch. «Aber jetzt ist wichtiger, dass du dich aufrappelst.»

«Ich will kein Koks», protestierte ich, während Pete ungerührt eine Pfundnote rollte. «Hast du mir überhaupt zugehört, Pete?»

Bevor er antworten konnte, klopfte es an der Tür.

«Hallo Jungs, hier ist Jeff», rief jemand dahinter. «Wir kommen kurz hinein und sagen euch Hallo, ja?»

Pete schaltete schnell: Hastig steckte er das Kokstütchen in sein Jackett zurück und wischte das Pulver vom Tisch zu Boden. Denn wenn Jeff etwas sicher nicht wollte, dann war das, noch mehr Geld an koksende Musiker zu verschwenden. Die Türklinke senkte sich; ein hochgeschossener Mann mit Adlernase und bronzefarbenem Teint trat ein. Passend zu seiner Sonnenbräune trug er beige Leinenhosen und ein rosa Markenhemd. Jeff, der seine schneeweißen Schaufelzähne zur Begrüßung zeigte, kam mir irgendwie vor wie die moderne Version eines englischen Kolonialherren. Anstatt eines Dieners mit Sonnenschirm und Getränketablett trat nach ihm ein gedrungener Mann mit scharlachroter Lockenmähne ein; trotz des Sommerwetters draußen trug er eine Lederjacke. Während Jeff Smalltalk mit Pete und Kenny startete, streckte Michael mit verlegenem Grinsen seine Hand aus.

«So sieht man sich wieder, Jasper», begrüßte er mich und schüttelte den Kopf. «Verrücktes Business, nicht?»

Ich nickte und wollte ihm meinen richtigen Namen sagen, doch da drehte sich Jeff gerade von den beiden anderen ab und klopfte mir gönnerhaft auf die Schultern. «Ich bin sehr gespannt auf euer neues Material!», dröhnte er. «Pete hat mir eben was von einem brandneuen Song namens *Glasgow Boys* erzählt!»

Pete übertreibe, murmelte ich, doch unser potenzieller künftiger Labelboss überhörte oder ignorierte meine Antwort und meinte, dass er uns nicht länger stören wolle. Er wünschte einen guten Gig, schüttelte kräftig unsere Hände und bleckte nochmals die perfekten Zähne, bevor er mit Michael im Schlepptau den Raum verließ. «Wir stoßen danach zusammen an, ja?», rief er noch im Gehen, bevor er die Tür hinter sich zuzog.

Kaum war sie ins Schloss gefallen, realisierte ich, dass sich Kennys blasse Haut rötlich verfärbt hatte. Kenny war kein Dummkopf. Er musste begriffen haben, weswegen wir ihn hierhergeschleppt hatten.

«Ihr wollt das Label wechseln!», stieß er hervor und fing an, nervös seine Fingernägel abzukauen. «Wie könnt ihr Greg so hintergehen?»

Ich wich seinem Blick aus und starrte zu Boden, auf dem das Kokain verstreut lag. Ich wusste beim besten Willen nicht, was es zu unserer Verteidigung zu sagen gab. Zorn stieg in mir auf; über mich selbst, aber vor allem über Pete, der mich dazu gebracht hatte, Kenny zu diesem Gig zu überreden. Realisierte dieser Typ überhaupt, was er die ganze Zeit über für ein Schlamassel anrichtete? Eine unheilvolle Stille machte sich im Raum breit. Ich wusste nicht, wer sie gebrochen hätte, wenn in dem Moment nicht die Tür schon wieder aufgegangen wäre. Der Bühnenmanager steckte seinen kahlen Kopf hinein.

«Noise Parade, bereit?», fragte er. «Es geht los!»

Pete

«Bereit!»

Ich sprang vom Sofa auf. Riss Janosch, der im Leder versunken war und mit Tausend-Meter-Blick ins Nichts starrte, gleich mit hoch. Auch Kenny fügte sich schließlich, selbst wenn er dabei ein Gesicht machte, als wünsche er uns beide ins Pfefferland. Es war mir scheißegal. Er musste nur noch diesen Gig absitzen. Sobald wir bei Honeyriver Records unter Vertrag stünden, würden uns weitaus motiviertere Schlagzeuger die Tür einrennen. Im Gänsemarsch folgten wir dem Bühnenmanager durch den Korridor und die Treppe runter, vorbei an herumhetzenden Technikern, bis wir wieder durch den VIP-Backstage-Raum marschierten und vor der Bühnentreppe standen.

«Fast 1000 Leute sind da», rief uns der Bühnenmanager zu. Seine Glatze lag nun im Schatten der Scheinwerfer, die das Koko erhellten. Er trat zur Seite, um uns den Weg ins Licht frei zu machen. Vom Fuß der Treppe blickte ich nach oben zu den voll besetzten Balkonen. Im Publikum wurden die ersten Rufe laut. Gänsehaut zog sich in Sekundenschnelle über meine Arme und meinen Hals. Janosch hingegen starrte neben mir ängstlich zu den Metalltraversen mit den Scheinwerfern hoch. So als ob sich jeden Moment einer lösen und auf uns runterkrachen könnte.

«1000 Leute, Mann!», munterte ich ihn auf und setzte die Schiebermütze auf. Dann nahm ich die Stufen und lief zu meinem Platz vor dem Mikrofonständer. Jubel schwoll an; nun sah ich auch das Gedränge vor der Bühne. Mir wurde fast schwindlig – all die Leute waren gekommen, um uns zu sehen. Sie drückten ans hüfthohe Geländer des Bühnengrabens, in dem Securities herumstanden und ein Fotograf mit Blitzlicht auf uns draufhielt. Ich hängte meinen Bass um, winkte ins Publikum und sah zu Janosch hinüber. Der zog nervös sein Plektron aus der Halterung am Mikroständer; Kenny richtete seine Becken. Ich nickte beiden zu, dann starteten wir unser Set mit *Glasgow Boys.*

Nina hatte mir eingeschärft, dass das Londoner Publikum nicht so leicht zu beeindrucken sei wie ein Haufen betrunkener Glasgower. Doch ich war mit jeder Faser meines Körpers gewillt, ihr zu beweisen, dass Noise Parade auch das Koko außer Rand und Band brachte. Dass Nina und Jeff zu Recht an uns glaubten. Da Kenny und Janosch für meinen Geschmack noch zu lahm spielten, machte ich deshalb Dampf und ging mit einem spitzen Schrei in das *Watch out, watch out for the Glasgow Boys* des Refrains über.

Der kleine Stunt gelang, doch kurz darauf hatte ich eine schmerzhafte Disharmonie im Ohr. Instinktiv blickte ich nach links, wo Janosch stand. Er hatte den falschen Gitarrenbund erwischt. Beim Korrigieren verhedderte er sich dann gleich noch mal in einen schiefen Akkord, sodass der Refrain in einer Kakophonie unterging, die mich an unsere ersten Proben im Keller der Grunders erinnerte. Das war das wichtigste Konzert unseres Lebens, verdammt! Wie konnte ihm da so ein Fehler unterlaufen? Mit hochrotem Kopf setzte Janosch wieder ein. Ich traute meinen Ohren nicht, denn kaum waren wir wieder im zweiten Refrain angelangt, machte er gleich wieder denselben Fehler. Er korrigierte den Akkord zwar gleich, spielte ihn nun aber offbeat statt onbeat, sodass wir plötzlich klangen wie eine Reggae-Band. Als der Song ausklang, sahen wir uns an wie ein Rudel geprügelter Hunde.

«Guten Abend, Koko!», rief ich und lachte ins Mikro, um meinen Ärger zu verbergen. «Das war *Glasgow Boys*, unser neuster Song. Leider hat ihn jemand nicht geübt.»

«Na ja», nuschelte Janosch in sein Mikrofon, «im Grunde ist es ja nicht unser neuster Song, sondern unser ältester. Wir haben ihn bloß umbenannt.»

«Lauter!», schrie jemand im Publikum.

«Darf ich vorstellen», unterbrach ich Janosch, bevor er mit dem Unsinn weitermachen konnte. «Janosch Grunder, Gitarrist und Stand-up-Comedian von Noise Parade.»

Welcher Teufel ritt Janosch gerade? Er funkelte mich an und bewegte den Mund, als wolle er noch was sagen. Dann presste er aber die Lippen zusammen und fing mit *When you leave me* an. Genau das brauchten wir jetzt. Ein ruhiges Stück, das uns wieder auf Kurs brachte. Janosch nahm sich endlich zusammen, spielte die Strophe fehlerfrei und sogar mit Schwung, bis Kenny im ersten Refrain hätte einsetzen sollen.

Aber Kenny setzte nicht ein.

Erst dachte ich, er habe den Einsatz verpasst, und sang weiter. Erst als sich im Publikum Unruhe breitmachte, drehte ich mich um. Und erstarrte zur Salzsäule. Das Schlagzeug war verlassen. Kenny hatte unser Geplänkel genutzt, um sich aus dem Staub zu machen. Ein Techniker am Bühnenrand starrte perplex zum Eingang in den VIP-Backstage-Raum, durch den unser Drummer eben abgehuscht sein musste. Janosch und ich wechselten ratlose Blicke; im Koko ging vereinzeltes Gelächter durch die Reihen.

«Ich kann einspringen», kreischte ein Scherzkeks aus der ersten Reihe. «Ich hatte gestern meine erste Schlagzeugstunde!»

Janosch hielt die Hand aufs Mikro, sah zu mir rüber und schüttelte den Kopf. «Brechen wir ab, Pete!», rief er.

«Nein!», rief ich zurück und spielte weiter. *When you leave me* war eine Ballade. Im Notfall funktionierte sie auch ohne Drums. Zudem hatte ich noch einen Funken Hoffnung, dass Kenny es sich anders überlegen und zurückkehren würde. Was zugegebenermaßen idiotisch war. Ich war in der Sekunde wie eine dieser Pappnasen, die nicht wahrhaben will, dass sich vor ihren Augen eine Katastrophe abspielt. So wie wenn man in einem Flugzeug sitzt und der Flügel abbricht. Erst will es niemand glauben, dann fangen alle an zu schreien.

Genauso fühlte es sich hier oben auf der Bühne an. Wir stürzten ab und konnten nichts dagegen tun. Janosch stieg zwar zögerlich in den Song ein. Ich hämmerte in meine Basssaiten und probierte so, wenigstens etwas Perkussion in den Sound zu bringen. Es half nichts, auch wenn von einem der Balkone ein Betrunkener aufjauchzte. Der Song blieb schlaff ohne Kennys Drums. Als ich und Janosch zum Schluss zweistimmig *When you leave me* sangen, realisierte ich die bittere Ironie: dass wir diesen Gig ausgerechnet mit dieser Songzeile beenden mussten.

Als der letzte Ton verhallt war, hatten sich die Reihen vor uns gelichtet. Dafür herrschte an der Bar am hinteren Saalende Hochbetrieb. Hätte uns das Publikum ausgebuht, wäre es nur halb so schlimm gewesen wie dies hier: Es hatte uns einfach den Rücken zugewandt. Janosch schnallte sich die Gitarre ab und ging mit hängenden Schultern nach hinten von der Bühne ab. Ich überlegte kurz, alleine weiterzumachen. Doch schließlich sah ich die Sinnlosigkeit dieser Idee ein und knallte meinen Bass zu Boden. Ein düsteres Wummern erschütterte das Koko. Auf einem der Balkone sah ich, oder meinte ich zu sehen, wie Jeff durch die Tür in den Flur dahinter verschwand. Da verpisste sie sich, die Chance unseres Lebens. Jeff hingegen hatte den Namen Noise Parade sicher bereits in der Sekunde wieder vergessen, in dem er vom Koko auf die Straße trat. Außer mir vor Wut rannte ich Janosch hinterher, der gebückt und mit der Les Paul in der Hand im VIP-Backstage-Raum verschwand.

Vor dem Flatscreen holte ich ihn ein und kriegte ihn am Kragen seines T-Shirts zu fassen. «Was sollte dieser Scheiß, du Idiot!», brüllte ich. «Wieso kannst du dich nicht einmal zusammenreißen?»

«Lass mich los!», schrie er zurück und versuchte vergeblich, sich meinem Griff zu entwinden.

«Hättest du nicht abgekackt, wäre Kenny nicht abgehauen!» Ich riss ihn so nahe an mein Gesicht, dass ich das Grün seiner Augen funkeln sah. «Du hast es mit Absicht getan, oder?», rief ich.

«Fick dich, Pete!» Er fegte mir die Schiebermütze vom Kopf und zappelte wie ein Fisch an der Angel. Schließlich kapierte er aber, dass ich nicht ablassen würde, ehe er mir geantwortet hatte. «Vielleicht habe ich es sogar mit Absicht getan», stieß er dann hervor; sein Gesicht nahm die Farbe eines Granatapfels an. «Weil ich es nämlich keine Sekunde länger mit dir aushalte!»

Damit schubste er mich von sich und drückte die Hängeschultern kampfbereit durch, so als wolle er gleich auf mich losgehen. Doch ich war schneller. Ich stürzte mich auf ihn und riss ihn zu Boden. Keuchend und fluchend wälzten wir uns hin und her. Es war, als würde all der angestaute Frust der vergangenen Monate auf einmal aus uns entweichen. Ich knallte Janosch eine an die Schläfe; er kriegte ein Haarbüschel von mir zu fassen und riss so fest daran, dass ich aufschrie und ihm in blinder Wut über seine Fresse kratzte.

Auf einmal schlang sich eine haarige Pranke um mich, und ich wurde unsanft hochgerissen. Der Security-Mann mit der Bomberjacke war mit einem weiteren Gorilla angerauscht und trennte uns.

«Weißt du, was du bist?», keuchte ich, während ich mich erfolglos gegen den Polizeigriff der Bomberjacke wehrte.

«Was bin ich?», japste Janosch und versuchte ebenfalls sich von seinem Gorilla loszureißen.

«Ein Feigling», sagte ich, so ruhig es ging. «Aber das bist du ja eh schon immer gewesen.»

«Du bist so ein Arschloch, Pete.» Seine Stimme bebte vor Wut. «Aber vermutlich warst du ja auch schon immer eines.»

Da Janosch seinem Gorilla erklärte, sowieso die Fliege machen zu wollen, beschlossen der und die Bomberjacke, dass Janosch sein Zeug von der Bühne und aus dem Backstage-

Zimmer holen solle. Die Bomberjacke warf mir meine Schiebermütze zu, die noch immer auf dem Boden lag, dann zwang sie mich aufs Sofa hier im VIP-Backstage-Raum. Benommen sah ich dem Treiben vor der Bühne des Koko zu, das eine Kamera auf den Flatscreen an der Wand übertrug. Nach einer Weile kriegte mein Aufpasser einen Funkspruch und befahl mir mit gekrümmtem Zeigefinger, mitzukommen. Nun holte ich ebenfalls meinen Bass von der Bühne, dann trottete ich der Bomberjacke hinterher ins Backstage-Zimmer. Die Essensreste lagen noch auf dem Tisch; das Gepäck von Kenny und Janosch war jedoch weg.

«Du bleibst hier drin, bis du dich beruhigt hast!», befahl die Bomberjacke und wartete, bis ich mich aufs Ledersofa gesetzt hatte. Kaum hatte er die Tür hinter sich geschlossen, sprang ich auf und kickte mit voller Wucht gegen die Wand. Am liebsten hätte ich auch den Sofatisch umgeworfen und die letzte Bierflasche aus dem Getränkekühler ans Fenster geschleudert. Doch auf einmal fehlte mir die Kraft dazu. Stattdessen ließ ich mich bäuchlings auf das Sofa fallen. Und fing, den muffigen Ledergeruch in der Nase, zu wimmern an.

«Nicht gleich weinen, Pete», hörte ich eine Stimme über mir. «Du bist doch ein harter Krieger.»

Ertappt richtete ich mich auf. Nina hatte sich, wieder ohne zu klopfen, reingeschlichen und stand mit verschränkten Armen vor mir. Sie ging zum Kühler, zog das letzte Bier heraus und setzte sich neben mich aufs Sofa.

«Eigentlich müsste ich stinksauer auf dich sein.» Kopfschüttelnd zischte sie das Bier auf und nahm einen Schluck. «Bei Jeff bin ich jetzt für eine Weile untendurch.»

«Tut mir leid.» Ich schluchzte ein letztes Mal und trank aus der Flasche, die mir Nina hinhielt. Als kleine Wiedergutmachung zog ich das Koks-Tütchen aus meinem Jackett und legte uns auf dem Sofatisch zwei lange Linien.

«Na ja.» Geübt rollte Nina eine Pfundnote zum Röhrchen; ihr Mund formte sich zu einem nachsichtigen Lächeln. «Immerhin habe ich nach eurer denkwürdigen Show eine neue Story für den NME.»

«Immerhin.» Ich wollte lachen, kämpfte aber gleich wieder mit den Tränen.

«In solchen Momenten ist eines ganz wichtig, Pete», sagte Nina und schniefte ihre Linie. Dann sah sie mir mit einem Ernst in die Augen, als verrate sie mir eben eine essenzielle Lebensweisheit: «Ab an die Bar und sich die Kante geben.»

Janosch

Natürlich verlief ich mich, als ich den Weg aus dem Koko suchte. Ich irrte durch Korridore, bis sich ein Techniker meiner erbarmte und mich zum Künstlereingang führte. Die Luft war noch warm und schwül, als ich auf die Straße trat. Es war kurz vor Mitternacht. Das Feierpublikum schob sich quer über den Platz vor dem Koko zu den Bars weiter oben an der Camden High Street. Ich hingegen schleppte mich mit Rucksack, Gitarrenkoffer und schmerzender Schläfe in die andere Richtung. Unterwegs kreuzten aufgekratzte Gruppen mit Bierdosen und Pet-Wodkaflaschen in den Händen meinen Weg, sodass sich der Gang zurück zum Hotel hinzog wie eine Strafprozession. Es fühlte sich an, als biege sich London vor Lachen und zeige höhnisch mit dem Finger auf mich: Seht mal her, Leute, dieser kleine Schweizer dachte, er könne einfach hierherkommen, auf die Schultern unserer Giganten klettern und nach den Sternen greifen.

Die Rezeption war verlassen, als ich das Queen Mary betrat. Da ich nur noch ins Bett wollte, stellte ich mein Gepäck ab, ging hinter den Tresen und nahm den Schlüssel für unser

Zimmer vom Korkbrett. Als ich die erste Stufe der Wendeltreppe erreicht hatte, erklang ein Räuspern hinter mir.

«Die Schlüssel händige normalerweise ich aus!»

Die Rezeptionistin stand hinter mir, die Arme in die Hüften gestemmt. Vorwurfsvoll blickte sie auf den Zimmerschlüssel in meiner Hand. Vermutlich war sie nur kurz im Hinterzimmer gewesen und hatte mich kommen hören.

«Entschuldige», erwiderte ich müde.

«Ist halb so wild.» Sie lächelte und blies ihre Wangen auf. «Habt ihr denn euren Plattenvertrag gekriegt?»

«Nicht wirklich.» Ich schüttelte den Kopf und wandte mich ab, weil ich die Unterhaltung beenden und auf unser Zimmer gehen wollte. Doch sie machte einen Schritt auf mich zu und sah mich neugierig an. «Hatte es euer Kollege deshalb so eilig?», wollte sie wissen. «Der hat bloß sein Zeug aus dem Zimmer geholt und ist gleich wieder hinuntergerannt, als ob die Polizei hinter ihm her wäre.»

«Der Gig lief ziemlich schief», gab ich zu und musste kurz lachen, weil ich mir Kenny vorstellte, wie er Hals über Kopf das Weite suchte, weg von mir und Pete. Die Rezeptionistin nahm dies als Aufforderung, noch einen Schritt näher zu kommen. Verlegen strich sie über ihr marineblaues Kleid.

«Oh mein Gott!», rief sie plötzlich, weitete die Augen und zeigte auf die Stelle, an der Pete mich gekratzt hatte. «Du blutest ja!»

Erschrocken fasste ich mir an die Stirn, ich sah jedoch nur ein paar Blutstropfen auf meinem Zeigefinger. «Das ist doch bloß ein Kratzer», wiegelte ich ab. Doch sie bestand darauf, die klitzekleine Wunde umgehend zu versorgen. Sie eilte ins Hinterzimmer der Rezeption, kehrte mit einem orangefarbenen Medizinkoffer zurück und befahl mir, mich auf die Treppe zu setzen. Nervös riss sie einen Pack Wattepads auf, tunkte großzügig braunes Desinfektionsmittel auf die Watte und tupfte mir damit die Stirn ab. Erst jetzt bemerkte ich das selbst geschriebene Namensschild, das an der Wölbung ihrer Brüste an das Kleid angeheftet war. Sie hieß Diane. Als sie fertig war und ich aufsah, trafen sich unsere Blicke. Nun verstand ich endlich, was Diane in Wirklichkeit von mir wollte.

Sie war keine Schönheitskönigin. Sie hatte leichte O-Beine und trug violetten Nagellack mit Glitzer an den etwas zu kurzen Fingern. Doch ihre Bewegungen waren geschmeidig und ihre Brüste voll und rund. Ich spürte, wie unsere Pulse parallel in die Höhe schossen. Diane verstaute das Desinfektionsmittel wieder im Medizinkoffer und drehte den Kopf zur Rezeption, an der um die Zeit vermutlich niemand mehr einchecken wollte. Sachte legte sie ihre Hand auf meine.

«Mein Vater kommt erst in einer halben Stunde zurück, um die Rezeption zu übernehmen», flüsterte sie. «Das gäbe uns etwas Zeit. Wenn du weißt, was ich meine ...»

Ihr Lächeln war wirklich schön.

Ich war unfähig, etwas zu erwidern, weil mein Blick wie unter Hypnose an ihrem Nagellack hing. Ich hatte mir immer vorgestellt, mein erstes Mal mit einer wunderschönen Frau zu haben, in die ich hoffnungslos verknallt wäre. Stattdessen stand die Rezeptionistin eines kitschigen Londoner Familienhotels vor mir. Doch dann vernahm ich auf einmal diese Stimme in mir, die mir ins Gewissen redete. Du bist kein Rockstar, Janosch, sagte sie. Also hör auch damit auf, einer Frau wie Kate hinterherzurennen. Nimm verdammt noch mal, was das Leben dir gibt.

«Okay», sagte ich mit stockendem Atem.

«Kommt der dritte Kollege bald zurück?» Diane blickte aufgeregt zum Korkbrett mit den Zimmerschlüsseln. «Wir können auch ein anderes Zimmer nehmen.»

Ich schüttelte den Kopf. «Ich glaube nicht, dass der so bald wiederkommt.»

«Sehr schön.» Sie lächelte und streckte mir die Hand entgegen. Unsere Finger verflochten sich. Ich zögerte noch einmal kurz, dann ließ ich mich von Diane hochziehen. Ich stieg hinter ihr die Wendeltreppe hoch und schloss unser Zimmer auf. Als ich das Gepäck abgestellt hatte, machte ich das Licht an. Diane löschte es gleich wieder und schaltete stattdessen die Nachttischlampe neben dem Bett an. Sie teilte das Zimmer in Schatten und schummrigen Schein. Ich ließ mich auf den Bettrand hinunter; mein Herz schlug wild nach allen Seiten aus. Diane setzte sich neben mich auf die Matratze, drückte mich sanft auf das Kopfkissen mit Union-Jack-Bezug hinunter und beugte sich über mich. Ihr Atem war warm und roch leicht nach Minze.

«Mir ist es egal, ob ihr den Plattendeal gekriegt habt oder nicht», flüsterte sie und fuhr mit einer Hand unter meinen Nacken. «Deine grünen Augen reichen mir vollkommen.»

Pete

Nina führte mich vom Backstage-Raum in eine VIP-Bar. Sie logierte in einer der Balkonreihen; am Eingang mussten wir unsere Backstage-Bänder vorzeigen. Die Bar leuchtete wie der Rest des Koko ganz in Rot. Samtpolster überzog die Wand des Tresens, darüber strahlte ein Kronleuchter aus Dutzenden Kugellämpchen. Wir bestellten Red Stripe, das uns die Barkeeperin in Plastikbecher abfüllte. Mit gutem Grund in meinem Fall: Denn als wir uns einen Platz am Balkongeländer erkämpft hatten und den The Motorettes zusahen, die nach einer flapsigen Bemerkung über unseren Gig loslegten, hätte ich liebend gerne eine Bierdose auf sie runtergeschmissen. Nach einigen Minuten hatten mich Bier und Koks etwas beruhigt. Ich drehte den Kopf und sah im Gedränge an der Bar einen Pumuckl, der am Tresen zwei Bier in Empfang nahm.

«Michael!», rief ich, als er dicht an mir vorübertorkelte.

«Steve!» Er blieb stehen und nahm einen Schluck von einem seiner Becher. «Was für eine Show!»

«Pete», korrigierte ich. «Jeff ist weg, nehme ich an?»

«Nach Hause gegangen.» Michael setzte den zweiten Bierbecher an; offenbar war der auch für ihn gedacht. «Jeff geht immer früh ins Bett und macht am Morgen Pilates.»

«Hätten wir den Plattendeal denn gekriegt, wenn wir zu Ende gespielt hätten?», wollte ich wissen, obwohl mir klar war, dass die Frage sinnlos war und nur schmerzte.

«Wer weiß?» Er zuckte mit den Schultern. «Aber nimm es dir nicht zu Herzen. Ein Major-Plattendeal ist nun mal ein Traum, der nur für die wenigsten in Erfüllung geht.»

Wir schwiegen und sahen runter zu den Motorettes, die ihre Instrumente zu den Schlägen des Drummers hin und her schwangen. Dann richtete Michael die kleinen, glasigen Augen wieder auf mich. «Weißt du», begann er, «ich habe nämlich das Gefühl, dass sich dieses Indie-Ding sowieso bald totlaufen wird. Die neuen Bands eifern nur noch ihren Vorbildern nach, statt gegen sie zu rebellieren. Das ist immer der Anfang vom Ende.» Er nahm erneut je einen Schluck aus seinen Bechern und fuhr fort: «2007 wird das Jahr von New Rave», prophezeite er lallend. «Die Kids wollen mehr Elektronik. Sound, wie ihn eure Freunde machen, die in Glasgow nach euch aufgetreten sind. Noise Parade, richtig?»

«*Wir* sind Noise Parade», sagte ich resigniert.

«Aber im Bandnamen geht es auch um Geräusche.»

Michael tänzelte wackelig von einem Fuß auf den anderen. Entweder musste er pissen oder er wollte die Fliege machen.

«Indistinct Chatter?» Ich runzelte ungläubig die Stirn. «Diese Kunstfritzen mit den Leggings und dem Gefiepse?»

«Das ist New Rave, Steve.» Er nickte mir zum Abschied zu. Dann verschwand er mit seinen beiden Bechern im Menschenstrom, der sich von den Balkonen runter zur Tanzfläche wälzte. The Motorettes hatten ihr Set durch, die Party startete. Wie um Michaels Worte zu unterstreichen, eröffnete der DJ sein Set mit *Atlantis to Interzone* von den Klaxons – einer vom NME gefeierten New Rave Band. Ihre synthetischen Sirenen heulten nun durchs Koko wie ein Gruß aus der nahen Zukunft. Nina, zurück vom Tresen, streckte mir ein Bier entgegen und schlug vor, sich ebenfalls zu bewegen.

Im Flur hinter der Bar suchten wir uns eine dunkle Ecke, in der wir den Rest meines Koks nahmen. Dann flitzten wir die Treppe hinab und warfen uns auf die von zerdrückten Plastikbechern und Konzertflyern übersäte Tanzfläche. Nina schien mir unser Desaster wirklich nicht krummzunehmen. Sie brachte mich sogar zum Lachen, weil sie beim Tanzen die Hände wie ein Proll in die Höhe stemmte und dazu ironische Grimassen schnitt. Ich hätte ihr die ganze Nacht dabei zusehen können. Und stellte erstaunt fest, dass ich nicht tat, was ich sonst immer tat, wenn ich eine Frau scharf fand: sie anbaggern. Es dauerte eine Weile, bis ich mein Zögern kapierte. Dann fiel der Groschen: Endlich hatte ich auf dieser Welt jemanden gefunden, der wie ich war. Der dasselbe vom Leben wollte. Ninas Gegenwart fühlte sich an wie der Beginn eines Abenteuers, und das wollte ich mir auf keinen Fall vorzeitig verscherzen.

Als es kurz vor drei Uhr war, fragte ich sie, ob ich vielleicht bei ihr übernachten könne. «Ich lege mich auf die Couch», versprach ich. «Aber ich hab' keine Lust, zu Janosch ins Hotel zu gehen.»

«Ich habe keine Couch.» Betrunken knabberte Nina am Rand ihres leeren Plastikbechers und überlegte. «Na gut», meinte sie schließlich und schüttelte irritiert über sich selbst den Kopf. «Frag mich bloß nicht, weshalb ich das tue.»

Ich grinste. «Wahrscheinlich, weil du mich magst.»

«Hol uns besser eine letzte Runde, bevor ich es mir anders überlege», befahl sie und streckte wieder die Hände in die Höhe.

Als die Discokugel stoppte sich zu drehen, und die Deckenlichter angingen, wurden wir mit der Masse zum Eingang des Koko gespült. Dort trafen wir wieder auf Michael. Er hatte sich über die Lederjacke gekotzt und konnte sich kaum noch auf den Beinen halten. Wir halfen ihm auf die Straße, bugsierten ihn in ein Taxi. Da wir selbst keine Kohle für eines hatten, wankten wir im Strom der anderen Nachteulen die Camden High Street hoch, die in der einsetzenden Dämmerung langsam Farbe annahm. Bei Camden Town stiegen wir in den Nachtbus, der uns durch den Frühmorgenverkehr zu Ninas Zuhause im Norden Camdens brachte. Der Bus ließ die alten Backsteinmauern des Zentrums hinter sich, vor dem Fenster zogen neue, lieblos entworfene Sozialsiedlungen mit Grünanlagen dazwischen vorüber. Nina nickte ein, ihr Kopf schaukelte hin und her und blieb auf meinen Schultern liegen. Da ich nicht wusste, wohin wir fuhren, musste ich sie wieder wecken. Sie blinzelte müde, ihr Zeigefinger fuhr zum Halteknopf. Ächzend schwangen wir uns von unseren Sitzen auf und zur Tür raus.

«Da oben.» Nina gähnte. «Da oben wohnen wir.»

Sie zeigte auf eine Reihe weißer Wohntürme, die hinter losem Buschwerk in den Himmel ragten. Sie wohne noch bei den Eltern, erklärte sie, als wir über eine lang gezogene Treppe auf einen der Türme zusteuerten. Die Mieten in London seien so schweineteuer und die Honorare des NME so mager, dass sie sich nicht einmal ein WG-Zimmer leisten könne. Der Fahrstuhl war kaputt. Wieder einmal, wie Nina naserümpfend feststellte, also mussten wir durchs Treppenhaus hoch.

«Scheiß drauf, Pete», japste sie, als wir die letzten Stufen nahmen und endlich in der vierzehnten Etage ankamen.

«Scheiß auf Jeff und all die Wichser. Unsere Zeit kommt noch.»

«Scheiß auf Jeff und all die Wichser», wiederholte ich keuchend. Nina lachte heiser, fischte den Schlüssel aus ihrem Handtäschchen und brauchte mehrere Anläufe, bis er steckte und sie die Tür aufschließen konnte. Da die anderen noch am Pennen waren, schlichen wir auf leisen Sohlen durch einen engen Flur mit Linoleumboden in Ninas Zimmer. Es war so klein wie die Besenkammer, die ich in Zürich nach meinem Auszug bei den Grunders bewohnt hatte. Gerade mal ein Einzelbett, ein Sperrholzschrank sowie ein winziger Schreibtisch mit Stuhl fanden darin Platz. An der Lehne hing ein beeindruckendes Sortiment von Festival- und Konzertbändern; die Wände waren mit Postern von Albumcovers von Nina Simone bis hin zu den White Stripes tapeziert. Auf dem Schreibtisch lagen die jüngsten NME-Ausgaben und kunstvoll in die Höhe gestapelte Promo-CDs. Wenn es einen Menschen auf der Welt gab, dem Musik noch mehr bedeutete als mir, dann musste das Nina sein.

Sie zog die Doc Martens aus, warf sich mit einem Grunzen aufs Bett und war weg. Ich legte mich neben sie, so gut das auf der schmalen Matratze ging. Ich hatte Mühe, einzuschlafen. Nina schnarchte, ihr strähniges Haar kitzelte meinen Hals. Also richtete ich mich auf und sah aus dem Fenster mit dem kaputten Griff und dem schrottigen Kunststoffrahmen, durch den die Morgenkühle zog. Die aufgehende Sonne leuchtete auf die oberen Stockwerke des Nachbarturms und ließ dessen Antenne auf dem Flachdach glitzern. Fast so, wie es früher manchmal in der Hardau ausgesehen hatte. Ich musste daran denken, wie das Abendlicht die Brauntöne unserer Küche in ein Orange verwandelt hatte. Und an Rebekka, die am Küchentisch mit dem Löffel gegen ihren Teller klackerte. Als ich wieder auf die Matratze sank und mir endlich die Augen zufielen, war ich sicher, dass ich von meiner kleinen Schwester träumen würde.

English Breakfast

Der Morgen danach

Janosch

Als ich am nächsten Morgen erwachte, tastete ich, noch im Halbschlaf, neben mich auf das Bett. Doch Diane war längst nicht mehr da. Nachdem ich, vollgeschwitzt, endlich gekommen war – sie hatte das gleich zu Beginn getan –, hatte sie mir einen Kuss auf die Stirn gedrückt und war nach unten geeilt, um bei der Rückkehr ihres Vaters wieder hinter der Rezeption zu stehen. Ich blieb noch etwas liegen und roch am Union-Jack-Kopfkissen, das ihren Duft angenommen hatte. Mein erstes Mal war ganz in Ordnung gewesen, fand ich; im Grunde sogar sehr schön.

Genau das hatte ich mir für mich heute Nacht vorgenommen: keine Wunder mehr vom Leben zu erwarten. Ich würde nicht eines Tages meine Ketten sprengen und mich in einen Prinzen verwandeln. Jemanden, nach dem sich alle umdrehten, wenn er einen Raum betrat. Ich war nicht Pete, auf mich wartete ein anderes Leben als auf ihn. Sollte ich also nicht einfach umso mehr Spaß an dem haben, was es für mich bereithielt?

Ich stand auf, zog mich an und holte mein Handy hervor, um zu sehen, ob Pete vielleicht angerufen oder geschrieben hatte. Seine Jeansjacke hing noch über dem Stuhl vor der Ablage mit dem TV; er hatte sie nicht mit ins Koko genommen. Wo er wohl übernachtet hatte? Auf dem Nokia war kein Lebenszeichen von ihm eingegangen, dafür gab es aber zwei Combox-Nachrichten von anderen Nummern.

«Hi Janosch», brummte Greg auf der ersten; Kenny musste ihn ins Bild gesetzt haben. «Ich wollte mich nur kurz bei euch melden und sagen, wie enttäuscht ich von euch beiden bin», fuhr er mit säuerlicher Stimme fort und schloss:

«Ich werde die 3000 Pfund, die ich an euch überwiesen habe, im Geschäftsjahr von Mutual Friends Records als Verlust abschreiben. Das ist alles, was ich euch noch zu sagen habe.»

Die zweite Nachricht kam von Ians Nummer. Doch es war jemand anderes, der darauf loszeterte.

«Ihr zwei Fotzen habt wohl gedacht, ich vergesse die restlichen 500 Pfund», schimpfte Andy. «Falsch gedacht. Wir stehen vor eurer Haustür, aber wie es aussieht, seid ihr abgehauen. Ist aber überhaupt kein Problem. Kriegen wir das Geld nicht bis morgen, räumen wir einfach euren Proberaum aus und verticken den Scheiß auf Ebay.» Er zog geräuschvoll Rotz hoch, spuckte aus und schob nach: «Genießt euren Tag, ihr Schwuchteln.»

Ich musste lachen, als ich auflegte.

Sollten Ian und Andy doch versuchen, meinen defekten Orange-Verstärker zu Geld zu machen. Und überhaupt, überlegte ich weiter: Was wollte ich mit den paar Klamotten in unserer Wohnung an der Allison Street noch? Mit einem Mal herrschte absolute Klarheit in mir. Ich packte meinen Laptop aus dem Rucksack, schob den Teekocher und die Fernbedienung auf der Ablage neben dem Flachbild-TV beiseite und buchte mit meiner Notfall-Kreditkarte den nächsten Flug nach Zürich. Sollte Pete sich doch mit Ian und Andy herumschlagen, wenn er nach Glasgow zurückkehren wollte. Und ebenso mit den Mietverträgen für Wohnung und Proberaum, dachte ich und erschrak über meine hämische Freude.

Aber diese Retourkutsche hatte er verdient.

Ich verstaute den Laptop im Rucksack, holte meinen Schreibblock hervor und riss ein Blatt ab. Immerhin eine Abschiedsnotiz wollte ich Pete hinterlassen. Als ich sie hingekritzelt hatte, faltete ich sie und steckte sie zusammen mit der

Kreditkarte sowie meinen restlichen Pfundscheinen in eine Tasche seiner Jeansjacke.

Als ich danach mit meinem Gepäck die Wendeltreppe hinabstieg, stieg mir der Duft von English Breakfast in die Nase. Ein adretter Mann mit grauem Haarkranz und Lesebrille auf der langen Nase stand hinter dem Rezeptionstresen; im angrenzenden Frühstücksraum füllte Diane die Milch- und Kaffeekannen auf dem Buffet auf. Sie wirkte frisch herausgeputzt, strahlte mich an und wünschte übertrieben formell einen guten Morgen. Ich erwiderte ein nervöses «Guten Morgen», stellte mein Gepäck an einen freien Tisch und belud einen Porzellanteller mit Toast, gebratenen Pilzen, Würstchen und Rührei. Während ich aß, zwinkerte mir Diane ein paar Mal zu und machte dabei ein Gesicht, als ob sie jeden Moment loslachen müsse. Dann füllte sie die silbern glänzenden Wärmehalter mit Rührei und Baked Beans nach und eilte, weil ihr Vater nach ihr gerufen hatte, zum Rezeptionstresen.

Da ich meinen Teller leer geputzt hatte, stand ich auf und folgte ihr, um auszuchecken. Während ihr Vater über die Lesebrille hinweg nach meiner Buchung im PC suchte, reichte ich Diane Petes Jeansjacke. «Mein Kollege hat die hier vergessen», informierte ich sie, ebenfalls im seriösen Tonfall eines Gastes. «Könnten Sie die vielleicht für ihn aufbewahren?»

«Mit Vergnügen, Sir.» Sie brachte die Jacke ins Hinterzimmer, kehrte zurück und streckte die flache Hand nach mir aus.

«Den Zimmerschlüssel, bitte», erklärte sie und lächelte.

Als ich ihn ihr übergab, streichelte sie mir flüchtig über die Finger. Ihre Lippen formten sich zu einem lautlosen «Bye».

«Bye», sagte ich leise.

Mit einer süßen Melancholie im vollen Bauch trat ich auf die Straße. Die Sonne schien, ein Doppeldeckerbus brummte an mir vorbei und verschluckte für einen Moment das Gezwitscher der Vögel. Die Morgenfrische roch zugleich wie das Ende von etwas und der Beginn von etwas Neuem, von dem ich einfach noch nicht wusste, was es war. Mein Rucksack und der Gitarrenkoffer wippten im Takt meiner Schritte und fühlten sich federleicht an. In meiner Brust war endlich wieder Platz zum Atmen, zum ersten Mal seit Langem. Ich strahlte über das ganze Gesicht, weil ich gerade aus dem Gefängnis türmte, das ich mir mit meinen eigenen Erwartungen gebaut hatte.

Vielleicht würde ich meine Gitarre im Keller verstauen und nie wieder hervorholen. Vielleicht würde die Liebe zur Musik irgendwann zurückkehren und würde ich mit Freunden eine Band gründen. Vielleicht würde ich auch etwas ganz anderes entdecken, für das ich genauso brennen konnte wie für die Musik. Schließlich lag der größte Teil des Lebens noch unbeschrieben vor mir, so wie die vielen weißen Seiten des Notizblocks in meinem Rucksack, die ich noch mit allem Möglichen vollkritzeln konnte.

Vor der Tube-Station Mornington warf ich einen letzten Blick auf das Koko, das in stolzer Haltung den Verkehr auf dem Platz vor sich ertrug und auf den Abend wartete, wenn unter seiner Kuppel die nächste Band spielte, die vom großen Durchbruch träumte.

Dann betrat ich die Station und kaufte mit den letzten Münzen ein Ticket. Ich wuchtete mich mitsamt Gepäck durch das Drehkreuz und hörte, wie es hinter mir mit einem endgültigen *Klick* wieder einrastete.

Pete

Der Geruch von Bohnen holte mich aus dem Schlaf. Es waren Baked Beans, die Ninas Vater auf dem Gasherd in der kleinen, schlauchförmigen Küche briet. Er trug ein verwaschenes Tottenham-Fußballtrikot und begrüßte mich mit so dickem Londoner Akzent, dass ich ihn zu Beginn kaum verstand. Genauso wie anfangs die Glasgower nicht. Wir verdrückten im Stehen ein paar Bohnen auf geröstetem Toast und kehrten dann in Ninas Zimmer zurück. Sie schlüpfte in ihre Jeansjacke mit den Stickern, ich aber gähnte und warf mich nochmals aufs Bett.

«Hey, das hier ist kein Hotel!», empörte sie sich. «Außerdem ist schon fast Mittag, du Faulpelz.»

«Aber ich bin noch müde!», protestierte ich.

«Hast du gedacht, wir verplempern hier den Rest des Tages?» Nina schnappte sich ihre Ray Ban vom Schreibtisch und setzte sie auf die Nase. «Du bist nicht mehr in Glasgow, mein Lieber.»

«Was willst du denn überhaupt machen?» Widerstrebend warf ich mein zerknittertes, stinkendes Jackett über. Meine Lunge brannte noch vom vielen Rauchen gestern.

«Na, wohin geht man wohl an einem Samstag im Vereinigten Königreich?», fragte sie und rümpfte die Nase.

«Zum Pferderennen?»

«Ins Pub, du Depp!» Sie fischte eine Zehnpfundnote aus einer Blechdose auf dem Schreibtisch, steckte sie in ihre Handtasche und warf diese schwungvoll über. «Weitertrinken!»

Mit dem Kater von gestern in den Knochen schwangen wir uns die vierzehn Etagen ins Erdgeschoss runter. Weil das Wetter so fantastisch freundlich war, ließen wir den Bus links liegen und spazierten gleich den ganzen Weg nach Camden runter. Bei der Eisenbahnüberführung mit dem *Camden Lock*-Signet bogen wir nach links in die Hawley Street ab. In einem weinrot getünchten Backsteinbau lag das Hawley Arms, Ninas Stammpub. Der Name prangte in goldenen Buchstaben über dem Eingang. Kaum Touristen würden sich hierher verirren, erklärte sie und stieß die Doppeltür auf, dafür aber viel Publikum aus der Musikindustrie, das in der Gegend lebte.

Obwohl es kaum Mittag war, floss drinnen das Bier bereits in Strömen. An der holzverkleideten Bar hockten ein paar Quartieralkoholiker wie Hühner auf der Stange; an der Wand daneben grinsten frühere Gäste besoffen von überbelichteten Polaroids. Auch Ninas Crew saß bereits an einem Tisch vor halbvollen Pints und qualmte die Bude voll – in England gab es anders als in Schottland noch kein Rauchverbot. Nina schwatzte dem Nachbartisch zwei Stühle ab; wir quetschten uns in die Runde. Ich rollte eine Zigarette und sah in die Gesichter um mich herum. Ich kannte natürlich keine Sau; gemäß Nina waren es ebenfalls Musikjournalisten. Sie sprachen alle mit diesem verstockten südenglischen Akzent und grüßten mich mit so flüchtigem Kopfnicken, als sei ich ein Städtetripper, der auf dem Weg zum Camden Market falsch abgebogen war. Dann diskutierten sie inbrünstig weiter über das zweite Album von Razorlight, das in wenigen Tagen in die Läden kommen sollte. Natürlich hatte es jeder von ihnen schon gehört. Nina war der festen Überzeugung, dass die neue Platte besser war als das Debüt, was ein aufgeblasener Typ mit fuchsroter Haartolle und Steppweste vehement bestritt. Er stolzierte quer durch den Raum zur Jukebox, um Nina mit einem Song daraus das Gegenteil zu beweisen.

In dem Moment flog die Tür des Hawley Arms auf. Eine kurvige Frau in Spaghetti-Top und Jeansrock betrat den Raum. Dessen Blickfang war von nun an der rabenschwarze Haarberg, der sich auf dem Kopf der Frau in die Höhe türmte. Mit einer fliegenden Bewegung nahm sie ihre Sonnenbrille von der imposanten Nase und steuerte auf den Tresen zu.

«Craig, Schatz», rief sie dem Barkeeper zu, «ich übernehme für ein paar Minuten, ja?»

Der nickte und warf ihr ein Handtuch zu.

Nina stieß mich in die Rippen, während einige an unserem Tisch der Frau zuwinkten. «Kennst du sie? Amy Winehouse?»

«Nie gehört.» Ich schüttelte den Kopf.

«Eben hat sie in New York ihr neues Album aufgenommen», erzählte Nina. «*Back to Black* soll es heißen und massiv gut sein, wie man hört.» Mit diebischem Grinsen leerte sie rasch das Pint ihres Bekannten, der gerade von der Jukebox zurückkehrte. «Wer weiß», fügte sie an, «vielleicht wird es sogar besser als die neue Razorlight.»

«Wieso steht sie dann noch hinter der Bar?»

«Das macht Amy zum Spaß», erklärte Nina, während an der Jukebox *Stumble and Fall* von Razorlight anlief und der Typ verdattert auf sein leeres Glas starrte. «Und Craig hier lässt sie gerne gewähren.»

Da auch ich Durst hatte und wir schließlich hier waren, um weiterzutrinken, stand ich auf und ging zur Bar, um Nina mit meiner letzten Pfundnote einen auszugeben.

«Wie geht's denn so, Schätzchen?» Amy hielt ein Pintglas schräg unter den messingfarbenen Zapfhahn und lachte dabei mit rauchiger Stimme über einen Witz, den mein Nebenmann am Tresen gerade von sich gegeben hatte. Ich nickte stumm und fühlte mich auf einmal klitzeklein im Schatten eines solchen Charismas. Noch dazu von jemandem, der gar nicht berühmt war. Wie zur Hölle, ging mir durch den Kopf, sollte ich es in einer Stadt schaffen, in der es von solchen Leuten vermutlich nur so wimmelte?

Ich trug unsere zwei Red Ales an den Tisch und setzte mich. Da Nina wieder in die Diskussion um den Razorlight-Zweitling vertieft war, checkte ich mein Handy. Janosch hatte geschrieben. Entschuldigte er sich vielleicht dafür, den Gig gestern vergeigt zu haben? Nein, im Gegenteil. Er habe ausgecheckt und sei schon auf dem Rückweg in die Schweiz, schrieb dieser Hornorchse. Meine Jacke habe er an der Rezeption des Queen Mary abgegeben. Da ich mit der Runde hier im Hawley Arms sowieso nicht warm wurde, beschloss ich, sie gleich jetzt zu holen. Ich ließ mein Jackett auf der Stuhllehne hängen und erklärte Nina, dass ich noch was erledigen müsse.

An der Rezeption des Queen Mary händigte mir der pummelige Lily-Allen-Verschnitt meine Jeansjacke aus. Kaum hatte ich sie übergeworfen und die Hände in die Taschen gesteckt, fand ich in der linken eine Kreditkarte, ein paar Pfundnoten und einen Zettel.

Tschüss, Pete, stand da in krakeliger Schrift. *Immerhin kann niemand sagen, wir hätten es nicht probiert, oder?*

PS: Auf der Kreditkarte sind noch etwa 700 Pfund.

PPS: Andy droht, unseren Proberaum auszuräumen, falls wir nicht bis morgen zahlen.

Ich nahm das Telefon hervor und rief Janosch an. Machte dieser undankbare Trottel diesmal ernst? Es klingelte ein paar Mal, dann nahm er endlich ab.

«Haust du jetzt wirklich ab?», schnaubte ich ihn durchs Nokia an.

«Ja», erwiderte Janosch, «ich bin schon auf dem Weg zum Flughafen.»

Ich ließ es erst mal sacken, während hinter ihm eine Frauenstimme «Please Mind the Gap» flötete. Er musste tatsächlich schon in der U-Bahn sein. Ich sah ihn vor mir, wie er auf dem Bahnsteig stand, eine Strähne seiner schwarzen Borsten im Gesicht, der schmächtige Körper vom Gitarrenkoffer leicht zur Seite geneigt. «Was für eine Verschwendung von Talent», fand ich schließlich.

«Möglich. Aber das hier ist nichts für mich.» Nun machte er eine Pause. «Schreib mir, wenn du auf der Titelseite des NME bist, okay?», sagte er dann.

«Das ja wohl nur eine Frage der Zeit», blaffte ich. Dann beschloss ich, mich zum Abschied zu etwas Nettem durchzuringen.

«Aber danke für die Kohle», schob ich versöhnlich nach. «Die kann ich jetzt echt gebrauchen.»

«Gerne. Mach's gut, Pete.»

«Du auch, Janosch», sagte ich und legte auf.

Dann ging ich, die Hände trotz des warmen Wetters in den Jackentaschen vergraben, die Camden High Street wieder zurück. Wie lange es wohl dauern würde, bis ich wieder so einen kleinen Beethoven finden würde, fragte ich mich. Ob es jemals wieder geschehen würde?

Ich kämpfte mich gerade durch das Menschenknäuel, das der Tube-Ausgang bei Camden Town ausspuckte, da fiel mir das Atmen immer schwerer. Bald taumelte ich wie ein Betrunkener durch die Menge. Sie schien mich wie eine Würgeschlange zu umschlingen. In anfliegender Panik ließ ich mich auf den Gehsteig fallen, rang nach Luft und versuchte, einen beruhigenden Gedanken zu fassen. Doch meine Lage sah nun mal beschissen düster aus. Das Geld auf der Kreditkarte in meiner Jacke war das letzte, das mir blieb. Unser Konto auf der Royal Bank of Scotland war so gut wie leer, mein Musikequipment in Glasgow verloren. Der Rucksack mit Ersatzkleidern und mein Fender Jazz, die in Ninas Zimmer lagen, waren alles, was ich noch besaß. Wie in einem hyperrealen Tagtraum wurde ich in den Moment zurückversetzt, in dem ich mit nichts als meinem Koffer in der Hand die Hardau verlassen hatte.

Reiß dich zusammen, Pete, befahl ich mir.

Ich hob den Kopf vom Boden, mein Blick fiel auf eine Telefonkabine auf der gegenüberliegenden Straßenseite. Ich zögerte kurz. Womöglich war es eine bescheuerte Idee. Doch dann stand ich auf, betrat die Zelle und klaubte die letzten Münzen aus meiner Brieftasche. Ferngespräche waren von öffentlichen Telefonen günstiger als vom Handy aus, dessen Prepaid-Guthaben auch bald aufgebraucht war. Nervös wählte ich eine der beiden Nummern, die ich auswendig kannte – die andere war jene der Grunders –, und wartete darauf, dass jemand abnahm.

«Hallo?»

Natürlich nahm *er* ab. In meinem Hals bildete sich, kaum drang seine Stimme an mein Ohr, ein fetter Kloß. Es *war* eine bescheuerte Idee gewesen.

«Wer ist denn da?», wollte mein Vater wissen und schnaubte, da ich kein Wort herausbrachte, verächtlich. «Wenn das wieder so eine Aktion von euch *Kindern von Galiläa* ist, zeigt das bloß wieder, was für verirrte Seelen ihr seid.»

Nun wusste ich erst recht nicht mehr, was ich sagen wollte. Nicht einmal auf den Gedanken, dass es vielleicht sein Sohn sein könnte, der am anderen Ende der Leitung atmete, kam dem Arsch. «Ich hänge jetzt auf, ja? Das wird mir zu blöd.»

Ich spitzte die Ohren, ob irgendwo im Hintergrund ein Lebenszeichen von Rebekka zu hören wäre. Ein Quietschen oder so. Doch es blieb still. Ich konnte gerade noch auflegen, bevor er es tat, und schlug den Hörer ein paarmal gegen den Apparat. Draußen vor der Kabine blieben einige Leute stehen und glotzten hinein, als hätte ich den Verstand verloren. Ich ließ den Hörer fallen und sank gegen die Glasscheibe. Als der Zorn verraucht war, stieg in mir ein Gefühl von Verrat auf: Vielleicht würde ich Rebekka nie wiedersehen. Vielleicht starb sie, bevor ich genügend Geld hatte, um sie in Zürich zu besuchen.

Da ich aber nicht vorhatte, gleich zweimal an einem einzigen Wochenende zu heulen, stieß ich die Tür der Telefonzelle auf und kehrte zum Hawley Arms zurück. Ich setzte einen Schritt vor den nächsten. Die Sonne wärmte mein Nackenhaar auf; langsam kehrte die Zuversicht zurück. Nina hatte recht, dachte ich, als ich die Doppeltür aufstieß und ins Innere trat. Unsere Zeit kam noch.

Aus der Jukebox startete gerade *The End has no End* von den Strokes, eine Band, die mir sonst auf die Eier ging. Doch der hypnotisch-beständige Rhythmus des Songs und Julian Casablancas' Schlafzimmerstimme erwischten mich eiskalt. Erst überkam mich ein Frösteln am ganzen Körper, schüttelte mich von den Haaren bis in die Zehenspitzen durch, dann flutete ein warmer Strom durch alle meine Zellen. Ich kehrte zu Ninas Tisch zurück, auf dem ein volles Pint auf mich wartete. Und wusste, dass mich die Musik immer retten würde. Mein ganzes Leben lang. Niemals wirst du die Flinte ins Korn schmeißen, Pete, schwor ich mir, als ich mich setzte, das Glas an die Lippen hob und Ninas Blick auf mir spürte.

Niemals, niemals, niemals wirst du aufgeben.

Dank

Nie wäre dieser Roman ohne fremde Hilfe entstanden. Erst möchte ich mich an dieser Stelle bei Max Küng bedanken, dessen Reportage « Schott 'n' Rock » über die Musikszene in Glasgow (erschienen 2005 im *Magazin* des *Tages-Anzeigers*) einen Gedanken in mir gesät hat, der Jahre später zur Romanidee keimte.

Meine Recherche in Glasgow wäre nur halb so ergiebig gewesen ohne die Vermittlung von Bettina Dürr und ohne die Auskünfte von Jackie McKeown, Andy Reilly, Alan Miller, Vic Galloway und vor allem Rachel Graham.

Für Einblicke in die Londoner Szene bedanke ich mich bei Anthony Thornton, James Endeacott und ganz besonders bei Anders Knudsen, der in den Nullerjahren selbst von Kopenhagen nach London zog, um sein Glück auf der Bühne zu versuchen.

Die größte Inspiration für diese Geschichte jedoch entspringt keiner Recherche, sondern den Menschen, mit denen ich seit dem Teenageralter in Proberäumen gespielt und geschwitzt habe: Jan, Turi, Marcel, Jessica, Sarah, Urs, Mirko H., Michi, Anja, Mirko B., Muriel und natürlich Michel, mein musikalischer Weggefährte.

Zuletzt möchte ich mich bei jenen bedanken, die mir Feedback zum Manuskript in seinen verschiedenen Reifegraden gegeben haben – oder die mir durch ihre simple Existenz unter die Arme gegriffen haben: Roman, Lukas, Andres, Moritz, Katharina, Murièle, Nanina und Sabina, Fränzi, Mom, Alex und Ann-Sophie.

Ebenfalls bei Zytglogge erschienen

Samuel Schnydrig
Klaus
Leben vor dem Steinschlag
Roman
ISBN 978-3-7296-5060-2

Ein ruhiges Städtchen im Idyll der Schweizer Berge mitten in den Neunzigerjahren. Das ist die Geschichte von Klaus: wie er die Musik und den Rausch entdeckt, seine erste Band gründet, sich unsterblich verliebt, aus der Stammkneipe in die weite Welt zieht, von dramatischen Veränderungen überfahren wird und irgendwie doch zum Glück zurückfindet.

Episodisch und linear schlägt der Ich-Erzähler eine Schneise aus Zeitraffer und Slow Motion durch siebzehn Jahre praktizierte Chaostheorie. Vieles, was mit enthusiastischem Dilettantismus zusammengeschustert wurde, zerbricht, während manch anderes Bestand hat, auch wenn es erst entdeckt werden muss.

Der musikalische Generationenroman über die Entwicklung eines Teenagers der Neunzigerjahre zum Mittdreißiger der Gegenwart erzählt temporeich und geradlinig eine große Geschichte der kleinen Begebenheiten.

Foto: Samuel Thoma

Joel Bedetti
Geb. 1984 in Bern, ist in Zürich aufgewachsen und wollte als Teenager Rockstar werden. Er studierte dann Geschichte und Ethnologie und schrieb als freier Journalist unter anderem für die «NZZ am Sonntag» und «Das Magazin». Heute arbeitet er als Produzent beim «Blick» und betätigt sich daneben literarisch. «Lärmparade» ist sein erster Roman.

www.laermparade.ch